# 楽園の烏《からす》

阿部智里

文藝春秋

阿部智里

# 楽園の鳥

もくじ

# 楽園の鳥

民法総則

第三十条【失踪の宣告】
不在者の生死が七年間明らかでないときは、家庭裁判所は、利害関係人の請求により、失踪の宣告をすることができる。
2. 戦地に臨んだ者、沈没した船舶の中に在った者その他死亡の原因となるべき危難に遭遇した者の生死が、それぞれ、戦争が止んだ後、船舶が沈没した後又はその他の危難が去った後一年間明らかでないときも、前項と同様とする。

第三十一条【失踪の宣告の効力】
前条第一項の規定により失踪の宣告を受けた者は同項の期間が満了した時に、同条第二項の規定により失踪の宣告を受けた者はその危難が去った時に、死亡したものとみなす。

# 第一章　逃避行

山を相続した。

現行法において、これから百年は固定資産税を払えるだけの維持費のおまけつきである。

それを告げられた時、安原《やすはら》はじめの口から飛び出たのは「ひえー」というやる気のない悲鳴のみであった。

「あのジジイ、マジかよ。一介のタバコ屋のおっさんには荷が重いわ……」


実家の居間である。

帰って来るのは何年ぶりになるだろう。金持ちの家を体現したような住まいは、昔と何も変わっていないように見える。

ピカピカに磨き上げられた一枚板のテーブルを囲む母と兄姉《けいし》は、この場にふさわしくきちんとした恰好をしている。一方、白磁《はくじ》のティーセットが収められた飾り棚のガラスに映りこんでいる自分といえば、伸ばしっぱなしのワカメのような黒髪に、無精《ぶしょう》ひげの浮いた顎《あご》、眠そうな垂れ目、首まわりがぶよぶよになったTシャツにジャージのズボン姿だ。咥《くわ》え煙草とごつい金のネックレスも相まって、自分で言うのもなんだがめちゃくちゃに柄が悪く見える。

服装について注意されたわけではないが、この場にいるだけでも蕁麻疹《じんましん》が出そうである。

十年前、生前贈与で貰える分は既に貰っている。今頃になって渡される遺産になど興味はなく、ただ遺言書が開かれるというので興味本位にやって来ただけなのだ。さっさと帰りたいなぁと思っていた矢先、突如として知らされた遺産の存在は、はじめを大いに困惑させた。

「お父さんがお前を名指ししたからには、きっと何か意味があるはずですよ」

着物姿の老母が言えば、スーツ姿の次兄も深々と頷く。

「変人ではあったけれど、意味のないことをする人じゃなかったしね」

「四の五の言わないで受け取りなさいよ。あんたの将来を心配して、保険のつもりだったのかもしれないし」

強い口調で続けた姉に、いやいや、とはじめは片手を振る。

「金ならともかく、今どき山なんか二束三文にしかならないんじゃねえの」

よう知らんけど、と言い終わるのを待ち構えていたように、相続手続きを一手に任されているという弁護士が口を開いた。

「すぐ隣に湖があり、温泉も近くにあります。別荘地としてロケーションには恵まれており、バブルの頃には小規模なスキー場を設けてレジャー施設を作ろうという話もあったようです。最近は近くに県道も開通しましたので、二束三文ということはないと思いますよ」

ほら、と姉は勝ち誇った顔を向けてきた。

「逆に訊くけど、オニーサマオネーサマはそれで納得していらっしゃるんです？」

処理の仕方を間違えなければ一財産にはなるのだろうし、維持費として用意された現金だけでもかなりの額なのだ。こういった場合、相続争いに発展するのが世の習いであるが、幸か不幸か、安原家は世間一般とはかけはなれた金銭感覚の持ち主ばかりであった。

「あいにく、お前に財産を遺してやりたかったお父さんの気持ちはよく分かるんでな」

父の事業を一部受け継いだ長兄が嫌味っぽく笑う。

「私達は、お前と違って食うに困ってはいないんだ。心置きなく受け取りなさい」

「いや、俺だって別に食うに困っているわけじゃないんだけど」

「今の生活じゃ、明日にも一文なしになっていておかしくはないだろう」

「ショックですわー。俺、そんなふうに思われてたの？」

確かに趣味こそギャンブルではあるが、身を持ち崩すほど負けてはいないし、金の無心をしたことだってなかったはずだ。

「これでも、まっとうに生きて来たつもりなんですけどね」

小さく不満を漏らした瞬間、我慢ならぬといったように姉と次兄が声を上げた。

「それは、生前贈与の分が残っている間だけでしょ！」

「誰にも相談せずに大学を辞めて、いつの間にか廃業寸前のタバコ屋を買い取っていた人が言えたものじゃないかな？」

私達がどれだけ驚いたか、ちょっとでも想像したことがありますかと言う次兄の目は笑っていない。

「お母さんが貧血を起こして倒れたこと、忘れたとは言わせませんよ」

「あの時は本当にびっくりした」

しみじみと言う年老いた母に、「いやはや、ぐうの音も出ねえな」とはじめは頭を掻《か》く。

安原家の人間は、全員血が繋がっていない。

資産家であった父のきまぐれで養子に取られた四人きょうだいである。しかし、はじめとは親子ほどに年の離れた三人の兄姉《けいし》は、経営者の才能に恵まれている点において非常によく似通っていた。

姉と次兄がそれぞれ会社の経営者となり、ゆうに二十年は経っている。長兄が父から継いだ事業もあわせて、いずれの業績もこの時代にあり得ないほど堅調であり、子ども達も大変優秀であると聞いている。

はじめも経営者と言えば経営者だが、レトロ風ではなく実際にレトロな店舗の売り上げと、雀荘《じゃんそう》に置いた自販機だけがまともな収入源であった。ちなみに、はじめはとっくに三十路《みそじ》を過ぎているが、依然として独身貴族の身分を謳歌《おうか》している。

ふと長兄が「俺には、お前が何を考えているかさっぱり分からん」と呟いた。

「せっかく買い取った店も放ってあちこちふらふらしているそうじゃないか。貯蓄もろくすっぽ出来ていないのに、将来への危機感が全く感じられん。いつお父さんの二の舞になるかと、こっちは気が気じゃないんだ」

「はあ」

「お父さんから、悪い影響を受けたのは分かる。お前にばかりあのお父さんの相手をさせてしまったことを、申し訳なく思ってもいる」

「ひでえ言われようだな、おい」

親父は極悪人かと茶化すべきかと思ったが、養母までもが「そうよねえ」と同意するので喉まで出かけた言葉も引っ込んだ。

そんなはじめを、長兄がぎろりと睨む。

「――だが、それとこれとは話が別だ。この際だからはっきり言わせてもらうが、今のところ私達の頭を悩ませているのは会社の将来でも子ども達の将来でもない。お前の将来だ」

とにかく、我々に父さんの遺産は必要ないと長兄は断言し、次兄と姉も同時に頷いた。

このブルジョワめとはじめは毒づく。

「ウチの常連の社畜《しゃちく》共の声を聞かせてやりてえよ」

「社畜の皆さんだって、遺産だけで一生食っていこうとしているお前にだけは言われたくないだろうよ」

話し合いがあらかた決着したのを見て取り、なりゆきを生温かく見守っていた弁護士が再び口を開いた。

「それでは、お父さまの遺言どおり、安原はじめさんが山を相続するということでよろしいですね？」

その場にいる全員の了承を得たのを確認し、弁護士は鞄《かばん》から分厚い封書を取り出した。

「先ほど資産価値の話が出たばかりですが、実は山の売買に関して、お父さまからある条件が出されています」

「売っちゃいけないとか？」

税金込みの維持費をきっちり揃えてあることを考えればいかにもありそうだと思ったが、弁護士はそれには答えず、とにかく中を確認するようにと促した。

そっけない白い便箋《びんせん》に、父の自筆で書かれていたのは、たった一言のみであった。

『どうしてこの山を売ってはならないのか分からない限り、売ってはいけない。』

「はあ？」

何だこれ、とはじめは目を丸くしたのだった。

＊　＊　＊

新宿区には、ギラギラした高層ビルを遠目にして、未だに昔ながらの街並みを残す地域が存在している。

いくつかの大学に囲まれたそこには、学生をメインターゲットに据えた安い飲み屋や弁当屋はもちろん、多種多様なラーメン屋に中華屋、雀荘やジャズ喫茶などが混沌として立ち並んでいた。

実際に営業しているのかしていないのか疑わしくなるような店も何軒か存在していたが、その中でも特に商売っ気を感じない古いタバコ屋があった。

蛍光灯の仕込まれた白地に赤い文字で「たばこ」と書かれた看板が掲げられ、その下には小さなガラス戸と、色あせた小箱がびっしりと並ぶショーケースが続いている。両側のビルに挟まれた店舗はうなぎの寝床のようになっていて、通り側のほとんどを販売カウンターが占めていた。

いかにも窮屈そうな昔ながらのこの店舗こそが、はじめの城ともいうべき「たばこ屋　カネイ」である。

創業六十年を超えているこの店は、もともと、高齢の未亡人によって営まれていた。まだ大学生だった頃のはじめの行きつけの店であり、今はほとんど見なくなったレトロな雰囲気が気に入っていたのだが、ある時、店主であるトシばあちゃんが、年齢を理由に店をたたむと言い出した。

ところが、カネイは店舗そのものがあまりに古く、細長い敷地も再利用がしにくいという理由で、売却を相談した不動産屋に難しい顔をされてしまったのだという。提示されたのが思っていたような額ではなかったと漏らすトシばあちゃんに、「じゃあ、俺が店を継ごうか」とはじめが提案したのだった。

もともと自分が怠惰《たいだ》な性分であることは自覚している。

瀕死《ひんし》になってまで就職活動をして、なりたくもない会社員になるなんて真っ平ごめんだったし、なれたとしても長続きするわけがないという確信があった。遺産を元手にギャンブルで生きていこうかと考えていた矢先だったので、自販機が主な収入となるタバコ屋の経営は、はじめとしてはかなり堅実な選択だったのだ。

話を持ちかけた当初、トシばあちゃんは仰天し、よくよく金の使い道を考えろと説教までくれた。しかしまとまった額を実際に用意し「売ってくれなきゃギャンブラーかニートになるしかねえな」と駄々をこねると、心配そうな顔ではじめにタバコ屋のイロハを教えてから、娘夫婦の住む町へと引っ越して行ったのだった。

だが、はじめの勤務態度とは関係なく喫煙者には生きにくい時代である。

以前は雀荘に置いていた自販機だけでもそこそこの売り上げがあったのだが、そこを利用している大学生達は近頃とんとお上品になったと見えて、収入は明らかに減っていた。カートン買いをしていく常連客など、もはや絶滅危惧種と言ってもよい。

はじめは換気扇に向かってゆるく紫煙を吐き出した。

空気はじっとりと蒸し暑く、残照はどこか焦げ臭い。

カネイは、店舗と住居が一体となっている。

二階はもっぱら物置と万年床で、一階の店舗裏には便所と風呂場、そして台所が続いていた。

空腹を覚えて台所までやって来たのだが、冷蔵庫は空であった。口寂しくて思わず煙草を咥《くわ》えるも、換気口を透かして瞬くように差し込む夕日を見ていると、腹具合はますます切なくなってくる。

外食するかとも考えたが、街中で喫煙が許されたスペースはどんどん狭くなっているので、この辺りでのんびりしようと思ったら自宅が一番となってしまう。愛煙家にとって、この国はなんと居心地が悪くなってしまったものか。

いっそ海外に行ってみようかと思いつき、先日から持ちかけられている儲《もう》け話が頭を過《よ》ぎった。

山を相続するだけでどうしてこんな手続きまで必要なのか、不思議に思うような大量の書類にサインし、正式にはじめが山の名義人兼管理人になった翌日のことである。

——あの山を売ってくれませんか。

そう言って、胡散臭《うさんくさ》い笑顔のビジネスマンがはじめのもとを訪ねて来た。

私有地の「山」というと、大きな山の一角といった形が多いらしいが、はじめが相続したのは、本当に山そのものとも言える土地一帯であった。地図で見るとその山はきれいなお椀型をしており、ちょうど他の山に接している部分の裾野《すその》をぐるりとめぐる円の内部が、丸々はじめのものとなっていた。

周辺住民からは、「荒山《あれやま》」と呼ばれているらしい。

最初にやって来た男は大きな企業の名前を出し、その荒山を買い取ってレジャー施設を作りたいのだと語った。

山にはスキー場を、湖にはレジャーボートを浮かべ、湖畔《こはん》には洒落たホテルを建設する。どうでしょう、と提示された額は決して悪くはなかったが、はじめはすげなくそれを断った。

とりあえず売る気はないと告げると、その男は眼鏡をキラリと光らせて、「もしや山に手を加えるのがお嫌ですか？」と訊いて来た。詳しく説明するのも面倒で「そうですね」と適当に答えると、その男は笑顔を崩さないまま、「また伺います」と言ってあっさり引き下がっていった。

そして後日、今度は先日とは全く異なる会社の肩書きを持った男が現れ、またもや「荒山を売って欲しい」と言って来たのだ。

今度は、あの山には国が保護対象としている珍しい動植物が多くいるようなので、環境保全のためにも是非買い取らせて欲しいという理由である。提示された金額は、先日の男が出したものをわずかに上回っていた。

養父から、思っていたよりも愉快なものを押し付けられたと気付いたのはこの時である。

最初に来た男も、次に来た男も、山を欲しがる理由とバックについている会社の名前こそ違うが、笑い方が全く同じであった。ビジネスの作法というか、やり口に共通するものを感じたのだ。

　こいつらの後ろにいるのは同じ奴だと、すぐにピンときた。

　手を替え、品を替え、名義を変え、額面を変え、こちらからは顔の見えない誰かが、山を売って欲しいと自分に言ってきている。

　今のところ、最初の二件にもう一件加わった三者から、山の売買に関しての打診を受けていた。半ば面白がって、のらりくらりと要求をかわしてみたが、三者はあくまで下手《したて》に出てきている。途中、「これ以上は難しい」だの「諦めてこの話は他に持っていく」などと揺さぶりをかけたりもしたが、はじめが動じないと分かるやそれもなくなった。提示する金額や接待の内容は、徐々に大規模になりつつある。

　とはいえ、ここまで焦《じ》らしまくったのだから、いいかげん向こうもこちらに売る気がないのは伝わっただろう。こうした場合、次に考える手は大体《だいたい》決まっている。すなわち、押して駄目なら引いてみろ。飴《あめ》が駄目なら鞭《むち》を使え、といったところだ。

　あちらが何をしかけて来るのか、楽しみだ。

　サンタクロースからのプレゼントを待つ子どものような心持ちで、はじめはシンクに置きっ放しになっていたビールの空き缶にちびた煙草を落としたのだった。

　いつの間にか、台所はすっかり暗くなっていた。

　近所のラーメン屋にでも行くかと、ズボンに財布と煙草の箱だけを突っ込んで外へと出る。

隣のビルの一階はそば屋なのだが、女将《おかみ》さんが細々と続けているグリーンカーテンの夕顔がまっさらな白い花を咲かせていた。扉に鍵をかけ、カウンターにシャッターを下ろした、その時だった。

「こんばんは」

もう店じまいですか、と。

背後からそう尋ねてきた声は、凜《りん》と澄んでいる。

声につられて振り返ったはじめは、そこで世にも美しいものを見た。

点滅する古ぼけた街灯の下、光の輪が浮いたストレートの長い黒髪が、夜風を受けて豪奢《ごうしゃ》に舞っている。シンプルな白いワンピースをまとった体は、細身なのに腰がくびれており、長い手足がすんなりと伸びていた。

そこに立っていたのは、怖気《おぞけ》をふるうような美女であった。

芸能人はおろか、世界的な名画に描かれた麗人でも、彼女ほど美しい人は見たことがない。かすかに微笑みを浮かべ佇《たたず》んでいるだけで神々しく、その顔面で人を殺せるだろうと思った。

しかし同時に、彼女にはどこか見る者をぞっとさせるものがあった。なんというか、まるで人間味を感じないのだ。可愛らしいという意味ではなく、どこか不穏さを感じさせる天使のようだった。本人は清らかで神聖そのものなのに、それを少しでも侵したら破滅させられそう、とでも言うような。

何よりも彼女を非凡にしているのは、そのよく輝く目であった。

満天の星のきらめく、瑠璃《るり》色に澄んだ夜空のような瞳をしている。

形のよい骨格の中で、はっきりとした目元だけが異様なほどの存在感を放っていた。彼女の持つ意志の強さが、きらびやかな瞳を透かして見えるようだ。

幽境の何かと思うにはあまりに主張が激しい眼差しに撃ち抜かれるような心地がしながらも、はじめはその衝撃をちょっと瞠目《どうもく》するだけでやり過ごしたのだった。

「何かお求めですか」

「はい。あなたを」

思わず目を瞬くと、彼女は華やかに微笑した。

「私と一緒に来て頂けませんか」

「美人局《つつもたせ》か」

「まあ怖い。でもご安心下さいな。私は美人局でなく、幽霊です」

それはそれで怖いなとはじめは思った。

「……足はあるように見えるがね」

「最近の幽霊は足があるのです」

「へえ。幽霊にも流行《はや》り廃《すた》りがあるのか」

「ありますとも。幽霊に足がなくなったのは、江戸時代の幽霊画からだそうですよ」

曖昧なものはそういった影響を受けやすいのですと、歌うように彼女は言う。

どうにも要領を得ないが、このタイミングでやって来た以上、彼女の目的はひとつしかない。

「まあ、冗談は置いといてだ。山の件だな？」

確信を持って問いかければ、幽霊は「話が早くて助かります」と首肯《しゅこう》した。

「実は、あなたのお父様から頼まれておりまして」

「何を？」

「あなたに、あの山の秘密を教えて差し上げて欲しい、と」

——どうしてこの山を売ってはならないのか分からない限り、売ってはいけない。

脳裏をひらりと過《よ》ぎった言葉に得心する。親父は、一応答えとなるものを用意してくれていたわけだ。

「あんた、親父とはどういう関係だ。今、どこにいるか知っているのか」

「それについては、ごめんなさい。昔ご恩を受けたことがあるきりで、お父様が現在どうされているのかは存じ上げないんです」

幽霊は困ったように言う。

「ここまで来ておいて言うのもなんですが、個人的な意見を言わせて頂くと、断るのも一つの手だと思います。その場合、何も聞かなかったことにして、山を売ってしまうのがよろしいかと」

「どうして？」

「山の秘密を知れば、おそらくは命の危険にさらされます。そうでなくとも、それを知る前までのあなたには戻れなくなるでしょう」

「俺の一生を変えちまうような秘密があるってことか？」

「まず間違いなく」

「興味をひくのが上手だねえ」

思わず、ヒヒッと気持ちの悪い笑声を漏らしてしまった。

「どうか今、ここで選んで下さい。私と一緒に来るか、来ないか」

まっすぐな目を向けてくる美女を見つめ返し、はじめは無精ひげをざりりと撫でた。

「言い方が嫌だな」

問うように小首を傾《かし》げる幽霊に、真面目くさって付け加える。

「なんというか、もうちっとこう、俺が楽しくなるようなニュアンスで誘ってくれ」

「では、はじめさん。これから私とデートに行きませんか」

「いいね。行こう」

即答したその瞬間、バサバサッと、どこかで鳥が羽ばたく音がした。

「あら」

そう言って弾かれたように空を見上げた彼女の瞳が、不意に冷たい光を宿す。

「――急ぎましょう」

そう言って彼女は、はじめの手を取って駆けだした。

ちょうど近所の大学の講義が終わった時間らしい。楽しそうな声を上げてふざけあう若者の間を、幽霊とはじめは小走りに進む。

クラクションと学生達の笑い声が響く雑踏の向こうで、カアカアと烏《からす》の鳴き声がしている。視線をめぐらせると、既に日は落ちているのに、街灯の間にちらつく黒い影が見えた。

幽霊が向かったのは、最寄りの地下鉄の駅であった。

「電車に乗るのか」

「行ってのお楽しみです」

人波に乗って階段を駆け下りていると、背後でがなり立てる烏の鳴き声がして、次いで女性の悲鳴が聞こえた。

「何だ？」

「構内に鳥が入ったのでしょう」

こちらへ、と振り返りもせず、踊るような足取りで彼女ははじめを先導する。

幽霊は流れるように二人分のＩＣカードを使って入場し、ちょうど停まっていた車両へと駆け込んだ。

――ドアが閉まります。ご注意下さい。

無感動なアナウンスの後で、ガコン、と音を立てて扉が閉まり始める。

すると、青白いライトに照らされた改札を飛び越えて来る何かが見えた。人々が驚いて首を竦《すく》める上を、一羽の烏が猛烈な勢いでこちらに向かって飛んで来る。

あわや車両に烏が飛び込むという寸前、計ったようなタイミングでドアが閉じた。閉め出された形となった烏は、ガラス戸に体当たりするようにして止まると、すぐさま転落防止扉まで飛びのいた。

ガラス一枚を隔てた向こうで、ギャアギャアと烏がだみ声でがなり立てる。そして、ゆっくりと動き出した車両を見るやすぐさま飛び上がり、もと来た通路を戻っていった。

ほぼ同時に車両がトンネルに入ったため、はじめにはそれ以上のことは分からない。しかし、顔を横にして車内を覗き込むようにした烏は、普通の烏よりも足が一本多くはなかったか。

今のを見たか、と隣の幽霊に話しかけようとしたはじめは、そのまま口をつぐんだ。

彼女は微動だにせず、どこか冷然とした面持ちで、ガラス戸の向こうを見つめていたのだった。


ただでさえ、帰宅ラッシュの時間帯だ。

汗の匂いを漂わせる勤め人と学生達が群れなす中、特に言葉を交わさないまま、はじめは幽霊の後を追いかけ続けた。

地下鉄を何度か乗り換え、大きな駅へ着くと、二人は駅構内の百貨店へと入った。

惣菜売り場は買い物客でごったがえしている。何か買うつもりなのだろうかと思ったが、幽霊はそこをするすると縫うように素通りし、スタッフ専用の通用口へと向かった。

どうぞと引き入れられたバックヤードは薄暗い。

蛍光灯がかさついた音を立てる中、通路の両側には段ボールがうずたかく積まれ、足元には包装紙の切れ端と思しき紙片が落ちていた。

幽霊は迷いない足取りでひとつの段ボールに近付くと、中から何かを取り出した。

「お手数をおかけして申し訳ありません。こちらに着替えて頂けますか」

それは、くたくたになった二着のツナギだった。

彼女は全く恥じらうことなくはじめの目の前でワンピースを脱ぎ捨て、グレーのツナギに着替え始めた。白い肌と薄いブルーのランジェリーから申し訳程度に視線を逸らしつつ、はじめも大人しくそれに倣《なら》う。

「これをどうぞ」

仕上げとばかりに帽子を渡される。

彼女自身も、長い髪を手早く束ねて帽子の中に押し込んでから、自分が脱ぎ捨てたワンピースを段ボールに放り込む。そこで、思い出したようにはじめの脱いだTシャツとズボンを手に取った。

「この服、思い入れのあるものだったりしますか?」

「いいや、全く」

「では、すみません。どこかで弁償しますので」

そう言って無造作にはじめの服を段ボールに投げ込むと、そのまま背を向けて歩き出す。

職員用のエレベーターを使って地下から一階へと上がると、荷物運搬用の大きなトラックが用意されていた。

幽霊は、まるで海外ドラマのエージェントのような動作で外を窺《うかが》ってから、トラックに乗るようにと身振りで示した。はじめが助手席にえっちらおっちら乗り込んだのを確認するや、彼女も身軽に運転席に収まり、手馴れた動作でキーをまわす。エンジンをかけ、警備員に誘導されるまま一般道に出てから、ようやく幽霊のまとっていた緊張が解けたように見えた。

「ドタバタしちゃってすみません。もう、普通にしゃべって大丈夫ですよ」

「俺達、誰かに追われていたのか」

「はい」

「はぁん……？」

何てこともないように肯定されると、逆に何と返すべきか困ってしまう。

間抜けな返答が可笑《おか》しかったのか、彼女は口元に小さな笑みを浮かべた。

「ご安心を。彼らに捕まっても、困るのは私だけです」

「あんた、一体何者なの」

「最初に申し上げたでしょう。ただの幽霊です」

茶目っ気たっぷりにはじめを見てから、彼女は再び前を向く。

「このまま、あなたの山へ向かいます。お休みになって構いませんよ」

「あいにく、まだ眠くはねえな。それより腹が減ったが」

「おにぎりとお茶を買ってあります。お菓子といっしょにダッシュボードに入っておりますので、ご自由に召し上がって下さい」

粗餐《そさん》で申し訳ないと謝られたが、はじめの普段の食事とそう大きく変わるわけでもない。昆布のおにぎりをもそもそと咀嚼《そしゃく》しているうちに、トラックは高速道路に乗った。

「タバコを吸ってもいいかな?」

「どうぞ」

シガーライターと車に備え付けの灰皿を示され、ありがたく使わせて貰う。

わずかに窓を開け、そこに向かってふっと紫煙を吐き出すと、そのもやの向こうの防音壁とオレンジ色の街灯が、妙に鮮やかに浮かび上がって見えた。

「……そんで? あの山の秘密ってのは何なんだ。ちゃんと俺はあんたについて来たわけだし、そろそろ教えてくれてもいいんじゃないかね」

視線を窓の外に向けたまま問えば、「何だと思われます?」と幽霊は問い返してきた。

「金の鉱脈が眠っているとか」

「だとしたら、我々としては最悪ですね。あの山を穴ぼこだらけにされては困りますから」

「ふうん?」

黙って先を促すと、「説明するのが難しいのですが」と幽霊は少し考えを巡らせるように宙を睨んだ。

「はじめさんは、桃源郷をご存知ですか」

「俺の行きつけのキャバクラ」

「まあ素敵。でも、申し上げたかったのはその命名のもとになった古典のほうです」

昔々、中国は晋《しん》の時代。

武陵《ぶりょう》の漁夫が道に迷い、桃の林を抜けた先で異境へとたどり着いた。そこは美しく平和な世界であり、そこに住まう人々は温厚で、漁夫を歓待したという。外部の人にここのことを話してはいけないと口止めされた漁夫はしかし、道にしるしをつけながら異境から戻り、人を伴って再びそこに向かおうとした。しかし、二度とそこに至ることは出来なかったという――。

歌うような口調で説明され、はじめは「ああ」ともじゃもじゃ頭を搔く。

「学生時代に習った気がするな」

「これから、桃源郷に連れて行って差し上げますよ」

言葉をなくし、はじめは隣の幽霊の顔をまじまじと見つめた。

「それは……酒池肉林的な意味で……？」

「あいにく、大人の社交場には詳しくありませんので」

「いや、だってあんた、悪質なキャッチみたいなんだもんよ」

「悪質なキャッチであることは否定出来ませんね」

ころころと声を上げて笑ってから、幽霊は自分の言葉を補足した。

「あの山は、ある者にとってはまさしく桃源郷のような場所なのです。はじめさんにとってもユートピアかどうかは、行ってみないことには分かりませんが」

どちらにしろ、下手にあの山に手を加えられては困るのですよと幽霊は苦笑する。

「でも我々は、権利とかそういった関係にはとんと疎《うと》くて……。知らない間に、山の権利が個人所有になっていて、危ない橋を渡っていたのだと、最近になって気付いたんです」

バブルの頃、あの山を開発しようとする動きもあったという話こそが、その最たるものだった。幸いにして計画は中止されたが、そこには、一人の実業家が関わっていた。

「それこそが、はじめさんのお父様、安原作助《さくすけ》さんでした」


安原作助。

一代にして巨万の富を築いたその手腕から、「経済界のぬらりひょん」とまで呼ばれた実業家である。

実際、そのセンスには神がかった何かがあった。

もとは小規模な商店の店主だったが、手広く展開した商売の一切合財が大成功を収めた。その場その場の選択が後々にうまく作用し、最終的には大量の利益を生む。海老一匹で鯛を釣り、それをきっかけにして鯨《くじら》を陸に引きずり揚げるかのような、驚異的な手腕の持ち主であったのだ。バブルの時期には豪快に土地を転がし、まるでそれが来るのも終わるのも分かっていたようなタイミングで最大限に利益を上げたらしい。

同業者からは化け物扱いされ、伝説にはことかかない人物ではあったが、彼はその実、ものすごい変人でもあった。

妻となった女《ひと》には子どもが出来なかったが、それは最初から承知の上だったと聞いている。作助が気に入って引き取った養子は、一人を除いていずれも人間的にも商業的にも大成功を収めているので、人を見る目は確かだったのだろう。

養父は、放浪するのが大好きな人でもあった。

ある程度事業が成功すると、あっさりとそれを人に任せ、ふらりといなくなってしまう。それなのに、何か大きな動きが起こる直前になると現れ、一見するとむちゃくちゃな指示を出してまたいなくなるのだ。残された者が半信半疑でそれに従うと、決まってそれが後々に大きな利益に繋がるという、何とも気味の悪い経営をしていたらしい。

引退後も、たまに会社に現れては、後を継いだ息子達に予言めいたアドバイスを行っていた。そういう時は、やはり決まって大きな動きがあるので、社員からは超常現象とか座敷童的な扱いを受けていた。おそらく、「ぬらりひょん」の由来はそんなところにあるのだろう。

放浪好きな彼は、高齢になるにつれて旅の道づれが欲しくなったらしい。そこで、仕事を継がせるためではなく、ただ単に自分の暇つぶしのおもちゃにするために新しい養子を連れて来た。

その四人目の養子こそが、はじめであった。

全く相談なく末っ子を連れて来られ、家族一同は仰天したらしいが、はじめがあの屋敷で過ごした記憶はほとんどない。貰われて来た用途に違《たが》わず、作助のめちゃくちゃな旅にさんざん付き合わされたからだ。

一番多く付き合わされた場所は、賭場《とば》である。

トランプにバカラ、ルーレット、麻雀やら花札やらサイコロやらのルールを、養父の膝の上で、はたまた煙草くさいおっさんの傍らで片っ端から覚えていった。海外と思しきいかにもな賭場やカジノにも連れて行かれた記憶があるし、競馬、競輪、競艇、オートレース、パチンコと、思いつく限り全ての大人の遊びに付き合わされたのだ。

かと思えば、はしゃいだ勢いのまま山に連れて行かれてそのまま置き去りにされたり、泳ぎの訓練だといって湖に突き落とされたりしたこともあった。それで狼狽《ろうばい》するはじめを見て腹を抱えて笑う姿には、幼心に殺意を覚えたものである。

これで、長じてまっとうな会社員になれるわけがねえだろうとはじめは主張したい。

その化け物じみた采配《さいはい》から、アンダーグラウンドな付き合いもあったのではないかと噂されていた養父であるが、実際に怪しい所に出入りしていたのは確かだった。幼い頃なのでおぼろげではあるが、どう考えても堅気ではない連中のたむろする場所に行った覚えもあるし、大きくなって日本中を放浪するうちにそういった輩に絡まれる場合もあったから、他でもないはじめ自身が生き証人である。

だからこそ、七年前、本格的に彼が帰って来なくなっても、真剣に心配する者は誰一人としていなかったのだ。

作助を少しでも知っている人間は、「いつかこうなると思っていた」と口を揃えた。とっくの昔に豚のえさになっている気もするし、明日にでもひょっこりと帰ってきそうな気もする、と。

　無言になったはじめを、幽霊は不思議そうに見やった。

「とにかくですね。お父様はあの山を手に入れ、一旦は開発しかけて、途中でそれを中止されています。以来、手付かずのまま今に至るわけです」

　近年になり、あの山が個人の所有になっていると気付いた者達は度肝を抜かれたのだという。慌てて買い取ろうとしたが、安原作助は行方不明で、権利を動かす交渉すらままならない。

「山を欲しいと考えている者達は、お父様の失踪宣告であなたに権利が移るのを、固唾《かたず》を呑んで見守っていたわけです」

「それで、一気に？」

「買い取りにきた、と」

　はー、とはじめは溜息をついた。

　あの人を食ったジジイがあえて「売るな」というくらいだ。何かある予感はしていたが。

「そんな厄介なもんを、なんでわざわざ俺なんかに遺すかね……」

「適任だと思われたのでは？」

「明らかに人選ミスだろ」

　投げやりにそっくり返ったはじめは、バックミラーに、このトラックと同じ型のトラックが映っていることに気がついた。

「幽霊さん」

思わず声が低くなったが、幽霊はちらりと鏡を見て、はじめを安心させるように微笑む。

「ご心配なく。あれは追手ではありません」

「あんたのお仲間か」

「とも、言い切れませんけれども。とりあえずは、ご放念頂いて大丈夫です」

道路照明灯を反射して、その整いきった横顔にオレンジ色の光が差す。無言のままの彼女に詳しく説明するつもりがないのだと察して、はじめは矛先を変えることにした。

「委細は知らねーが、あんたらにとってあの山に価値があるってのは分かった。そんで、どうして俺達は追われている？　あんたと別口ってことは、さっき追って来たのは、最初に俺に山を売れと言ってきた奴らの一味なのか」

察しがいいですねと幽霊は頷く。

「彼らと私は、仲が悪くて」

「そりゃまた、どうして」

「価値観が絶望的に異なると言うか、主義主張の違いと言うか……」

最初は誤魔化そうとしたようだったが、はじめがじっと見つめ続けると、「私には、どうしても許せないことがありまして」と小さな声で呟いた。その横顔に今までにないものを感じ、「何が」と容赦なく先を促す。

「――かつて、私は殺されました」

少しの沈黙をおき、どこか腹を括《くく》った様子で幽霊は口を開いた。

「私だけでなく、私の両親も、私の大切な人達も。今、追って来ている彼らが盲目的に信じるものによって理不尽に蹂躙《じゅうりん》され、殺されてしまったんです。私がこの世にあさましくも留まり続けているのは、未練があるからに他なりません」

「殺されたことを恨んでいる？」

「ええ、大いに」

許せるはずがないでしょうと、幽霊を自称する女は、その美貌に凄絶な微笑を浮かべた。

「私はなんとしても、私と、私の大切な人達を殺したものを、この世から滅さなければなりません」

そうでなければ成仏出来ないのですよと、美しくもおぞましく笑う彼女の姿は自称に違わず、全くこの世の者とは思えなかった。

「なるほどね」

重苦しい空気をいとわしく思いながら、はじめは息をつく。

「ジジイに頼まれたってのは口実で、俺は、あんたの復讐に巻き込まれたんだな」

「そういうことです」

分かりやすくて結構なことだ。

会話は途切れてしまったが、それ以上、無理に話を続けようとは思えなかった。

数時間のドライブの後、高速を降りた。

結局一睡もしないままだったので灰皿はいっぱいになってしまったが、休憩が挟まれることもなかった。

周囲の建物はすっかり低くなり、その間には光を吸い込むような田畑の闇が広がっている。田舎の風景を走っているうちに、トラックはいつしか、黒々とした山へと向かうゆるやかな坂道を走っていた。

そこをひた走ることしばらく、その道路をまたぐように聳《そび》え立つシルエットが見えた。

「鳥居？」

「そうです。ここから山に入るという合図ですね」

巨大な鳥居の下を潜ってからサイドミラーを見ると、いつの間に随分と登って来ていたのか、山の裾《すそ》野には宝石をばらまいたかのような夜景が広がっている。

その一方、フロントガラスから見上げた山の上空には大きな月が燦《さん》然《ぜん》と輝いていた。夏のぼやけた空気の中でも負けない強い光にしばし見とれているうちに、周囲の景色からはどんどん明かりが少なくなっていった。人家がまばらになるのに比例して、森林ばかりが増えていく。

お互い無言のまま運転を続けるうちに、段々と道が曲がりくねり始めた。九十九折《つづらおり》を曲がるたびに、道があからさまに狭くなっていく。

間違いなく山道だと断言出来るようになってから随分と経ち、左右に迫り来るような森林の闇が途切れた。

やっとひらけたと思った先は、皓々《こうこう》とした月の光に照らし出される大きな湖であった。

がたがたと揺れるトラックに、とうとう舗装もされていない道に入ったと知る。

「すっげえ田舎」

「まあ、山ですからね」

湖に沿ってトラックを走らせ、ようやく、湖に臨むロッジへとたどり着いた。

いつの間にか二台になっていたトラックを先導する形で進み、ロッジの前でゆっくりと停車する。

だが、後続の二台のトラックはまだ動いているようだ。停車することなくハンドルを切り返し、ロッジのすぐ隣の建物にバックして向かっている。カッターボートでも入っているのだろうか。かなり大きなガレージである。

「……着いた？」

「はい。一旦降りましょう」

トラックを降りると、東京と明らかに空気が違う。

驚くほど気温が低い。山特有の鋭いひやっこさである。深呼吸すれば、随分と久しぶりに肺の奥まで澄んだ空気がしみわたり、つきんと痛むような感じさえした。

「あれがあなたの山です」

幽霊に指差された先に目をやれば、月光によって照らし出された山の形がはっきりと確認出来た。

山と接している湖の対岸には、人家の明かりらしきものも見える。

集落でもあるのだろうかと思っていると、バタン、と扉を開閉する音と話し声が響いた。

振り返ると、倉庫前につけた二台のトラックの運転手達が何やら動き回っている。荷台から荷物を下ろそうとしているようだが、その間、かたくなにこちらを見ようとしていないような、あえてこちらを無視しているような印象を受けた。

他のトラックを見ているはじめに気付いたのか、彼女は違う方向へ手を向けた。

「お手洗いにご案内します。今なら、誰もいないはずですので」

「あいよ」

連れて行かれたロッジの中に入ると、何か、ハーブのような良い香りがした。トイレにもドライフラワーが飾られており、カネイの古いトイレに慣れた身にはそれだけでなんともしゃれて見える。

トイレから帰る際、居間と思しき部屋を覗いてみたが、そこには大きなアクアリウムがあり、天井ではファンが回っていた。モデルルームのように綺麗な部屋だが、使いかけのお茶のセットや小物があるあたりに、拭《ぬぐ》いきれない生活感がある。

誰かが住んでいるのは確かなのに、人気《ひとけ》が全く感じられないのが少し不気味であった。

見咎《みとが》められないうちに戻ると、玄関のすぐ外で彼女が待っていた。

「はじめさんには大変申し訳ないのですが、これから、少し窮屈な思いをして頂くことになります」

おや、とはじめは目を瞬く。

「ここが目的地じゃなかったのか？」

「もうちょっとだけ、お付き合い頂きたいのです」

可愛らしく両手を合わせてウィンクしてから、トラックの荷台を開く。

「はじめさん、閉所や暗所は平気ですよね」

「平気、では、ありますけど……？」

まさか。

ロッジの玄関に点された薄明かりの中、荷台に山と積まれた木箱を指し示してにこやかに言う。

「これに入って下さい」

「マジか」

大きな木箱の中を覗き込めば、申し訳程度の小さな座布団と、飲料水が入っているらしいガラス瓶が見えた。

「マジかー……」

「大マジです」

語彙《ごい》を失ったはじめに対し、さあ入れ、と笑顔でプレッシャーをかけてくる。

「あ、そう言えば携帯電話はお持ちですか」

「そもそも持っていないけど、なんで？」

「ここから先は圏外ですし、十中八九壊れてしまいますから。お持ちならお預かりしようかと」

はじめは今度こそ絶句した。

「俺、どこに連れて行かれようとしてんの？　まさか、このまま湖に沈められたりしねえよな」

「大丈夫、大丈夫。あなたに何かあれば、困るのは我々なのです。どうかご安心下さい」

どこにも安心出来る要素がねえぞと思いつつも、結局は彼女に促されるがまま、はじめは木箱の中で膝を抱えることになった。

「あまり、音は立てないでくださいね。明確にあなたに話しかけてくる者がいない限り、声も極力出さないで」

「注文が多い」

「申し訳ありません。でも、鼾《いびき》をかかないのなら、眠っていても構いませんよ」

「無茶を言う……」

「では」

幽霊はにっこりとこちらに笑いかけた。

「いずれまた、お会いしましょう」

木箱の蓋が閉じられ、ついで、トラックの荷台の扉が閉まる重々しい音が響き渡る。

真っ暗で何も見えない。

視角が閉ざされるとその他の感覚が研ぎ澄まされるのか、埃《ほこり》と杉の匂いが強く感じられる。

しばらくすると、ぱたぱたと駆ける軽い足音と、エンジンのかかる音がして車体が震えた。

「バックします。ご注意下さい」という街中で聞き慣れたボイスアラームと共にゆっくりと動き始め、いくらもしないうちに停まってしまった。

トラックの扉が再び開かれる。

木箱には隙間が空いていたようで、細く光が入ってきた。

首を捻《ひね》り、隙間に目を近付けて外を窺うと、帽子を深く被ったツナギ姿の男達が、手馴れた動作で荷下ろしをしていた。位置的に、今視界に入っているのは先ほどトラックがつけていたガレージの内部だろうが、その背後、並べられた荷物の隙間から見えた光景にはじめは目をぱちくりさせた。

白熱電球に照らされた室内の、その向こう。木箱が大量に置かれた倉庫の奥には、ぽっかりと洞穴《ほらあな》が口を開いている。

自然に出来たものではないだろう。坑道のように、人工的に削られて出来た通路のようだ。奥に続く線路やトロッコのような物まで見えたが、はじめの入った木箱がスライドしてトラックから下ろされると、他の木箱の陰に隠れて何も見えなくなってしまった。

あの通路は何なのか。いつまでこうしていればよいのか。あまりに同じ姿勢でいるとどこか痛めそうだな、などと思っているうちに、荷下ろしが終わった。

金属のこすれるような硬い音がして、はじめの体が大きく揺れる。そこで、自分の入った木箱がトロッコに積み込まれたことを知った。

何も見えないうちに、はじめの乗ったトロッコはガタゴトと動き出した。

おそらくは、先ほど見えた洞穴に入ったのだろう。途中で耳をふさがれるような感覚がし、直接風が当たるわけではないのに、すうっと温度が下がっていくのを感じる。レールの継ぎ目を走るリズムもすぐに軽快なものへと変わり、どんどん速度を増していくようである。

口寂しくて煙草が吸いたくなったが、下手すれば火傷するか、酸欠にでもなりそうだと思えばあえて挑戦する気にもなれない。

一体、自分はどこに向かっているのやら。

こんなトロッコがあるくらいなのだから、やはり鉱山かそれに類する何かではあるのだろうが、資料上、こんなものがあったなど一切聞いていない。父の黒い人脈が関係した資金源、隠し財産だったと考えるのが一番妥当なのかもしれないが、鉱山などという大掛かりなものが果たして普通に隠し通せるものなのだろうか。

――いや、でもまあ、あのジジイの持ち物だからな。

全部それで納得出来てしまうのが恐ろしいところではある。

つらつらと考えている間も、絶え間なく細かい振動が体に伝わってくる。

よく整備されているのか、トロッコは滑らかに動いているようだ。荷物に囲まれているせいでほとんど外は見えないが、時折、高速のトンネルのようなほのかな明かりが、対面の隙間から差し込んでいる。

眠れるわけがないと思っていたが、一定の音と光は眠気を誘う。

あくびをかみ殺し、いつの間にかうとうとしていたらしい。

夢の狭間をたゆたっていたはじめを叩き起こしたのは、トロッコのブレーキと思しき耳障りな金属音と、大きな揺れであった。

寝ぼけ眼を瞬いていると、いつの間にか外が騒がしくなっている。

はっきりと大声で言葉を交わしているのに、なんと言っているのかすぐには理解出来なかった。

あれ？　これ、日本語だよな？

どこかで聞いた覚えがあるようなないような、と首を捻っていると、唐突に暗闇の中に光が射した。目がくらみ、思わずぎゅっと目をつぶる。

ギィ――と、木箱の開く鈍い音と共に、誰かの息を呑む気配がした。

しばしばする目を無理やり開き、何度も瞬いているうちに、徐々に視界が戻ってきた。

はじめの入った木箱を開いてこちらを覗き込んでいるのは、一人の中年男性だった。

ぽかんと口を開いた彼と、しばし、無言で顔を合わせる。なんとも間の抜けた沈黙が落ちた。

「どうも……？」

こちらから話しかけるなと言われてはいたが、沈黙に耐え切れず、小声で言って片手を挙げる。

するとそいつは、顔を盛大に引きつらせて、わなわなと震え始めた。尋常でない様子に心配になりかけたその時、目の前の男が絶叫した。

わあ、とも、やあ、ともつかない声を上げ、やたら訛《なま》りの強い早口でわめきながら、はじめから逃げるように後じさって行く。

今更隠れるも何もないだろうと、はじめはゆっくりと立ち上がった。そして、そこに広がる光景に絶句した。

とてつもなく大きな広間である。

四方の壁は石造りに見えたが、赤く塗られた梁《はり》や馬鹿でかい門扉は木製で、金属の装飾や鋲《びょう》などがついている。はじめが乗ってきたのはやはりトロッコだったようで、振り返れば、その下の線路は赤い門扉の向こう、岩肌を削って出来たと思しきひどく大きな洞穴へと伸びていた。

天井は異様に高いが蛍光灯は見えず、代わりにぶら下がる灯籠《とうろう》の中には、電球とも火ともつかないひんやりとした光がゆらいでいる。

パッと見た全体の印象は、はるか昔、奈良で見た大仏殿に近い。

だが、仏像の代わりにうずたかく積まれているのは大量の木箱であり、観光客の代わりにその辺りをたむろしているのは、見慣れない和装の男達であった。

大河ドラマでしか見ないような仰々しい装いである。狩衣《かりぎぬ》とか、水干《すいかん》とか言ったか。何がどう違うのかはよく分からないが、神社で神主がお祓《はら》いをしている時に着ているものに近い気がする。ほとんどが青の着物を着ているが、緑や朱色などもちらほら見える。

そして、最初の男が冷や汗まみれになりながら後退し、はじめを指差して何事かを――やはり、聞き取れそうで聞き取れない早口で何事かをまくしたてているうちに、混乱は徐々に周囲へ伝染していった。

わめく男を不審そうに見ていた彼らは、はじめに気付くやいなや一様に青くなり、まるで化け物でも見るような目をこちらに向けてきたのだ。はじめに気付いた者から、みんな同じように顔色が変わっていくのがちょっと愉快ではあったのだが、その実、全く違うベクトルではじめも動揺していた。

——何だ、ここ？

一万歩譲って、アウトローな奴らが勝手に掘った鉱山が存在していたとしよう。だが、それにしてはあまりに雰囲気がおかしくはないか。

「お前、どうしてそんな所にいる！」

ここに来て初めて、はっきりと聞き取れる日本語で話しかけられた。

見れば、トロッコの横に烏っぽい黒いお面を被った小柄な男が立っており、わなわなと震えながらこちらを指さしていた。

「なんか、ここに入っていろと言われて」

「だ、誰に」

「知らない。幽霊って名乗っていたけど、あんたらのお仲間じゃないの」

言われた方はしばし絶句していたが、我に返ると「大天狗《おおてんぐ》を呼んで来い」と叫んだ。その背後に立っていた、同じようにお面を被っていた男が泡をくったようにトロッコの機関部へと駆け戻って行く。

「あんた、人間だよな……？」

お面の男におそるおそる尋ねられ、「人間以外に見えます？」と返す。

人間だよな、そうだよな、と呟いて男は頭を抱える。

「ええー？　どうしたらいいんだ、これ……」

「いや、俺に言われましても」

「あんた、いつからそこに入っていた？」

「ついさっき」

「ついさっき！」

お面男は絶望したように繰り返す。

「ちょっと待て。あんた、一体何者なんだ」

「しがないタバコ屋です。名前なら、安原はじめと申しますけど」

剣幕に押されるようにして名乗った瞬間、お面の男のまとう雰囲気が変わった。

鋭く息を呑み、まじまじとはじめを見つめ直す。

ややあって「なるほど」と呟いた時には、先ほどの狼狽ぶりが嘘のように落ち着いていた。

「これは、大変失礼をいたしました」

露骨に慇懃《いんぎん》な態度になり、「どうぞこちらへ」と木箱から出るように促される。

お面男は、慌てふためいている和装の男達に何かを囁《ささや》いてから、トロッコから離れた場所へと丁重にはじめを案内した。

通されたのは、広間の隅の一角であった。

赤い絨毯《じゅうたん》が敷かれており、猫足の椅子にテーブルという妙にアンティークな洋風趣味で統一されている。あからさまな和風建築の中で、そこだけが異様に浮いて見えた。

派手な椅子に腰掛けると、どうぞおくつろぎ下さいと言われ、言葉に甘えることにした。

いつしか、広間は蜂の巣をつついたような大騒ぎとなっていた。

きつい方言と思しき言葉で叫びあいながら、大仰な和装の男達があちこちを走り回る中、その元凶と思しきはじめとお面の男だけが妙に冷静である。

ぼうっとしているうちに紅茶まで出されたので、ずるずると音を立てて啜《すす》り、一息をついた。

「あんた、俺のこと知ってるの？」

「お名前だけは」

「なんで」

「説明は、私にはいたしかねます。おそらく、すぐに適任者が参りますので」

お面男がそう言った時、ふと、うるさかった周囲に、これまでとは全く質の異なる緊張が走った。それにつられたように顔を上げた男が、「ああ、ほら」と囁く。

「いらっしゃいました」

潮が引くように、混乱状態だった広間が、しんと静まり返っていく。

隣のお面男は身を固くし、遠巻きにこちらを窺っていた和装の者達は、飛びのくようにして道を開けていく。人垣が割れたことによって現れた道は、トロッコの来た洞穴とは反対側にある、同じように大きな門へと続いていた。その道を進み、恭《うやうや》しく頭を下げる人々を当然の顔をして受け止め、こちらへ向かって来る一団がある。

今まで忙しなく動いていた男達よりも上等に見える和服を着た者達と、黒装束の若者達だ。その腰には、時代劇でしか見ないような大きな日本刀まで吊るされている。

先頭を悠然と歩むのは、上品な風貌の中年男性であった。

感情の読めない笑みを浮かべた面差しだけ見れば、高僧か、あるいは大学教授とでもいった風情である。

ゆったりとした黒い着物に、豪華な刺繡のされた金の袈裟《けさ》をまとっている。年は四十過ぎくらいだろうか。筋肉のはりの感じられる体つきはそれより若いようにも見えるが、穏やかに微笑む顔には深く皺《しわ》が刻まれ、肩にやわらかく流した長髪には白い筋が混じっているあたり、年齢不詳の感があった。

「ハクリクコウ……」

上ずった声で話しかけたお面男には軽く視線を流しただけで、袈裟の男はまっすぐにはじめのもとへとやって来た。

「安原はじめさんですね?」

それは、いささかの訛りも感じられない、自然かつ完璧な現代日本語であった。

「そうだけど」

「わたくしがここの責任者です。お目にかかれて、大変光栄に思います」

「はあ、どうも」

自然な仕草で握手を求めてくるあたり、マスコミを前にして友好関係をアピールする政治家のようだと思った。

男は、はじめの手を両手でガッチリとつかみながら、眉尻を下げて謝ってきた。

「このようなことになり本当に申し訳ありません。まさかこんな形でご足労頂くことになるとは全く想像もしておらず、わたくし共もひどく驚いております。どうか場所を改めて、ご挨拶と状況説明をさせて頂けませんでしょうか」

まずはこんな所から出ましょうと促され、椅子から立ち上がったちょうどその時、はじめが通ってきた赤い門の方から鋭い金属音が響き渡った。

見れば、荷物を載せていない機関部だけのトロッコが、すさまじい勢いで広間に滑り込んで来たところであった。それに乗って来たのは、ラフなシャツとスラックスには全く見合わない、鼻高の赤い天狗面を着けた男だ。

「ハクリクコー！」

トロッコから飛び降りて駆け寄って来た天狗面に対し、呼びかけられた袈裟の男の反応はごく薄いものだった。

「申し訳ありません。今は忙しいので、また後ほど――」

「我々じゃない！」

袈裟の男の反応を無視し、硬い声で天狗面は続ける。

「ついさっき確認が取れた。営業所のトイレで、うちの作業員が二名拘束された状態で見つかった。身包《みぐる》み剝がされていて、IDとトラックの鍵は行方不明だ」

我々じゃない、と天狗面は繰り返す。

袈裟の男は足を止め、やや眉を顰《ひそ》めて言葉を返した。

「すぐにこちらの者を向かわせます。以後はそちらに」

「——了解した」

「では後ほど」

そう言ってから、はじめの背中に手を当てるようにして歩くよう促す。振り返ると、袈裟の男の肩越しに、天狗面が苛立たしげに頭を掻き毟《むし》るのが見えた。

「あいつとちゃんと話さなくてよかったのか?」

「たいした問題ではありません。どうぞご心配なく」

その言い方はいかにもそっけない。

「あんな所に閉じ込められて、さぞかしお疲れでしょう。ゆっくりお休み頂ける場所へご案内いたします」

トロッコとは反対側の門に向かって歩きながらそう言われたが、はじめからすると休むどころの話ではない。

「何が起こっているのか、さっぱりなんだけど……。ここは何で、あんたらは一体、何者なんだ?」

とにかく説明が欲しいと言うと、「ごもっともです」と重々しく頷かれる。

「しかし、安原さんに納得して頂けるのに十分な言葉をわたくしは持ちません。百聞は一見にしかずとも申します。実際に見て頂いたほうが早いかと」

ちょうど門を出る位置に差し掛かり、芝居がかった仕草で男は外へと手を向けた。

「どうぞ、ご覧下さい」

開けた視界の向こう、真っ先にはじめの目に飛び込んできたものは、そこにあると想像していたような、静かな夜の湖畔などではなかった。

はじめの足元には切り出された石で出来たスロープがあり、その先は観光地の展望台にも似た広場となっている。そこを行き交っていたのは、はじめが今までに見たことも聞いたこともないような巨大な生物であった。

絶滅したというジャイアントモアが生きていたならば、こんな感じだったのだろうか。

牛や馬ほどの大きさの黒い鳥が、何羽も荷車に繋がれている。しかも、普通の鳥よりも足の数は一本多い。黒々とした爪をガチガチと鳴らしながら、三本足を器用に動かして彼らは歩いているのだ。

巨鳥――三本足の大鳥がこちらを不審そうに見る目には、ただの鳥とは思えない知性が垣間見える。

中には駕籠《かご》のようなものをぶら下げて飛び立つ大鳥の姿まであり、羽ばたきから生まれる風がこちらにまで届いてきた。

それだけで十分度肝を抜かれるものであったが、はじめの心胆を寒からしめたのは、その巨鳥が飛んで行った、広場の向こうに広がる夜景であった。

目を見開き、恐竜のように巨大な鳥の間をのろのろと進む。

広場の反対側には欄干《らんかん》が設けられており、そこから下界が遥かに見渡せるようになっていた。びっしりと並ぶ灯籠によって、眼下の景観は幻想的に浮かび上がっている。

広場の周囲は、有名な水墨画でしか見たことのないような断崖と突き出た奇岩に囲まれており、山肌からは数え切れないほどの滝が流れ落ちていた。その滝の間を縫うように、また、絶壁に吸い付くようにして、大量の柱で支えられた日本建築が並んでいる。一棟だけでも立派な観光資源になりそうな屋敷や東屋《あずまや》が、ひしめきあうように建てられているのだ。

鳥居のように赤く塗られた門や、屋敷と屋敷を結ぶ橋などが妙に目立って、ぞっとするような威容をかもし出している。

そしてその向こうには、月の光を弾《はじ》いて、まるで海のように瓦屋根がきらめいていた。

遠景にも分かる。

どこにも近代的なビルはなく、過去にタイムスリップでもしてしまったかのように、瓦屋根の波だけがそこに並んでいた。

――どう考えても、自分が相続した山の周辺にこんな場所はなかった。

地形も、山のスケールも桁違いである。それどころか、ここは明らかに、はじめの知っている日本ではなかった。

「何だ、これ……」

無意識にこぼれ出た声は小さかったが、いつの間にか隣に来ていた男は、それを過《あやま》たず聞き取った。

「ここは山内《やまうち》です。異界、と申し上げればお分かりになりますでしょうか」

その瞬間、トラックの中で聞いた幽霊の甘い声が甦《よみがえ》った。


「桃源郷……」


あれは、これのことだったのか。

はじめの呟きを耳にした男は、ああ、と軽く手を打った。

「言い得て妙ですな。確かに、そう申し上げるのが一番分かりやすかったかもしれません」

わたくしも一時期は人間の世界に留学に出ていたのですが、まだまだ不勉強でお恥ずかしい限りですと男は場違いに照れてみせる。

「あんたは一体、何なんだ」

先ほどとは違い、やや畏怖を孕《はら》んだ問い掛けであったのだが、男はこれを別の意味で捉えたようであった。これは失礼をいたしましたと言って、はじめに真正面から向き直る。

「自己紹介がまだでしたね。わたくしは、セッサイと申します。雪でセツ、葛飾北斎《かつしかほくさい》のサイと書いて雪斎《せっさい》です。どうぞ、そのようにお呼び下さい」

さっと腰を折り、男はにこやかに名乗りを上げる。

「あなたの住む世界に留学した際には、北山雪哉《きたやまゆきや》と名乗っておりました。以後、どうかお見知りおきを」

# 第二章　異界

――桃源郷のお次は竜宮城か。

はじめの前には、満漢全席《まんかんぜんせき》もかくやというようなご馳走の膳が並んでいる。百人は余裕で入りそうな、装飾の限りを尽くした畳敷きの豪華な広間だ。金箔《きんぱく》の貼られた扉は全て開け放たれ、月と美しい灯籠による明々《あかあか》とした夜景が広がり、あまりにも贅沢な借景となっていた。

会話の邪魔にならない程度に、下座では琵琶《びわ》やら箏《そう》やらが延々と雅《みやび》な音楽を奏で続け、熱帯魚のように極彩色に着飾った女達がひらひらと踊っている。壁際には、愛想を大盤振る舞いする女達とは対照的に、仏頂面の男達が息を殺して控えていた。

浦島太郎って最後はどうなったんだっけと思いながら、はじめはたっぷりと酒の注がれた硝《が》子《ら》《す》の盃《さかずき》を傾ける。

一口含めば、よく冷えているのに熱燗《あつかん》のような香気がムッと立つ。舌触りはまったりとしているのに味は爽やかで、飲み込んだ後にも口内には青竹のような清々しさが残った。

「おいしいね、これ」

思わず感嘆を漏らせば、「恐縮です」と隣に座った雪斎が満足そうに微笑む。

「私の地元は酒どころでしてね。今、安原さんが召し上がったのは、地元でも滅多に飲めないような銘酒なのですよ」

「へえ。じゃあ、もっと貰っちゃおうかな」

「どうぞ、どうぞ。お好きなだけ」

雪斎のジェスチャーを受け、はじめに寄り添うように控えていた美女が再び酒器を傾けた。

雪斎自身も、反対側に控えた女に酌をさせながら言う。

「お食事も、出来る限りのものを用意させました。何がお好みなのか分かりませんでしたので一気にお持ちしてしまいましたが、冷めてしまったものがあればすぐに新しいものに取り替えさせますので」

「もったいなくない？」

「ここはもともとそういう場所ですから。コウロカンと申しましてね、賓客《ひんきゃく》をお迎えし、山内《やまうち》の素晴らしさを存分に味わって頂くための施設なのです」

おやと思い、はじめは首を捻った。

「じゃあ、俺みたいに山内にやって来る奴って結構多いの」

それを聞いた途端、雪斎は大げさに「とんでもない！」と手を振った。

「私の知る限り、人間のお客様はあなたが初めてです」

「自分は人間じゃねえみたいな言いぐさだな」

「実際、人間ではないので。我々は八咫烏《やたがらす》の一族です」

「は」

思わず手が止まる。

目を瞬き、どこからどう見ても人間にしか見えない雪斎をじろじろと眺める。

「何、あんたは烏《からす》なの？」

茶化したつもりだったのだが、「本性はそうですね」と、雪斎はさらりと言ってのけた。

「俺は今、烏に化かされているってこと？　狐とか狸とかみたいに」

目の前のご馳走が急にうさんくさく感じられて、箸の先で川魚の薄造りをつつく。だが雪斎は「馬糞饅頭《まぐそまんじゅう》などではありませんから」と苦笑した。

「ここにあるものは全て本物ですので、どうかご安心下さい。我々の人間のような容姿も、山内の光景も、全て実際に存在するものです。あくまで、幻ではなく異界なのですよ」

そう言われても、そもそも異界が何なのか、はじめにはよく分からない。

「この地は、あなたが相続した荒山《あれやま》、その山神《やまがみ》の荘園として拓《ひら》かれた世界です。我々は山神の使いであり、山神の衣食住を整えるため、仮に人の姿を与えられたのだと伝えられていますす」

細々とではあるが、八咫烏達も人間の住む世界と交易は行っていたのだと雪斎は説明する。

「あなたがやって来た洞穴は、この世界と外界とを繋ぐルートの一つなのです。お面を被った男達がいたでしょう？　彼らが、我々の唯一の交易相手であり、外界へと繋がる『門』を外界側から守る天狗の一族です」

コウロカンも、もともとは人間界で暮らす天狗の接待のために作られたものなのですよと雪斎は続ける。

「山神に、烏に、天狗か」

突拍子もない説明に引いているはじめを見て、ちっとも科学的ではないでしょうと雪斎は苦笑する。

「人間達の『理《ことわり》』とは、全く違う『理』でここは成立しているのです」

「はあ、コトワリ……」

「長く交易をしているうちに、外界と山内では『理』が違うせいか、さまざまな制約があると分かりました」

人間界の品を持ち込んでも、物によっては壊れたり劣化したりしてしまう。武器や電気製品などはその最たるものであり、逆に、山内から外界に持って行って、駄目になってしまう物もあったという。

「全く同じ物質でも、用途によって劣化したりしなかったりもします。化学反応だったらあり得ないことです。山の意志とでもいうのでしょうか。何か、山内を守る機能のようなものに従って、この異界は構成されているのですよ」

山内には山内固有の文化があり、独自の発展をして来たのだとご理解頂ければ十分です、と雪斎は厳《おごそ》かに告げる。

「人間界の物が、どうこの世界に悪影響を与えるのか分かりません。よって、不必要に人間と交流を持つつもりもなかったのですが、諸事情あって、近年では留学をする者が増えまして――過去に、この山に直接人間の手が入りそうになっていたことがあったと分かりました」

幽霊の言っていた、開発の話だと察する。

この世界は、ただでさえ人間界との危ういバランスの中で成り立っている。

山をスキー場にでもされてしまえば、いよいよ異界は崩壊するかもしれない。その危険性に気付いていながら座視が出来るほど、彼らは呑気ではいられなかったのだろう。

「幸い前回は開発されずに済みましたが、今後そのようなことがあっては困るのです。この異界を内包する山を、何としても守らなければなりません」

わたくしには山内を守る責任がありますと、姿勢を正してこちらを向いた雪斎の眼差しは真《しん》摯《し》に見えた。

「改めて、山内を代表してお願い申し上げる。是非、わたくしに山の権利を譲っては頂けないでしょうか」

ああ、とはじめは合点がいく。

雪斎のこの顔は、近頃よく見たものだった。

「山を売ってくれと言ってきた連中の親玉は、アンタだったんだな」

はじめの言葉を聞いた雪斎は笑う。チェシャ猫のような笑みだった。

「さようでございます。本来ならば当方の事情を説明すべきところですが、何分、事情が事情です。ご説明したところですぐには信じて頂けないどころか、不審がられてしまうかと思いまして、そういったことを伏せて交渉させて頂きました」

どうかこちらの事情を理解して欲しいと許しを請われたが、はじめは「ふうん」と気のない返事をするに留めた。

「アンタ、俺の親父にも同じような交渉をしたのか？」

「いいえ」

雪斎は即座に頭を横に振る。

「我々が山の権利関係に気付いた時には、すでにお父さまは行方不明となられた後でしたので」

「もともと俺をここに連れて来るつもりはなかったってことだよな」

「恥ずかしながら」

「じゃあ、俺をここに連れて来たのは誰だ？」

「それです」

酒器を置いた音が、カツン、と固く響く。

「誓って、我々が手配したわけではありません。あなたが山内にいると聞いて、本当に仰天したのです。こちらこそお尋ねしたい。あなたをここに連れて来たのは、どのような者でしたか」

そう訊いてくる雪斎の表情は笑顔のままだったが、瞳の色は剣呑《けんのん》だった。

「あいつ自身は、幽霊だと名乗っていたよ」

「幽霊……」

興味深いですね、と呟く。

「異界には幽霊も存在するのか？」

「さあ。わたくしが留学中は、山内と外界で『幽霊』の概念にそう大きな差は感じませんでしたが」

「くせのないロングヘアの、ものすごい美人だったが」

「それは素敵ですね。その幽霊とやらは、他に何か言っていませんでしたか」

「これは復讐なんだと」

そう言った瞬間、室内の空気が変わった。

雪斎の胡散臭い笑みは変わらなかったが、ちらりと視線を走らせると、壁際の男達の中にはわずかに顔色を失くした者の姿も見て取れた。

「自分と家族に酷いことをしたものを滅してやらない限り、成仏出来そうにないんだとさ。大いに恨みがあるようだったが」

はじめは、雪斎の近くに置かれていた酒瓶を奪って手酌し、くるくると注いだ酒を弄《もてあそ》ぶ。

「アンタ、彼女に何をやらかしたんだ？」

美しく澄んだ硝子を透かして、雪斎の顔を覗き込む。

初めて、ぽんぽんと調子よく返って来ていた雪斎の言葉が途切れた。

じっとこちらを見る雪斎の頭の中で、何をどこまではじめに話したらよいものか算盤《そろばん》を弾いているのが、手に取るように伝わってきた。

しばらくの沈黙の後、雪斎は目を瞑《つぶ》り、大きく嘆息する。

「――分かりました」

次に目を開いた時、あの胡散臭い笑みは跡形もなくなっていた。代わって現れたのは、一癖も二癖もありそうな、なんとも皮肉っぽい渋面《じゅうめん》である。

「安原さんを信用して、建前や腹芸はなしでいきましょう。こちらの事情は全てお話しいたします。ですがその代わり、どうか理性的な判断をして頂きたい」

雪斎の声音には、先ほどまでの余裕ぶった話しぶりとは次元の異なる必死さが滲《にじ》んでいた。

「正直、あなたをここに連れて来た者が誰なのか、何を思ってそんなことをしたのか、私には分かりかねます。だが、思い当たる節がないわけでもない」

そして、雪斎は語り始めた。

山内は、山神への供物を生産するために拓かれた荘園である。

八咫烏の一族は、その管理者として人の姿を与えられたが、同様に、山神の身の回りの世話をするために人の姿を与えられた一族が存在していた。

それは『猿』であった。

オオキミと名乗る雌の大猿が筆頭となり、彼らは山頂付近の神域において山神に仕えていた。

長く、神域は猿、山内は八咫烏と、縄張りを守って暮らしていたのだ。

ところが、二十年ほど前にその均衡《きんこう》が崩れた。

「簡単に言ってしまえば、我々と猿の間で、縄張り争いが起こったのです。我が一族は辛《から》くも勝利しましたが、その傷跡は深く、山内は未だ復興の緒に就いたばかりです」

しかも、懸念事項はそれだけではないのだ。

「私、もとは軍人でしてね」

そう言った雪斎の声は、少しだけ掠《かす》れていた。

「過去には、兵を指揮して猿と戦っていたのです」

そこで一旦声を途切れさせた雪斎は、ごしごしと乱暴に額を手でこすった。

「戦いの中で、私はあまりにたくさんの者を殺し過ぎました。部下を戦地に送り、作戦上、間違いなく犠牲が出ると分かった上で、その実行を命令しました。当時は山内のために必要なことだと信じていましたが、ある時、我が一族の子どもを……生まれたばかりの無垢《むく》な幼子を抱いた時、こんなことを、もう、この子に経験させたくないと心底思ったのです」

雪斎は平和を願った。これ以上の戦闘を避けるために、出来ることは何でもしようと思ったのだ。

だが、大きな戦いが終わった後も、猿の生き残りは存在していた。

仲間が殺された猿の生き残りは人形《じんけい》となり、八咫烏の一族の間に紛れるようになった。雪斎に課せられた使命は、そうした残党を探し出し、根絶やしにすることであった。

「合理的に考えるならば、そうすべきでした。そこで全てを終わらせるべきだったのです。しかし、あろうことか私は――講和の道を、模索《もさく》してしまった」

今思えば、本当に信じられないくらい甘い考えでしたと雪斎は囁く。

ある時、辺境の地で見つけた猿の生き残りは、まだ子どもだった。

親を失くし、途方にくれる子どもを前にして、どうしても刀を振《ふる》う手が鈍ってしまった。

もし他に残党があるならば、これは最後の交渉のチャンスかもしれないという打算もあった。

これ以上の戦闘を望んでいないというこちら側の意志をこの子猿が他の猿に伝えてくれれば、不毛な戦いも終わるかもしれない、と。

何より、敵とはいえ、若い世代ならばまた違った道を選んでくれるのではないかと、期待を抱いてしまったのだ。

――もう二度と、八咫烏に害を加えないと誓《ちか》うのならば、見逃してやる。

そう交渉を持ち掛けると、その猿は確かに「誓う」と返した。

「しばらくの間は、穏やかでした。子猿を見逃してから猿側に動きはなく、曲がりなりにも、交渉は成立したのだとさえ思っていました」

しかし、それは大きな間違いだった。

「取り逃がしたそいつが成長し、今になって復讐を始めたのです。秘密裡に仲間を集め、八咫烏に化け、今は山内の至る所に潜伏し、数年前から破壊活動を起こすようになりました」

今思えば当然ですな、と雪斎は容赦なく自嘲した。

「私が猿の立場ならば、絶対に一族の仇《かたき》を許しはしません。そんな簡単なことまで、私は分からなくなってしまっていた。後世の者に平和ぼけしていたと罵《ののし》られても、何も弁明出来ません。次世代の手を汚させたくないなら、余計に、躊躇《ちゅうちょ》すべきではなかった」

自分自身が許せない。私の一生の不覚です、とそう語る声は今にも消え入りそうだった。

結果として、山内は現在、猿という脅威にさらされているのだという。

「私を英雄だともてはやす者もおりますが、実際は慈悲をかける者を間違えた無能に過ぎません。あなたをここに連れて来た幽霊が私を仇と言ったのなら、それはきっと私が殺し損ねた『誰か』に違いないでしょう」

言って、雪斎は自棄《やけ》になったように酒をあおる。

「ここは、楽園のような場所だと聞いたんだけどね……」

はじめがそう漏らすと、「はっ！」と馬鹿にしたように雪斎は笑った。

「それを言ったのがあなたをここに連れてきた『誰か』なら、とんだ皮肉もあったものです。ええ、確かに、山内はかつて楽園だったかもしれません」

でも今は違う、と言い切る。

「そいつらと、他でもないこの私が、楽園を壊してしまいました」

乱暴に酒器を置いた雪斎は、鋭い目をはじめへと向ける。

「私は軍人としてあるまじき過ちを犯し、また、手を汚し過ぎました。幸せになるにはもう遅い。でも、若い世代はそうではありません。私の犯した間違いを正し、穢《けが》れを知らぬ八咫烏の子ども達に楽園を返してやるためならば、今度こそ、私は何でもやる覚悟です」

たとえこの命に替えたとしても、と、ひどく物騒なことを言っているのに、その微笑はどこか穏やかで、満ち足りているようにも見えた。

「だからこそ伏してお願い申し上げます。外から山内に手を出されては困るのです。どうか、荒山《あれやま》の権利を私に譲っては頂けないでしょうか」

この通りですと真正面に向き直り、雪斎は深々と頭を下げた。

白々しく流れる箏《こと》の音の中、ピンと空気が緊張するのを感じる。

「あー、そうねえ……」

長い髪が床に落ちた雪斎の後頭部を眺めながら、はじめは盃の縁を舐める。

「ひとまず、あんたらの事情は分かった」

「では」

顔を上げて何事かを言いかけた雪斎を、でもそれってさぁ、と呑気な声色で遮《さえぎ》る。

「自分達が困っているから、俺の持っているものを譲れってことだろ？　あんたらの都合を俺に押し付けられても困るんだよなあ。何せ、親父から譲り受けた大切ないい山だ。俺もただで譲るってわけにはいかねえんだよ」

そう嘯《うそぶ》くと、雪斎の目が鋭く光った気がした。

「……ただで譲って欲しいと申し上げた覚えは、全くないのですが」

「とぼけんなよ。この山の秘密を秘密のまま売らせようとしていたくせによ。少なくとも、この異界にあるものを動産として考えれば、あんたらが俺に持ってきた額じゃ全くお話にならねえはずだぜ」

「先ほどご説明したように、山内と外界では『理』が違います。一概に値をつけることは不可能ですし、そちらの世界における資産価値からすれば、適切な額を用意したつもりです。我々が獲得した外貨の精一杯だったとご理解頂けませんか」

「足りねえな。お涙頂戴で人の財産かすめとろうなんざ、乞食のやることだ」

軽薄に嗤《わら》って、壁に沿うように控える男達にさりげなく視線を滑らせる。

ぴくりと眉を動かす者。

緊張して頬を強張らせる者。

反応を窺うように雪斎へ目線を飛ばす者。

こちらへの眼差しに、うっかり鋭さを滲ませる者。

――その反応はいずれもささやかながら、さまざまだ。

とっくりと彼らを観察してから視線を戻せば、雪斎は眉間に皺《しわ》を寄せ、ひんやりとこちらを睨んでいた。

「つまり……もっと金が必要だと？」

想像していたよりもずっと素直な反応に、はじめは思わずニヤニヤしてしまった。

「ところがどっこい！　俺ぁ、別に生活には困ってなくてな。お金はあんまし必要ないのよ」

「では、どうしたら山の権利を我々に譲って頂けるのでしょう」

「簡単なことだ。金以上に、俺にとって価値のあるものを用意してくれればいい」

「具体的には」

「さあ」

俺にもよく分からんと言い切ると、「はあ?」と雪斎は堪え切れなくなったように顔を歪めた。その表情がおかしくて、はじめはとうとう声を上げて笑ってしまった。

「別に物でなくてもいいんだぜ? 俺が対価を差し出したくなるくらい、楽しい思いをさせてくれるのでも一向に構わん。とにかく俺にとって本当に価値があるものをくれるなら、すぐにでも権利は譲ってやろう。取引ってのは、もともとそういうものだろ?」

愛想よく笑いかけると、誤魔化しようもなく、雪斎とその取り巻き達は険しい顔になった。

どうしてそんな反応をするのやら、全く理解に苦しむ。

外貨の獲得が難しいというならば、むしろこの申し出は雪斎達にとって助かる話であるはずだ。彼らは有難がって、涙を流して喜ぶべきだろう。

「ここは面白そうだし、どんな所なのか興味がある。しばらく逗留《とうりゅう》してやってもいい。俺があちこち見て回っている間に、せいぜい頑張って考えてくれ」

しばし無表情ではじめを見つめ返していた雪斎は、今更のように、先ほどと同じうさんくさい笑顔に戻った。

「――承知しました」

ハクリクコウ、と男達の間から諫《いさ》めるような声が上がったが、雪斎はそれを無視した。

「我々のために貴重なお時間を割いて頂き、心より御礼を申し上げます。持てる全ての力を以って安原さんを歓待いたします。して、いつまでここにいて頂けるのですかな」

「俺がここにいたいと思う間だけ」

「分かりました。では、このコウロカンにお部屋をご用意いたします。護衛と通訳を付けますので、どうぞよいようにお使い下さい」

「案内が一人いてくれりゃそれでいいよ。そうだな、たとえば——そこの奴とかさ」

親指で無造作に、壁際に座っている男のうちの一人を指し示す。

唐突に話題の中心に引っ張り出され、室内にいた者の視線を一身に受けてしまった当人は、面食らったように口を開いた。

年は二十代前半くらいだろうか。黒々とした眉《まみ》のけざやかな、やや目尻の垂れた甘い顔立ちのイケメンである。

宴席が始まった時から今にいたるまで、彼はくつろいだ姿勢の雪斎とはじめの近くで、健やかに背を伸ばし続けていたのだ。二人の一言一句を、全身全霊を賭して聞き漏らすまいとしている様子が、なんとも健気《けなげ》で気になっていた。

「こいつ、アンタの言うところの留学経験者なんだろ？」

髷《まげ》を結えるほど長髪な者ばかりの中で、彼だけ髪が短かった。しかも単に短いというだけでなく、そのまま東京の人ごみにいたとしても不自然でない髪型をしているのだ。

「お前、名前は？」

「キタノコウジヨリトと申します」

案の定、はじめの問いに即座に返って来た答えは、明瞭な発音の日本語であった。

名乗った青年を一瞥《いちべつ》した雪斎は、「うーん」と小さく唸る。

「確かに彼は留学経験者で、そちらの言葉をよく解します。まだ若いので、失礼もあるかと存じますが……」

「別にいいよ失礼でも。辛気臭い顔をしている他の連中より、よっぽど遊びやすそうだ」

「そうですか」

雪斎は、はじめと青年を一瞬だけ見比べてから頷いた。

「それでは、ヨリト。あなたに、安原さんの案内役を命じます。くれぐれも失礼のないように」

「かしこまりました」

ヨリトは、雪斎とはじめに対し深々とお辞儀をした。雪斎は小さく息をつく。

「しかし、付き人を一人というわけには参りません。山内は今、猿どものせいで非常に不安定な状況なのです。この者の他にも、身辺警護を付けることをどうかお許し下さい」

「まあ、仕方ねぇか」

「どこへ行く時にも必ず彼らを同行させて下さい。安原さんご自身の身の安全のためです。くれぐれも、勝手な行動はなさらぬようにお願い申し上げます」

「ああ、そうする」

せいぜい大人しくしていると愛想よく笑って、宴席はそこでお開きとなった。

客人用の施設というだけあって、手洗い場も寝室も、しつらいは格式ある温泉宿のようであった。

食事の後、通された浴場では女が介添えを申し出たが、それは丁重にお断りさせてもらった。風呂は掛け流しの露天となっており、眺めもすこぶる良かったのだが、ゆっくり楽しむ気にはなれなかった。

電気や水道がないことを除けばほとんど異界を感じさせるようなものもなく、ふかふかの布団で横になり、次に目が覚めた時にはすっかり日が高くなっていた。

夢も見ないほどに熟睡してしまった。

布団から起き上がってあくびをし、誰か呼んだほうがいいのだろうかと考えていると、こちらが何かするよりも先に襖《ふすま》の向こうから声をかけられた。

「お目覚めですか？」

遠慮がちな声は、昨日の晩に耳にしたものだ。「おう」と言いながら襖を開けると、案の定、廊下では案内役を命じられた青年が端座して待ち構えていた。

「おはようございます、安原さま。昨夜《ゆうべ》はよくお休みになられましたでしょうか」

アナウンサーのようなしゃべり方である。ちらりと見える歯は白く、爽やかな外見と相まって、朝のニュース番組にでも出ていそうだと思った。

「おかげさまで」

「それは何よりです。これから、お食事をお持ちしてよろしいでしょうか」

「なるべく軽めで頼めるか」

「承知いたしました」

青年が一声かけるや、下働きと思しき女達が大勢やって来て、洗面やら着替えやらを介助しようとする。着替えとして用意されていた着物は、時代劇の若旦那が着ているような、触り心地のよい海老茶色の上下だ。なすがままにされつつも、袴《はかま》を穿《は》かされそうになった時にはちょっとだけ閉口した。

「袴とかキツそうで嫌なんだけどな。昨日着てきたツナギじゃダメなんか？」

すかさず、ささっと青年が近寄ってきた。

「すみません、もう洗濯してしまったそうです」

「じゃあ、俺になじみのある服はあるか？　昨日、湯上りに新品のトランクス用意してくれてただろ」

「大変申し訳ありません。お望みとあらばすぐに取り寄せますが、今ここには……」

「そう」

まあ、郷に入っては郷に従えと言うし、こちらの服を試すのも悪くはないかもしれないと思い直す。

「じゃあ、着流しでいいや。靴も履きやすいのがいいかな」

「かしこまりました。地下足袋のようなものをご用意しております」

ぶらぶらする悪趣味な金のネックレスを覆い隠すように着つけてもらい、差し出された鏡を覗き込むと、何だか酒と塩だけで生きている文豪みたいな感じになってしまった。

振り返ると、居間には果物や粥などの載った漆塗《うるしぬ》りの膳が完璧に並びきっていた。

メロンとスイカを足して二で割ったような瓜《うり》の薄切りがあったので、サクサクと音を立てながら食べていると、下座に青年がやって来た。

「お口に合いますでしょうか」

「よく分からないけど、おいしいんじゃない？」

「なら、よかったです」

一笑してから、彼は優雅に両手を畳につく。

「改めまして、ご挨拶を申し上げます。この度、安原さまの案内役をおおせつかりました、通訳官のキタノコウジヨリトでございます。北の小さい路《みち》、頼るに北斗七星の斗と書いて北小路《きたのこうじ》頼斗《よりと》です。至らぬ部分も多いかと思いますが、お気付きの点があればどうぞ遠慮なくご指摘頂ければ幸いです」

何卒よろしくお願い申し上げますと頭を下げられ、あまりに馬鹿真面目なので笑ってしまった。

「じゃあ、ヨリちゃんだな。俺のこともはじめちゃんでいいよ」

「はぁ」

何を言われたのか瞬時に理解し損ねたのだろう。眼を白黒させている頼斗が余計な謙遜《けんそん》を始める前に、冷水の入った盆に浮かべられていた平べったい桃を投げ渡した。

「食べな。俺が起きるのを待ってたんじゃ、お前も腹が減っただろう」

反射的に桃を受け取ってしまった頼斗は、手の中の桃とはじめを見比べる。

「あの、では、ありがたく頂戴いたします」

逡巡《しゅんじゅん》しつつも、几帳面に小さな包丁を使って桃を食べる頼斗を、香り高いお茶を飲みながらじっくり拝む。

初見時の印象に違わず、育ちの良さが体から滲むような若者である。

高身長な上にやけに姿勢が良いので、人が多い中でも間違いなく目を引くだろうと思われた。見目は良いのに、それを鼻にかける様子はいささかもなく、少し言葉を交わしただけでも素直な気質が見て取れる。

食後にはどうしても煙草が恋しくなるのだが、昨晩でストックは尽きてしまった。何気なく「ヤニが欲しいな」と呟くと、もごもごと桃を咀嚼《そしゃく》していた頼斗が表情を明るくした。口元を懐紙《かいし》で拭いながら身振りで女達に指示を出すと、彼女達は退出し、一抱えはあるような箱をいくつも持って戻って来た。

「どうぞ、お好きなものをお使い下さい」

そう言って開かれた箱の中には、ひとつひとつがガラスの瓶に入った煙草が、壮観なまでに並んでいる。

「昨夜煙草をご所望だったと伺いましたので、ご用意いたしました」

「こんだけ準備するの、大変だったんじゃねえの」

昨日の今日でここまで揃えたのだとすれば、驚くべきラインナップである。よくよく見れば、曲がりなりにもタバコ屋を営むはじめですら初めて見るような銘柄まで含まれている。

「でも、なんで瓶入り？」

「外界の煙草は、山内の空気に触れると劣化してしまうのです。なるべくそれを抑えるため、こうした形をとっております」

赤いパッケージが有名な馴染み深いブランドを手に取ると、すかさず女が香水瓶のような形をしたライターを差し出してくる。

それに甘えて火を点け、ちょっと口をつける。

本来、重さの割に吸いやすく、チョコレートのような甘い香りが特徴的な銘柄であるはずなのだが、想像していたような味はしなかった。

「しけってら」

ふうっと煙を吐き出し、焼き物の灰皿に煙草を押し付けると、頼斗は情けなく眉を八の字にした。

「すみません。やっぱり、輸入ものはちょっと難しいみたいですね」

しかしすぐに気を取り直したように「外界のものとは少し違うのですが、山内産の煙草草《たばこぐさ》もございますよ」と言い出した。

「煙管《キセル》という形ならば、今すぐお試し頂けますが」

今にも取り掛からんばかりの頼斗に対し、はじめは「ひとまずは遠慮しとくわ」とやんわり断った。

「そうですか……」

役に立たなかったのが悔しかったのか、しおしおと頼斗はうなだれる。

こうして雪斎から受けた命を必死になって遂行しようとする様は、まるで主からの号令を待つ、血統証付きの使役犬のようである。

「ちょっと訊いてもいい？」

適当に声をかけると、弾かれたように顔を上げる。

「私にお答え出来ることでしたら、なんなりと」

「あんたにとって、ここは楽園か？」

パチパチと目を瞬いた頼斗は、特に考えた風でもなく頷いた。

「はい」

勿論です、と言う口調にてらいはない。

「雪斎公には甘いと言われてしまうかもしれませんが、人間の世界を経験した今でも、私はここを間違いなく楽園だと思っています。確かに、猿による破壊活動は無視出来ませんが、山内は平和な時代が長く、文化的な成熟を迎えた地であります。稔《みの》り豊かで伝統があり、為政者は民を案じ、民は為政者を敬愛しているのです」

――猿の存在以外に、不満は一切ございません。

力強く断言する頼斗に、なるほどね、とはじめは頷く。

「そんじゃ、今日は山内の良いところを、いっぱい紹介してもらおうかね」

どこかおすすめの場所はあるのかと尋ねると、頼斗は居住まいを正した。

「宮城《きゅうじょう》はいかがでしょうか。朝廷は、岩肌を刳《く》り貫いた山の中にあるのです。外界にあるものとは、全く違ったお城をご覧頂けますよ」

「お城ってことは、ここには王様がいるのか？」

「王様に相当するのはキンウですね。金色の烏と書きます」

そこでふと、昨晩の雪斎の名乗りを思い出した。

「雪斎の奴、自分は責任者だって言っていたが、ここじゃどういう立場にあるんだ。天狗面の奴らには小麦粉みたいな名前で呼ばれてなかったたっけ？」

「それは、博陸侯《はくりくこう》のことでしょうか」

さっと空中に字を書いて説明しつつ、念のため申し上げますが薄力粉《はくりきこ》ではありませんよと、ちらとも笑わずに訂正される。

「金烏から政治的な実権を全て委ねられた百官の長です。正式には黄色の烏と書いて黄烏《こうう》というのですが、その尊称が博陸侯になります。通常、我々は雪斎公といった呼び方はあまりせず、尊敬の意を込めて博陸侯とお呼びするのです」

「総理大臣みたいなもん？」

「そのようにご理解頂ければ間違いありません」

王家に当たるのが宗家《そうけ》であり、宗家には四つの分家が存在している。

それぞれ、東家《とうけ》、南家《なんけ》、西家《さいけ》、北家《ほっけ》は、山内の地方を四等分して支配しており、朝廷で働く貴族のほとんどがこの四家のいずれかに属しているという。

そして四家の当主、全ての承認がない限り、博陸侯という存在は生まれないのだと頼斗は熱く語った。

「百官の長というくらいですから、それと認められた傑物が現れた時でないと、黄烏は存在しないのです。歴史上、数えるほどしかいないのですが、博陸侯は最年少でその位に就かれた傑物中の傑物です」

四家のいずれにも属さず、ただ金烏を通して山神に仕える立場であることを示すため、黄烏になる際には便宜上出家する必要がある。過去には娘を金烏の后《きさき》とし、外戚として権力を握った黄烏もいたが、雪斎は妻帯することなく博陸侯の座についている。

文字通り、己の才覚のみでその地位についたと言えるだろう。

「若き今上陛下より全幅の信頼を受けている方です。現在の山内において、かの方を尊敬していない八咫烏などいないでしょう」

どこか誇らしげな頼斗に、そうかい、とはじめは適当に相槌を打った。

「はじめさんがお望みならば、宗家の方々や政務に携わる四家の方々と会食することなども可能ですが」

　そう言われて、思わず顔が引きつる。

「冗談。肩が凝りそうなのはごめんだね」

　どれだけ立派なお城だろうと、そっちには絶対に行きたくないと主張すると、頼斗は再び肩を落とした。

「そうですか……」

「お城以外に観光出来そうなとこは？」

「由緒ある寺院などにご興味は」

「特にないね」

「海とも称される大きな湖を、蛟《みずち》の牽《ひ》く船で遊覧など」

「酔いそうでちょっと」

「山の手の大店《おおだな》をめぐってから、山内で一番大きな滝を見物するとか」

「そそらねえなぁ」

　にべもないはじめの返答に、頼斗は「ううん」と唸って腕組みをした。

「中央に限定するなら、あとは花街《はなまち》くらいしか……」

「それでいいじゃん」

　採用、と一声上げてひょいと立ち上がると、取り残された頼斗は目を丸くしてはじめを見上げた。

「でも、あの、まだ昼前ですよ。花街らしい面白みはないと思います。どうせ行くなら夜のほうがよろしいのでは」

「それでも寺とかよりは数倍《せ》マシかな」

さっさと案内してくれと急かすと、頼斗も慌てて立ち上がった。

コウロカン――鴻臚館《こうろかん》と書くらしい――の外には、人間の世界ではまずお目にかかれない乗り物が用意されていた。昨夜門から出て最初に目にした三本の足を持った巨大な鳥が、牛車《ぎっしゃ》のようなものに繋がれていたのだ。巨大な鳥は三羽いて、一羽が乗り物の前、もう二羽が後ろに控えている。それぞれ、轡《くつわ》や鞍《くら》と思しきものを着けており、丈夫そうな太い鎖によって、乗り物から飛び出た手すりのような部分に接続されていた。その周囲には、同じような大鳥を従えた、黒服に刀を吊り下げた護衛《うやうや》達が五人も待ち構えている。

立派な身なりの御者に恭しく踏み台を差し出され、場違いなものを感じながら乗り込むと、中は外観から想像していたよりもずっと広く、分厚い座布団の敷かれた座椅子が据え付けられていた。

「中央花街はここより少し上にあって飛《い》んで行くしかありませんので、馬車を手配させて頂きました」

はじめに続いて乗り込んだ頼斗に言われ、「馬車？」とはじめは問い返す。

「これは馬車なのか」

「我々の言葉ではやや違った呼び名ですが、分かりやすく訳すとそうなります」

「このでっかい鳥が、馬なの？」

「かつては外界と同じ馬もいたようなのですが、そちらは絶滅してしまいまして。今では彼らのように使役《しえき》される八咫烏を『馬』と呼びます」

使役される八咫烏という言葉に引っかかりを覚えたが、意味を尋ねる前に車体が震えた。

格子のはめ込まれた小さな窓からは外が見えるようになっており、御者の声に合わせて先頭の『馬』が跳ね、羽ばたき、方向を変えるのがよく見えた。掃き清められ、水の撒《ま》かれたグラウンドのような滑走路には土ぼこりも立たない。

烏が嘴《くちばし》を向けた先には、視界を遮るものが一切なかった。

そこに広がるのは、雲ひとつない空と、青い山並みだ。

遅ればせながらこれから向かう先が切り立った断崖であるのに気付き、はじめは頼斗の肩をつかんだ。

「ヨリちゃん……？」

「落ちたりしないですから、ご心配なく」

「待ってくれ。聞いてない」

「そんなに心配なさる必要はありませんよ」

怖かったら手摺りにおつかまり下さいねとのんびりと言われたが、手摺りを見つける前に、激しい上下運動と共に車が走り出した。

文句を言う暇もない。

はじめが、尻尾を踏まれた猫のような悲鳴を上げるのとほぼ同時に、異界風の馬車は断崖から勢いよく飛び出したのだった。

ガクンと車体が落ち、次いで、内臓を優しく持ち上げられたかのような浮遊感に襲われる。

喉の奥で空気が鳴り、足の裏のイボの治療痕が冷たくなるような感覚が走った。

一拍を置き、わずかに浮いた体がドンッと床の上で弾む。

すぐに車体は安定し、体に悪い浮遊感は座椅子のクッションに押し当てられるような圧迫感へと変わったが、はじめの心臓は子鼠のように跳ね回ったままである。

「すみません。高い所は苦手でいらっしゃいましたか」

今更になって慌てて謝ってきたが、この一瞬で寿命が最低五年は縮まったと思った。

「別に苦手じゃないが、そういう問題じゃねえんだよ……」

不幸中の幸いと言うべきか、一度浮き上がってしまうと、馬車の乗り心地はそう悪いものではなかった。

岩肌から突き出た奇岩をすり抜け、そこの間から轟々《ごうごう》と流れ落ちる滝の飛沫を受けながら、馬車はゆるやかに上昇を続ける。

気が付けば、はじめの乗る馬車の前後左右を囲むようにして巨鳥が飛んでいた。その背中には護衛達が器用に跨《また》がっており、遅ればせながら「馬」という呼称にも納得がいった。

「山内は、中央山《ちゅうおうざん》の山頂にいらっしゃる山神さまの荘園であると伝えられています」

頼斗は小窓から外を眺めるはじめに気が付くと、観光ガイドよろしく説明を始めた。

「金烏は荘園の管理人であり、初代金烏の子ども達は、その手伝いのために土地を四分割したそうです」

楽人の東、商人の南、職人の西、武人の北とも言われ、それぞれの家に得意としている分野があり、四領の特産物は山神に奉納するため中央へと送られてくるのだという。

「山神さまってのは実在するのか？」

「私はお姿を拝見したことがありませんが、実際にいらっしゃるのは間違いないようです。博陸侯がお若い時分には、お側《そば》に侍《はべ》ることもあったと聞いています」

「それってつまり、かなり前ってこと？」

今はどうなんだと突っ込むと、頼斗は困った顔になった。

「神域への道は、閉ざされていますので……」

「なんで」

「猿との大戦の影響かと。もともと神域への扉――ええと、禁じる門と書いて禁門《きんもん》というのですが、もともと禁門は閉じられていることのほうが多かったので、開いた時がイレギュラーだったとお考え下さい」

「開く時には何かあるのか？」

「存じ上げません。山神さまは、とても気まぐれで自由な存在ですから」

「ふーん」

飛行の感覚にも慣れてきた頃、峻険《しゅんけん》な岩肌に絡みつくような階段と、それを囲むようにして建てられたごちゃごちゃした建物群を視界に捉えた。

遠目からでも、それらには明るい彩色が施され、階段にも提灯のようなものが飾られているのが分かる。ここに来るまでに見かけたような、落ち着いた懸《か》け造りの屋敷や寺院とは明らかに雰囲気を異にしている。

それこそが、はじめらの目指す中央花街であった。

馬車を乗り付けた駐車場のような所は、花街の最下層あたりに設けられていた。

昼前とはいえ、すでに朝とは言えない時間帯だ。逗留している者も少ないと見えて、広さの割に馬車も人も数は少ない。

車から降りると、すぐ目の前がメインストリートらしき大階段となっていた。

階段の両側には、中に遊女の姿こそ見えないものの、時代劇などでよく見る格子が取り付けられた見世《みせ》がずらりと並んでいる。その上部には、テラスのような舞台が設けられていた。

「祭には、あそこに舞姫が立てるようになっています」

「祭？」

「花街では四季折々に祭が行われ、その度ごとに街の装いが大いに変わるのです」

今は鬼灯《ほおずき》の時期だそうで、街のいたるところに鬼灯の形を模した吊灯籠《つりどうろう》がぶら下げられ、オレンジから黄緑にグラデーションで染められた薄絹が掲げられていた。風が吹く度、一斉にたなびいた薄絹の金彩《きんだみ》がさざ波立ち、火箸を連ねたような風鈴がしゃらしゃらと音を立てている。

そこを自由に見て回ろうとしたはじめは、しかしすぐに辟易《へきえき》することになった。

何せ、護衛達がものものし過ぎるのだ。

護衛は、はじめとその隣を歩く頼斗をぐるりと囲み、とにかく周囲をねめつけて回る。住人の視線も自然と身構える感じになってしまうので、息苦しくてかなわなかった。

昼見世前のこの時間でも軽食を提供している店がちらほらあったので、早々にそこに立ち寄ることにした。

花街の住人達は、はじめが外界から来たと知ると、驚きつつも歓迎してくれた。

嬉しかったのは、はじめが喫煙者であると知るや、出迎えた店員が店の奥から豪華な煙草盆を持ち出してきてくれたことだ。煙管を試させてもらったのだが、最初はなかなか加減が難しく、舌先が痛くなってしまった。

四苦八苦するはじめを見て、店員は笑いながらコツを教えてくれた。

最初に葉を詰め込み過ぎず、時々はあえて息を吹き込んで火を保ち、焦らずにゆっくりと味わう——細かいレクチャーによってようやくまともに吸えるようになってみると、長くはもたないが、その分だけ味は濃厚であった。

悪くないなと思っていると、裏で休んでいた遊女や見習いの少女達までが顔を出してきた。

彼女達も怖がるような素振りはまるでなく、むしろ外界のことを興味津々に聞きたがるのが少し意外であった。

「あんたらにとって、ここは楽園か？」

打ち解けた頃を見計らって問いかけると、彼女らは、にっこりと笑う。

「ここには衣食住の全てが足りている。とてもよい統治のおかげで、苦労をせずに済んだ」

そう言っていますと、この場で最も格上らしい遊女の言葉を頼斗が訳す。

「彼女は孤児だったそうです。福祉《そし》がしっかり機能しているので、幼い頃から飢えることも、誇りを受けることもなく大きくなり、手に職をつけることが出来た、と」

山内では、孤児でも朝廷が親代わりとなる制度がきちんと整っている。本人が望めば教育を受けられ、朝廷の官吏にだってなれる。

遊女に限らず、その場にいた者達が次々にする説明を、頼斗がまとめていく。

「高名な遊女の中には、四家当主の正妻におさまり、その子どもが大臣になった例もあるそうです」

職で人を差別しないという意味で実に先進的でしょうと頼斗は誇らしげだった。

「そうだねえ」

はじめは素直に頷いた。

それから人を変え場所を変え、日が暮れるまで同じような問いを繰り返したが、彼らはいずれも満面に笑みを湛え、「ここは楽園だ」と即答して見せたのだった。

客としてやって来た貴族風の若い男も、老いた露天商も、昼食を提供してくれた貫禄のある楼主《ろうしゅ》夫妻も、お使いで城下町からやって来たという少年も、美しい遊女も、下女として働く地味な格好の娘も、山内はいいところだと口を揃えた。

そして決まって、最後に「猿さえいなければ」と付け加えるのだ。

「現状、猿の存在だけが山内における唯一の癌《がん》と言っても過言ではありません」

相変わらず護衛達に囲まれながら、何軒目かの茶屋を出た店先で頼斗は言った。

「みんな、幸せだからこそ猿の存在に怯えています。奴らは手段も、相手も選びはしません。八咫烏が八咫烏であるというだけで攻撃してくるから……」

一瞬だけ暗い顔をした頼斗は、気を取り直すように明るい声を上げた。

「でも、それ以外は本当にいいところですよ！　次はどこに向かいましょう。そろそろ夜見世が始まりますが」

「そうだなあ」

教えてもらった煙管は、なじみのある煙草とは違うが、なかなかにうまかった。長く滞在するなら自分用のものが欲しい。

そう言うと、頼斗は今来た道とはじめの顔を交互に見比べるようにした。

「あの店に戻るのでは駄目なのですか？」

「ありゃ、好みじゃなくてな」

日中、煙草一式を取り扱う店の前を通りかかった際には、店先を眺めただけで中にも入らなかったのである。

「私は煙草を嗜《たしな》まないのですが、見ただけでよしあしが分かるものなのでしょうか。匂いもかがれなかったですよね？」

不思議そうに問われて、「匂いのよしあしじゃねえからな」と軽く返す。

頼斗がさらに何事かを言おうと口を開きかけた、その時だった。

――視界の上のほうで、何かがゆらりと動くのを感じた。

日没を迎えた周囲は暗くなりつつある。

大階段の周囲は迫りくる宵闇を払うように灯籠に明かりが入り、昼間とはまた違った風情を醸し出していた。頭上を横断して飾られる薄絹は、灯籠の光を受けて魚の腹のようにきらめいている。

その薄絹と灯籠をぶら下げている紐の上に、何かがいた。

はじめがそれをしかと認識するよりも早く、周囲の護衛達が反応を示した。護衛の一人が鋭く警告の声を上げ、他の者も一斉に鯉口《こいくち》を切る。

「はじめさんっ」

頼斗が悲鳴を上げるのと、頭上の影がこちらに向かって突っ込んで来たのは、ほぼ同時であった。

異様な身軽さで綱渡りのように吊り紐の上を走って来たそいつは、全身を躍らせるようにして、はじめに向かって飛び掛かって来たのだ。

一気に音が遠くなる。

ほんの一瞬が、まるでスローモーションのように感じられた。

薄暗い中、灯籠の光にあぶりだされた影は、粗末な頭巾で顔を隠した人間のように見えた。

布の隙間から覗いた目は大きく見開かれ、まっすぐにはじめを捉えている。目の周りは絵具で塗られているように赤く、袖がめくり上がって覗いた前腕は、人の手と思うにはあまりにも毛深かった。振り上げられたその手の中で黒光りするのは、小刀だろうか。

――殺される。

冷静にそう思った次の瞬間、全身に強い衝撃が走り、視界が何かで覆われた。

目の前に火花が散り、顔面に走った痛みで一気に我に返る。

夢から覚めたような心地だった。

心臓がバクバクと鳴っている。

真っ暗な視界の中、硬いもの同士が絶え間なくぶつかる激しい音と共に、怒号と悲鳴がこだましていた。

「動かないで下さい！」

切羽詰まった声に、自分を突き飛ばし、現在覆いかぶさるようにしているのが頼斗であることを理解する。

継続する物音に耐えられなくなり、頭を押さえつけてくる腕を無理やり押しのけて見上げると、はじめと頼斗を庇《かば》うように背を向ける護衛の姿が目に入った。

その向こうでは、他の護衛の四人がこちらから引き離そうとするような形で大きな刀を振るっている。容赦なく振るわれる斬撃を、しかし襲撃者は石製と思しき黒い小刀一本で難なく受け流していた。

つと、護衛達の肩越しに襲撃者とはじめの目が合った。

そいつは、一瞬だけ目を細めた。

そして真正面から振り下ろされた刀を躱《かわ》すと、あろうことかその刀の棟《むね》を踏み、真上に向かってぽーんと飛び上がったのだった。

襲撃者は驚きの声を上げる護衛達をあざ笑うかのように灯籠の吊り紐をつかむと、くるりと紐の上に立つ。反動と全身のバネを使って飛び上がり、さらに上に張られた紐へと飛び移る。紐から紐へ、ぶら下がり、伝い、飛び上がり、護衛達に向かって灯籠を叩き落としながら、恐るべき素早さで離れていく。その動きは文字通り、人間離れしていると言うにふさわしいものだった。

護衛達のうち二名が慌てて後を追ったが、ほんの数十秒のうちにそいつの姿は見えなくなってしまった。

「はじめさん、はじめさん」

怪我はないですかと慌てる頼斗に、ゆっくりと石畳から体を起こしながらはじめは問う。

「今のは何だ」

「おそらく、あれが猿です」

どこか茫然としつつ、猿が去っていった方向を見て頼斗が言う。

「私も、この目で見たのは今日が初めてです……」

びっくりしました、とまるで子どものように呟く。

立ち上がって見回せば、周囲は酷い有様だった。

巻き添えを食った店先はあちこちが破壊され、路面には壊れた吊灯籠や、薄絹の残骸が落ちている。運悪く居合わせて腰が抜けてしまった客や、泣いている遊女の姿もあった。

つと、生温かいものが唇を伝った。反射的に舐めて、その鉄臭さにうんざりする。

こちらを心配そうに見ていた護衛の一人が、ぎょっとしたように頼斗の肩を叩いた。振り返った頼斗は、はじめの顔を見て絶叫する。

「はじめさん、血、血が出ています！」

「大丈夫、単なる鼻血だから」

懐紙《かいし》を取り出しながら、頼斗はどうして、と悲痛な声を上げた。

「猿には指一本触れさせなかったのに――なんで怪我をしているんですか！」

「お前に突き飛ばされたせいだよ」

石畳に顔面を強打して鼻血で済んだのだから、むしろ幸運と思うべきかもしれなかった。


その後、護衛達に半ば抱えられるようにして連れて行かれたのは、花街の中でも特に大きな妓楼《ぎろう》であった。

突然乗り込んできた尋常ならざる集団に店の者はおおわらわとなっていたが、畳敷きの一番奥の部屋へと通され、そこで治療を受ける。

とはいえ、ただの鼻血だ。鼻をつまんで大人しくしている以上に出来ることは何もない。

「本当に、申し開きのしようもなく……」

よく冷やされた手ぬぐいを鼻に押し当てるはじめの前で、頼斗は土下座したまま、ずっと謝罪の言葉を繰り返している。

「もういいって。それより、俺達を襲って来た猿とやらはどうなった？」

「大変申し上げにくいのですが――」

悔しそうに顔を歪める頼斗が言うには、案の定、あのまま逃げられてしまったらしい。

驚異的な身体能力で逃げて行った『猿』の姿を思い起こせば、さもありなんと思った。

「帰り道の安全が確認出来ない以上、本日はここに泊まります。護衛が完璧に周囲を固めていますし、もし猿が再びはじめさんを狙ってきても、室内戦となればこちらが有利です」

籠城《ろうじょう》のようなものだと理解する。

「いつまでここにいりゃいいの？」

「取りあえず、朝になるまでの辛抱です。明日、明るくなったら鴻臚館にお戻り下さい」

「観光はどうなる」

「ご冗談でしょう！」

こんな状況でどうしてそんなに呑気なのかと、驚愕の眼差しを向けられてしまった。

「先ほどの襲撃については、すでに上に報告済です。まだ指示はありませんが、おそらく鴻臚館にて博陸侯と今後についてご相談して頂くことになると思われます」

「はあ」

少なくとも今日のようにぶらぶら見て回るわけにはいかないだろうし、観光を強行するにしても、昼間よりももっと大勢の黒服に囲まれる羽目になるのだろう。

「こういう事件はよくあるのか？」

ぬるくなった手ぬぐいを弄びながら尋ねると、氷水の入った桶《おけ》に浸《ひた》した新しい手ぬぐいを寄こしながら頼斗が答えた。

「よくある、という程ではありません。年に数回、あるかないかで」

少なくとも自分が遭遇したのは初めてです、と言う口調はどこか煮え切らない。

「どうして俺が狙われた？」

今になって考えても、あの猿ははじめを狙っていたように思えてならなかった。

「それに関しては、こちらの手落ちです。本当に申し訳ありません」

頼斗は再び頭を下げたが、今度の口調には申し訳なさよりも、後悔のようなものが感じられた。

「護衛が多かったので、はじめさんが我々にとって重要な人物だと看破されたのでしょう。もっとやり方を考えるべきでした」

「俺を狙ったんじゃなくて、とにかく偉そうな奴を狙ったってこと？」

「猿は、攻撃の手段を選びません。高官を狙って来たり、村一つが食い尽くされたり……共同の井戸に毒を投げ入れられたりと、手に負えないのです」

うっかり聞き流しそうになったが、どうにも妙な言い回しが含まれていなかったか。

「食い尽くされるだと？」

何かの比喩《ひゆ》かと思って問えば、「文字通りの意味ですよ」と苦々しそうに説明された。

「奴らは、我が一族を食うのです。過去には、犠牲者の遺体を細かく刻んで、塩漬けにしていた例もあります」

「うへえ」

そりゃ堪ったもんじゃねえな、とはじめは顔をしかめた。

「猿は、あんたらを餌《えさ》だと思っているのか？」

「餌にも出来る敵だと考えているのです。我々は、猿を食べるなんてまっぴらごめんですがね」

野蛮な化け物です、と頼斗は吐き捨てる。

その言葉を反芻《はんすう》しつつ、ふむ、とはじめは顎をさすった。

猿は、八咫烏を食う。それなのに、同時に要人も狙うという。化け物のようでありながら、妙に政治的だ。

雪斎の話では八咫烏と猿の一族の「縄張り争い」といった印象が強かったのだが、思っていたよりも根が深いというか、このちぐはぐな感じにはどうにも嫌な臭いがした。

「八咫烏が猿に食われちまうことは多いのか？」

「それこそ、滅多にありません。記録に残っているのは二件だけだったはずです。まだ大戦前、猿の存在が明らかになるきっかけとなった事件です」

二十年以上前のことだ。辺境の村が狙われて、村人が猿に食い尽くされるというショッキングな事件が起こった。

人食い猿の恐怖は、中央を席捲《せっけん》した。

結果として、中央の指導で猿の侵入経路の調査が行われ、猿の一族が八咫烏の一族の殲滅《せんめつ》を目的として暗躍していると明らかとなった。根本的な原因は、八咫烏と猿の種族を従えていた山神の力が弱まったためだとされている。

その後、両者の関係は悪化し、以後「大戦」と称される武力衝突が発生した。

そこで若き参謀として辣腕《らつわん》をふるい、八咫烏の一族を勝利へと導いたのが、博陸侯こと雪斎である。当時は北家の雪哉と名乗っており、日嗣《ひつぎ》の御子《みこ》の右腕として大いに活躍していたのだ。

「博陸侯は、猿が集団で襲ってきたところを航空戦力で返り討ちにしたのです。我が一族には騎兵がおりますから。それ以来、猿共は散発的な攻撃を仕掛けてくるようになりました」

地上戦になった場合、身体能力は猿のほうが上であり、八咫烏は一気に不利になるのだと頼斗は説明する。

「あの猿は、おそらく日が落ちる前から標的を物色していたのでしょう」

大勢の護衛を付けていたはじめは政府の要人だと誤解され、猿側が有利になる日没を待って襲撃されたのだと思われた。

「ちなみに、こんな風に個人が狙われるようになったのはいつからだ？」

「ここ数年のことかと」

大戦後、猿の活動は一時的に大人しくなったが、その間に色々と学んでしまったのだろう。

そしてその一時的な空白期間こそが、博陸侯が自身の落ち度としている講和策の失敗が生んだものだった。

「雪斎公はそれをご自身の失敗のようにおっしゃっていましたが、その決断を下したのは何も雪斎公だけではありません」

当然、当時の朝廷の意志も反映されていたはずだと頼斗は語る。

「みんな、いいかげん戦いを止めたいと思っていました。少しでも平和的な解決を願ったのは間違いではないはずです。責めるべきは、それに応じなかった猿であり、反省すべきは、交渉相手の性質を見誤ったことであって、平和を願ったことではないと私は信じます」

山内がこうなったのは博陸侯だけの責任ではない。みんなの責任です、と滔々《とうとう》と頼斗は語る。

「とにかく、日が昇ったら鴻臚館に移動します。今後のことは、どうかそちらで博陸侯とご相談下さい」


その夜は頼斗の懸念したような猿の襲撃もなく、平和なまま時が過ぎた。

はじめは妓楼から供される食事を楽しみ、やたらふかふかの布団を満喫して惰眠《だみん》をむさぼっただけだったが、頼斗と護衛達は忙《せわ》しなく動いていたようである。

夜明け前に起こされたはじめは、軽食を取らされた後、昨日とは違う着物と顔を隠すような笠を身に着けさせられた。

「何もしゃべらずに、私のあとについて来て下さい。昨日使った馬車とは違うものに乗りますので、どうかお間違えのなきように」

頼斗自身、はじめと同じような恰好になりながら、どこか緊張した面持ちで告げてきた。

部屋を出ると、廊下には十人ほどの護衛達が恐い顔で待機していた。

ぞろぞろと表口に向かい、外の様子を護衛達が確認してすぐに、一行は早足で妓楼を飛び出したのだった。

ほぼ夜明けと同時である。

昨日、猿が壊した跡がどうなっているのか見たかったのだが、確認する余裕もなかった。

人気の少ない階段を、急かされるまま駆け下りる。

車場では、護衛と同数の鞍のついた馬と、昨日のものよりもずっと簡素な馬車がこちらに扉を開け放した状態で待ち構えていた。すでに用意されていた踏み台を上り、はじめと頼斗が馬車の中に入ってすぐに、背後で扉が勢いよく閉まる。

また崖の上から飛び出るのかと戦々恐々としたが、はじめがそれを苦手としていると伝えたためか、巨鳥が何度も羽ばたき、その場に浮き上がる形で離陸してくれた。

「お疲れ様でした。ご足労頂きすみません。もう笠は取って頂いて大丈夫です」

言われて、顎下《がくか》の紐を解く。

両脇の小窓は開かれているが、ブラインドのように目の細かい簾《すだれ》がかかっており、中はどうにも薄暗い。

簾《すだれ》に顔を近付けて外を見ると、昇ったばかりの朝日の中を、車の脇を固めるような編隊を組んで十騎の護衛達が飛んでいた。

「はじめさん、出来れば窓からは少し離れて頂いたほうがよろしいかと……」

「猿は飛べないんだろ？　そこまで気にする？」

「万が一ということもございますので」

頼斗がさらに何かを言い募ろうとした時、外から笛を鋭く吹き鳴らす音がした。

小窓からの頼りない光に照らし出された、頼斗の顔色が変わる。

「どうした」

「いえ――」

返答は上の空だ。

耳を澄ませると、外からの笛の音はまだ続いている。

はじめを押しやり、頼斗は険しい眼差しを小窓の外に向ける。気になって、はじめも忠告を無視して隣の小窓から外を窺った。

「失礼」

相変わらず、山水画にでもありそうな峻険な岩山が続いている。

馬車は突き出た奇岩の間をゆるやかに滑空しているが、奇岩の天辺《てっぺん》に生えた木々の向こうに、黒い影が見えた。

外の世界ではあり得ない、黒々とした馬鹿でかい鳥影。

おそらくは「馬」だ。

それが何羽もいる。パッと見、三十羽以上。

巨鳥がたくさん群れをなしてこちらに向かってくる様子は、沸き起こる夏の黒雲のようであった。

馬車の四方を囲んでいた護衛の一人が隊列から離れ、警告と思しき声を発しながら近付いていく。

しかし馬の群れは止まらない。両者は勢いよく接近していく。

ぶつかる、と思ったその瞬間、すさまじい怒号が上がった。

——馬が、速度を全く緩めないまま、護衛に真正面から激突したのだ。

「なんだありゃ！」

四方の護衛達が殺気立ち、周囲は一気に騒がしくなった。

頼斗が御者に大声で何事かを告げると、馬車の針路が急激に変わった。

はじめは隣の小窓へ移り、不審な馬と護衛を見続けた。

体当たりを受けた護衛はすばやく抜刀し、自分に向かって来た馬を大上段に斬りつけた。斬られた馬が、血しぶきと悲鳴を上げて落ちてゆく。だが、その後ろにいた馬も刀に怯《ひる》まずに突っ込んで行った。護衛は再び斬りつけ、再度離脱しようとしたが、今度の馬は血を流しながら三本の足で護衛に組み付いた。護衛が怒号を上げるが、馬は放さない——離れない。そこに、三羽目、四羽目の馬が、強烈な蹴りを食らわせる。

護衛の乗ってきた馬も同様に攻撃を受け、騎手が鞍から引き剝がされた。

怒号が悲鳴に変わる。

あっと言う間に、馬鹿でかい鳥影の中で揉みくちゃになって、護衛の姿は見えなくなってしまった。その一団から分かれた雲霞《うんか》のごとき大烏の大群は、まっすぐにこちらに向かってくる。

馬車は遅い。

身一つの馬のほうがはるかに速いだろうことは、素人のはじめにも容易に察せられた。このままではすぐに追いつかれてしまうだろう。

そう思った時、ヒュイーッという、はやぶさの鳴き声のような笛音が響いた。

途端、馬車を囲んでいた護衛達が動いた。よく訓練されていると一目で分かる滑らかさで陣形が変わり、九騎のうち三騎がくるりと翼を翻《ひるがえ》す。

迎撃のために打って出たのだ。

馬の集団に向かって行った護衛達は強かった。

馬上で鞘《さや》を払い、襲い来る馬に果敢に対応し、何羽も血祭に上げて地面へと突き落としていく。

だが、いかんせん数が違い過ぎる。

迎撃網をすり抜けた馬が数羽、車に追い縋《すが》り、それを撃退すべくさらに一羽の護衛が動いた。

リーダー格と思しき護衛が笛を吹き、車を囲む陣形が再び滑らかに入れ変わる。

それを目にした刹那、はじめは何とも嫌な予感を覚えた。

足止めに当たってくれている彼らは、優秀な兵なのだろう。その判断の是非は、一介のタバコ屋であるはじめには分からない。だが、最初に馬車を囲んでいたのは十騎だったのに、一気に半分に減ってしまったのは、何だか危なくはないだろうか。

そして、車が切り立った断崖を避けた瞬間――その岩陰から、いくつもの馬が飛び出してきたのだった。

待ち伏せされていた！

二十羽はいると思われる馬の姿に、それまで一糸乱れぬ連携を保っていた護衛達の間に初めて動揺が走った。車から引き離すべく護衛達が容赦なく馬に斬りかかるが、新手の馬のほうが圧倒的に多い。すぐさま乱戦状態になり、馬車の周囲は濁った大烏の鳴き声と、護衛達の叫び声でいっぱいになってしまった。

護衛達の奮戦によって、車は団子状態になった一団からなんとか抜け出した。

だが、あれほどいた護衛がもはやゼロだ。

留めきれなかった大烏が、どんどんこちらに迫ってくる。

「おいおいおいおいおい、どうするよ」

このままじゃまずいんじゃないの、とはじめは頼斗に声をかけようとして、口をつぐんだ。

小窓から背後の烏の群れを見つめる頼斗の顔つきは、それまでとは別人のように険しかった。

「はじめさん」

「あ？」

「これから、ちょっと動くかもしれません。舌を噛まないように、しっかり口を閉じていて下さいね」

こちらを安心させるように微笑むと、頼斗はその場に片膝を付いた。

俊敏な動作で脱ぎ捨てた着物の下は、護衛達と同じ、忍者のような黒服である。窓から視線を外さないまま、小窓の上に取り付けられた装飾を素手で叩き壊し、中から取り出したのは見事に黒光りする一振りの刀だった。

刀を額に押し当てると、頼斗はほんの一瞬だけ目を瞑り、鋭く息を吐き出した。

次に目を見開いた時、こちらの言動に一喜一憂していた純朴な青年はどこにもいなくなっていた。

その眼光には、おぞましいほどの灼熱の温度があった。まるで獣が唸るかのように鼻には深い皺《しわ》がよる。怒気だけで、体の体積が何倍にも膨れ上がったかのようだ。

一匹の馬が馬車の後部に追いついたのとほぼ同時に、頼斗は狭い車内を全く気にすることなく、長い足を勢いよく突き出した。

扉ごと馬が吹き飛ぶ。

繊細な装飾のされた扉の蝶番《ちょうつがい》は紙のようにひしゃげ、ある程度の強度があったはずの格子は、バキバキに折れて文字通り空中に四散する。

――容赦なく、乱暴で、洗練されたヤクザキックとしか言いようがなかった。

あまりの豹変ぶりに呆然とするはじめには一瞥《いちべつ》もくれることなく、頼斗はライオンのような咆哮《ほうこう》を上げ、車外へと飛び出していった。

蹴られた馬は、まともに反撃を食らって体勢を崩していた。黒々とした翼を目一杯に広げ、姿勢を戻そうとしているそこに、明確な殺意を持って刀を構えた悪鬼が、重力加速度を土産に突っ込んで行ったのだった。

頼斗の刀は、一撃で馬の首を刺し貫いた。

声を上げることなく絶命した馬から刀を引き抜いて口に咥《くわ》えた頼斗は、その背中を蹴り、まるで飛び込みの選手のような滑らかさで空中にその身を投げ出した。

それは驚くべき光景だった。

だが、はじめは確かに見た。見間違えようがない。

はためく袖はつやつやと青い光沢をもった黒い羽に変わり、伸ばされた頼斗の長い腕は分厚い翼になった。曲々しい爪を持ち、硬い外皮で覆われた足が胸板を突き破るようにして現れ、モデルのように長かった足も、同様に黒い鳥の足へと変わる。少し前までの白皙《はくせき》は、今や黒々とした羽毛に覆われ、鋭い嘴《くちばし》が生えている。

軽やかな一回転を終えた頼斗は、彼が「馬」と呼んでいるものと同じ、三本足の大烏へと変貌してしまっていた。

鋭く翼を翻《ひるがえ》し、頼斗は襲って来た連中にぶつかっていく。

大烏の姿となった頼斗は、さっきの護衛達とは比べ物にならないほどに強かった。

三本の足で蹴りを食らわせたかと思いきや、一瞬で人間の姿に戻り、刀でやわらかい馬の胸を斬り裂く。かと思えば、今度は雨傘を開くような勢いで大烏の姿に変身し、次の獲物へ飛びついていく。

何より、保身を一切考えていない攻撃は狂気じみて強烈だ。人の姿に戻った時、威嚇《いかく》するように犬歯を剝き出しにした頼斗の顔は、まるで大口を開けて笑っているかのようだった。

馬車に追い縋って来た連中を戦闘不能にした頼斗は、その背後にまだ大勢の馬が残っているのを視認するや、一直線に馬車へと戻って来た。

風通しのよくなった車の後部から乗り込んで来た頼斗が、その瞬間に人間の姿に戻る。興奮さめやらず、未だ目がぎらぎら光っている頼斗を、はじめは車の隅で小さくなったまま見上げた。

「車は捨てます。このままじゃ追いつかれる。乗って！」

「の……」

乗るって、何に？

そう言いかけたはじめの体に、頼斗は素早く赤い紐を巻き付けた。車内に落ちていた鞘に巻かれていた、赤い紐を解いたのだ。されるがままになるはじめの脇の下に紐をくぐらせると、紐の両端が括《くく》りつけられた鞘に刀を納め、口に咥える。

問答無用ではじめを背負った頼斗は、気遣いの声ひとつかけることなく、車から勢いよく飛び出したのだった。

文字通り、紐なしバンジージャンプだ。

耳元でびゅうびゅうと風が鳴る。

馬車が崖から飛び降りた時の比ではない。あちらのほうが千倍穏やかだった。

目も開けられず、声も出ないはじめの密着する頼斗の体が、ぶわっと膨らむのを感じた。

また大鳥に変身したのだ。

必死で握っていた着物の感触が消え、代わって現れた羽をむしりとる勢いで握るが、速度が緩む気配はない。

自分と頼斗をつないでいるのは、赤い紐一本だけなのだ。雑に結ばれただけのそれは、命綱としてあまりに頼りない。今にも落ちそうなのに、逃げることに必死な頼斗は全く頓着せず、逃げ切る前に振り落とされそうだと思った。

しかも、はじめの気のせいでなければ、風の音に追手の怒号が混じり始めている。かろうじて細く目を開けると、視界の端にまで敵影が迫って来ていた。

はじめに向かって足が伸ばされ、その先の爪が日光に鈍く光る。

駄目だ。やられる！

そう思った時――はじめに向かって足を伸ばしていた馬が、明後日の方向に吹き飛んだ。

驚きのあまり目を見開く。

横合いから追手の馬に追いつき、強烈な蹴りを食らわせたのは、全くの新手であった。

＊　　＊　　＊

その時の頼斗に、選択の余地などなかった。

――こっちだ！

はじめを背負った頼斗から襲撃者を引き離したのは、一人の八咫烏だった。

鳥形《ちょうけい》のまま、ついてこい、と山内衆《やまうちしゅう》の間で使われる合図をしてこちらに背を向ける。

半ばやけくそになって闖入者《ちんにゅうしゃ》に続くと、そいつはまっすぐに山の中へと向かった。繁茂する木々をすり抜けるようにして地面に降り立つと同時に、人形《じんけい》へと転身する。

「来い！」

そういって男が駆け寄った先には大岩があった。男が枝をのけると、苔に覆われた岩と地面の間に、人が辛うじて入れる程度の穴が開いている。

男は躊躇なくその中に飛び込み、「早く！」と叫ぶ。

迷っている暇はない。

負ぶっていたはじめを穴の中に突き落とし、それに続く形で自分も中へと飛び込む。

藪《やぶ》が体を引っ掻いたが、幸いにも穴はそう深いものではなかった。着地の瞬間、ぐええ、と情けない悲鳴が足元で上がったが、気にしてなどいられない。

体勢を整えて周囲を見回せば、そこには立ち上がって頭を打たない程度の空間が広がっていた。先んじてここに飛び込んだ男の背後に、隧道《ずいどう》は続いているように見える。

「早く立て」

男は、つぶれた蛙のようになっているはじめに手を伸ばした。その手がはじめに届くよりもはやく、頼斗は刀を男に突き付ける。

「貴様は何者だ。所属と身元を明らかにせよ。今すぐにだ！」

「言っている場合か」

呆れたように言った男は、頼斗の刀に一切怯《ひる》むことなく、はじめの襟首を無造作につかんでその場に立たせた。

「元山内衆。現在の所属はない。ただの流れの用心棒だ」

頭上の穴から細く差し込む光に、切れ長の目と、こけた頬が浮かび上がる。

「南風《はえ》の千早《ちはや》。勁草院《けいそういん》時代、博陸侯とは同窓だった」

「博陸侯と――？」

「入口を塞いでいる暇はない。奴らに見つかる前に移動するぞ」

さっさと来い、と千早と名乗った男はこちらに背を向け、隧道の奥へと消えて行ったのだった。

# 第三章　貴族

「真の貴族たれ」というのが、父の口癖であった。

頼斗は北家《ほっけ》系列の中央貴族、北小路《きたこうじ》家の長子として山内《やまうち》に生を受けた。猿との大戦があったのもちょうどその頃で、復興の活気の中で育ったのだ。

大戦以降、中央鎮護の羽林天軍《うりんてんぐん》および宗家《そうけ》近衛《このえ》隊《たい》の山内衆《やまうちしゅう》による軍事演習は頻繁に行われた。特に、山内最精鋭との呼び声も高い山内衆は少年達の憧《あこが》れであった。

幼い頃、父に手を引かれて見に行った彼らの姿を、頼斗はよく覚えている。

馬に騎乗し編隊を組んで頭上を行く山内衆は、黒い戦闘装束に赤い紐のかけられた太刀を佩《は》いていた。懸帯《かけおび》は濃紫に翻り、金烏直属であることを示す金色の刺繍が太陽に輝く。

その先頭を行くのは、大戦の際に大手柄を上げた参謀役、のちに黄烏《こうう》となる北本家《きたほんけ》の雪哉《ゆきや》である。

北家は武人の家柄であり、当時、彼は金烏の右腕として、また大貴族北本家の御曹司《おんぞうし》として政治的にも発言権を持ちつつあった。朝廷で彼と少しだけ話す機会を得たという父は、若き俊《しゅん》英《えい》にすっかりほれ込んでいた。

「彼はすごいぞ。これまで宮烏《みやがらす》は家を基準にして物事を考えていたが、もっと大局を見据えている。山内という単位を見出したのは彼が初めてと言ってもいいだろう。無私の心がないとあはならない」

貴族はそうでなくちゃいけないと語る父の口調には、熱がこもっていた。

「いいか頼斗、お前もああなりなさい。身の丈に合わない贅沢や、高慢な態度は醜悪だ。よく慎み、誠実に、謙虚に、公に奉仕する精神を持ちなさい。それでこそ、真の貴族というものだ」

尊敬する父の言葉は、そのまま頼斗の座右の銘となった。

頼斗は自分が恵まれていると自覚している。家族に愛されて、何不自由なく育った。身体能力は同年代と比べても高かったし、手習いでももの覚えが早いと驚かれた。周囲の者は頼斗に期待しており、頼斗自身、それに応えられる自信があった。

七つになり初めて挨拶に向かった際、頼斗の将来の希望を聞いた雪哉は大いに驚き、喜んでくれた。これからが楽しみだと言われてなんとも誇らしかったが、しかし、それまで笑顔で応対していた彼がふと表情を曇《くも》らせた瞬間があった。

あなたのようになりたいと言うと、「それはやめておいたほうがいい」と返されてしまったのだ。

「ちょっと話しただけでも、君がとても優秀なのは分かる。修練に励むのは結構だ。存分にやるといい。だが、私なんかを目指してはいけない」

それ以上説明しようとしなかったので、その時は尊敬する人がどうしてそんな風に言うのか分からず、困惑するばかりだった。

「非常に謙虚な方ですからね。ご謙遜なさったのですよ」

代わりに目を輝かせて対応してくれたのは、雪哉の部下である治真《はるま》という名の男であった。

現在は黄烏の補佐、羽記《うき》の筆頭として立ち働く彼も当時はまだ若く、人の良さそうな顔にはそばかすが浮いており、武人にしてはいささかひょろりとした体格をしていた。物腰は穏やかでありながら、時々発する言葉と眼光が思いのほか鋭いあたり、雪哉と通じるものがあった。

治真はもともと東領の出身であったが、雪哉と縁あって山内衆になったらしく、頼斗の今後についても熱心に相談に乗ってくれたのだ。

「君の身分なら蔭位《おんい》の制を使ってそれなりの官位で朝廷に入るのが普通でしょうが、腕に自信があるならば一度山内衆になることをおすすめします」

「どうしてでしょうか」

「先例があるのです。今現在、それが最も出世への近道なんですよ」

雪哉は若い頃、当時の日嗣《ひつぎ》の御子《みこ》の側近にまでなっておきながら、一度はそれを辞して山内衆の養成所である勁草院《けいそういん》に入り直し、首席で卒院している。血筋も実力も疑いようがないものであると、周囲に証明してみせたのだ。

「大戦前、貴族の勁草院入峰《にゅうぶ》は無能の証《あかし》と言われていました。位のある者がやることではないとね。でも実際は、平民階級出身者の多い武人を取りまとめるのに、貴族の身分だけでは足りないのですよ」

遠回りしているように見えた雪哉は、大戦の折、史上最年少で全軍の参謀役に抜擢《ばってき》された。足りないのは年齢だけで、経歴、実力、身分の全てを兼ね備えていたからこそなしえた偉業である。

何もせずともそこそこの地位にはついていただろうが、今ここまでの地位にあるのはわざわざ勁草院に行ったからだと治真は力説する。武門として名高い北家でさえ、本家に近い連中は勁草院には行かずに要職に就くのが普通だったのに、彼はそれをしなかった。猿との間にきなくさい噂の立ち始めた時分だったから、大戦を予見なさっていたのだろう、と。

「私は平民の出身ですが、あの方がただ生まれを恃《たの》んで命令するだけであれば、ここまでついて来ようなどとは思わなかったでしょう」

実力があったし、兵卒と同じ苦労をすることを惜しまなかった。自分の力の知らしめ方すら計算の上だったとも言える。

「そういうことが出来るようになりなさい。君の身分で勁草院へ行って、よい成績を残せば、間違いなく博陸侯《はくりくこう》の後継となるでしょう」

治真の話に感動した頼斗は勁草院行きを決め、そのための勉強に励んだ。父も母も姉も応援してくれたし、幸いにも、武人としての才幹にも恵まれていた。

結果、かつてよりも厳しくなったと聞いていた峰入りの試験にも、頼斗は危なげなく合格した。貴族の合格者は少なく、峰入り当初はやっかまれ、嫌がらせまがいのことをされたりもしたのだが、時が経つにつれて自然とそれもなくなっていった。勁草院の厳しい団体生活の中で、彼らのさもしい心根が正されていったのだとするならば喜ばしいと思っていると、何故か「聖人《しょうにん》」というあだ名まで頂戴してしまった。

「あんたは恵まれ過ぎている」

そんな中、面と向かって頼斗にそう吐き捨てたのは、迦亮《かりょう》という名の一代下の後輩だった。

迦亮は平民階級の出身であったが、尋常でなく体が柔らかく、動きが俊敏で、彼の代では首席卒院間違いなしとまで言われていた逸材であった。

仏頂面でぶっきらぼうなところがあるので、上級の者からは「可愛げがない」と評される場合もあったが、頼斗は彼に好感を覚えていた。武家出身の者にも全くひけをとらない姿を見るにつけ、さぞかし努力をしたのだろうと感心していたのだ。

しかし、何故か迦亮のほうは頼斗を毛嫌いしているようであった。

ある休日のことだ。

道場で自主鍛錬をしていると、たまたま居合わせた迦亮から、珍しく手合いを申し込まれた。普段から敬遠されている節があったので、親交を深めるまたとない機会であると、頼斗は喜んでその申し出を受けた。

そこまでは良かったのだが――あまりに迦亮が真剣にかかってくるので、うっかり本気を出し、彼を徹底的に打ちのめしてしまったのだ。

後輩相手にやり過ぎたと思い、「すまなかった。怪我はないか」と声をかけた瞬間、迦亮は横たわったまま、顔を手で覆って言い放った。

あんたは恵まれ過ぎている、と。

その時初めて、彼は自分に嫉妬しているのかもしれない、と気付かされた。

確かに自分は恵まれている。ならば恵まれている分、恵まれていない者のために尽力せねばならない。真の貴族として、また、彼の先輩として、自分は彼をもっと気にかけてやらなければならなかったのに、酷いことをしてしまったと後悔した。

「考えが足らず、すまないことをした」

咄嗟《とっさ》に出た頼斗の謝罪を、迦亮は受け取らなかった。指の間から、どこか諦めたような、頼斗を憐れむような目でこちらを見ていたのを、やけに鮮明に覚えている。

結局、迦亮とはそれ以上に親しくなるきっかけもなく、頼斗は勁草院を卒院することになった。想定に違《たが》わず首席での卒院であり、山内衆になって最初の命令で、外界への留学を命じられたのである。

頼斗は山内を愛している。

外界に出て、ますますその思いは強くなっていた。山内は美しく、すばらしい故郷だ。真の貴族としてこの故郷を守りたいと、本気で思っていた。

だからこそ、外界からやって来た人間の接待に、失敗するわけにはいかなかったのだ。

安原はじめを名乗る男が、朱雀門《すざくもん》から侵入した晩のことである。

安原が寝入ったのを確認してから訪れた鴻臚館《こうろかん》の離れでは、博陸侯と、その補佐を務める治真が頼斗を待ち構えていた。あぐらをかいた上官二人の間には、朱筆の入った紙の束が乱雑に並べられている。

促されて下座につき、安原が特に緊張した風もなく眠ってしまった旨を報告すると、博陸侯は心底嫌そうに顔を歪めたのだった。

「とんだ屑《クズ》だな、あの男」

博陸侯の不機嫌そうな声には苦笑を返しつつ、頼斗は内心で「同感です」と相槌を打った。

「全く、柄にもないことをするものではないな。誠心誠意でもって説得したら、私以上の外道っぷりで返されたぞ！」

「ご愁傷《しゅうしょう》さまです」

治真に飄々《ひょうひょう》と返され、博陸侯は先ほどまでの紳士然とした態度をかなぐり捨てて舌打ちした。

見張りのために鳥形《ちょうけい》のまま外界に配置された仲間から、既に山の権利者が女に連れ去られたという報告が上がって来ていた。事前に調べた特徴とも合致するので、輸入品に紛れ込んでやってきたあの男は、安原はじめ本人と考えて間違いないだろう。

博陸侯らしからぬ悪態はごもっともで、どうしてあんな男の手に山内の命運が握られなければならないのかと思ったのは頼斗も同じだった。

「一番の問題は、あのろくでなしをここに送り込んだという『幽霊』だ。一体、何者だ？」

博陸侯が自問するように言うと、治真が床の書類を手元に引き寄せた。

「現地からの報告を申し上げます。『幽霊』と思しき女の特徴は、十代後半から二十代。細身。身長は五尺五寸前後。長い黒髪。外界式の白い女性用衣服を着用。外界時間昨日十九時、煙草屋カネイにて安原はじめと接触。直後、応援到着前に最寄りの地下鉄を使われたため、それ以上の追跡は断念。夜陰《やいん》に紛れて顔をはっきりと視認することは出来なかったそうです」

安原曰く、「自分と家族に酷いことをしたものを滅してやらない限り、成仏出来そうにない」と語った、若く美しい女。

「女ねえ……」

博陸侯の声は静かだった。

――大戦の折、最後に残った猿の首魁《しゆかい》も、若い女の姿をした雌猿であったと聞いている。

「閣下は、本当に猿の残党が外界に逃れたとお考えなのでしょうか」

緊張しながら問うたが、博陸侯と治真は答えない。

実際、猿の生き残りが外界に逃れていたのだとすれば一大事だ。猿が住処《すみか》としていた神域は外界にも繋がっていたから、そういう存在がいたとしてもおかしくはない。

「仮に『幽霊』が外界に逃れた猿の生き残りだとする」

治真が、慎重に口を開いた。

「荒山《あれやま》の権利者を、山内に送り込んだ意図が分からない」

　山内を滅ぼしたいのであれば、自分の手で外から壊せばいいだけの話なのだ。

「それが出来ないくらい、猿側の力が足りないということでしょうか。だから、人間性に問題のある安原を送り込んで、山内を混乱させようとしたとか」

「混乱させてどうする。これで、復讐になっているのか？」

　恐る恐る頼斗が嘴《くちばし》を挟むも、治真の顔色はいまひとつ優れない。

「真実、『幽霊』の目的が復讐だったとして――」

　唐突に博陸侯が口を開き、治真と頼斗は慌てて口を噤《つぐ》む。

「その行動に合理性を求めるのは無駄というものだ。復讐は利害ではなく、感情の問題なのだから、そもそもが不合理なのだ」

　特に女の考えることは分からんと冷ややかに言ってのける。

「動機の推察など妄想とさほど変わらんよ。考えるだけ無駄というものだ。それより、現実問題から解いていったほうがよかろう」

「と、おっしゃいますと？」

　問いかける補佐に、博陸侯は恬淡《てんたん》と答える。

「天狗《てんぐ》の手助けなしに、人間をここに送り込むことは果たして可能なのか、どうかだ」

　安原が山内にいると発覚した直後、烏天狗に呼ばれた大天狗がその場に駆けつけている。

　外界から山内への輸出品は通常、人間の倉庫に偽装した朱雀門まで運搬される。今回は、その運び手二名が衣服を剝《は》がれ、拘束された状態で見つかったと大天狗は主張していた。見知らぬ襲撃者によって運搬車の鍵を奪われたのであり、自分達は無関係である、と。

無論、それを鵜呑みにしたわけではなく、博陸侯は外界の駐在員に裏付け調査を命じている。

博陸侯の視線を受けた治真は、手元の紙を素早くめくった。

「現段階で上がって来ている報告ですと、運び手となった烏天狗二人は、待機所で食事をした後に意識を失い、気が付いた時には厠《かわや》で縛《いまし》められていたと語っていますね。『幽霊』が乗って来た運搬車と並列してやって来た連中も、目的地に到着後、いつの間にか運転手が消えていたが、厠に行っているものと思って代わりに荷の積み込みを行った。異変に気付いたのは朱雀門からの連絡が来た後だった、とかほざいています」

運び手を襲った者の目撃証言や手掛かりは、何もない。

「出来過ぎだ」

博陸侯の断言に、確かに、と頼斗も思う。

「『幽霊』の存在自体が天狗から目をそらすための偽装とも考えられます。山内の情勢を不安定にさせることで、外交を有利に進めようとしているのかもしれません」

頼斗の言葉に、治真が眉を顰《ひそ》める。

「それでは、下手をすれば天狗側も大損になる。駆け引きのためだけに、危ない橋をあの大天狗が渡るか？」

「さりとて、無関係とは考えにくい。主犯が他にいるのやもしれん」

「主犯……」

博陸侯の言葉を鸚鵡《おうむ》返しにしかけて、頼斗は黙り込む。

それ以上語らずとも、その場にいた全員が、おそらくは同じことを思い浮かべていた。

安原の手前、博陸侯は敵は猿しかいないといった言い方をしたが、博陸侯一強の現状に不満を持っている者も山内には存在している。

朝廷は、博陸侯がその座につくまで権力闘争が絶えなかった。

特に大貴族四家のひとつである南家《なんけ》は、過去には外戚《がいせき》として力を持つと同時に、外交を専門とする守礼省《しゅれいしょう》を取り仕切り、莫大な利益を得ていたのだ。守礼省とは別口で山内衆から遊学する者が出てくるようになった今、既得権益を奪われるのではないかと不満を持つ者は存在している。

輸出入の現場で働く南家の者が画策したのならば、こっそり外界に八咫烏《ひと》を逃がすことは不可能ではないだろう。

「朱雀門を通して秘密裡《ひみつり》に外へ出た、我が一族の者が『幽霊』だとお考えで……？」

八咫烏の一族の中に裏切り者がいるのだとすれば、それはそれで厄介だ。

頼斗が問うと、博陸侯は疲れたようにこめかみを揉んだ。

「相手が山内内部の者だとすれば、『復讐』の意味も通りはする。正直、恨まれるようなことをした覚えは、結構ある」

「身に覚えがあり過ぎますね」

博陸侯に睨まれても、治真はけろりとして発言を続ける。

「八咫烏の一族の何者かが、天狗と守礼省を通じて、こちらの体制にゆさぶりをかけてきた。天狗はそいつと我々の双方にいい顔をしつつ、漁夫の利を狙っている。現状、一番あり得そうなのはこんな感じでしょうかね」

「恐れながら、復讐に燃える猿の生き残りが外界に逃げ、嫌がらせのために安原を送り込んできた、といった場合も想定しておくべきではないでしょうか。そうすると、猿と天狗が結んでいる可能性も出て参りますが」

頼斗の補足に、治真は何故かおかしそうに笑って博陸侯を見る。

「――そうなったら、最悪の最悪ですなぁ？」

そんな七面倒くさい事態になっていないことを祈ります、と意味深に治真が言うと、博陸侯はそれを無視して頼斗へ顔を向けた。

「何にせよ、天狗と守礼省方面への調べは続けさせる。正体が何であれ、山内を混乱に陥れて得するという時点で『幽霊』はろくな奴じゃない。頼斗、お前は『幽霊』について、引き続き安原に探りを入れろ。分かったことを余さず知らせるのだ」

「承知いたしました。何としても情報を引き出してみせます」

博陸侯の直接の命令に勢い込めば、治真は満足げに頷いた。

「厄介な状況であることには変わりありませんが、あの男が頼斗を指名したのは不幸中の幸いでした。これは忠誠心の厚い男です。必ずや、閣下のお役に立つかと存じます」

博陸侯が返答するまでに、少し間があった。一瞬、何かを考えるように無言になってから、苦笑を浮かべる。

「……頼斗は、昔からお前の気に入りだったな」

「もし若手の中から誰か一人を選べというのであれば、私はこれを選んでいました」

てらいない治真の言葉があまりに誇らしく、姿勢を正して胸を張る。

そんな頼斗を前にした博陸侯は目を瞬き、ゆっくりと口を開いた。

「そうだな……。これも、よい機会やもしれん。権利譲渡の交渉を含む安原はじめへの対応については、頼斗に一任するとしよう」

思わず頼斗の喉が鳴った。

「自分に――そんな大役を？」

「よろしいのですか」

驚いたように振り仰ぐ治真に、構わん、と博陸侯は淡々と返す。

「頼斗は安原はじめに気に入られていると見た。私は信用されていないようだし、外界に出ていたのはもう十年以上も前だ。奴との間に感覚の差があるかもしれん」

その点、つい先日まで外界に出ていた頼斗のほうが懐柔《かいじゅう》には向いているということらしい。

「それにいい加減、我々も世代交代を考えねばならん時期だ」

金烏陛下はまだ若いのだ、と続ける口調にはどこか苦いものが滲んでいた。

「我々は不死ではない。これから先、長く困難な時代が来るというのに、おいぼれが出張り続けるわけにもいかん。若者は宝だ。末長くかの御方を支えていく者が必要となる」

頼斗なら適任だろうと博陸侯は言う。

「今後の外界との交渉を見据えての第一歩だ。次世代を担う者として、見事こなしてみるがいい」

「はい！」

「改めて命じておく。我々は野蛮人ではない。あくまで紳士的に、正当な手段で、だが確実に奴から山の権利をかっぱらわねばならん。そなたがすべきことはただ一つ。何をおいても、安原はじめの信頼を勝ち取るのだ」

ひたと頼斗を見据える博陸侯の眼差しは、今までになく鋭かった。

「奴に胸襟《きょうきん》を開かせ、その上で『安原はじめ』を素っ裸にする必要がある。山を売っても構わないと思うほど、奴が魅力的だと考えるものは何か。逆に、何を嫌い、何を恐れるのかを徹底的に突き止めろ」

「必ずや、使命を果たします」

気合を入れて返答した頼斗に、博陸侯は「期待している」と微笑する。

それから、ハアと大きく息を吐き、脇息《きょうそく》にもたれかかった。

「全く！　安原がさっさと権利を手放してくれさえすれば、何もかも楽に済むのだがな」

そう言って畳の上に広げられた報告書を見下ろした博陸侯は、つと、そのうちの一枚に目を止めた。

「安原はじめ……はじめか」

軽く紙を撫で、沈黙する。

じっと視線を一点に絞ってから、ややあって、小さく呟く。

「――まさかな」

博陸侯が気にしていたのは、安原の経歴や家族構成などについて書かれた一枚だ。

「何か気になることでも？」

「いや……」

不思議そうに尋ねる治真に、何でもない、と博陸侯は軽く首を横に振った。

「頼斗、そなたは安原のもとへ戻れ。山内衆を付けるゆえ、お前の好きにするがいい。金子《きんす》も使いたいだけ使え。くれぐれも不足のないように」

「ご高配、真に感謝いたします」

外界から戻って、まだ半月しか経っていない。正式にどこに配属されるかも決まっていないこの段階で、まさかこんな重大な任務を与えられるとは思わなかった。絶対に、なんとしても、使命を果たさねばならない。

――そう思っていたはずなのに、一体、どうしてこんなことになったのだろう？

＊　　＊　　＊

暗い隧道《ずいどう》を駆け足で行く。

幸いにも追手はまだ迫って来ていないようだが、緊張のあまり全身の皮膚がピリピリと痛むようだ。

明かりは、先頭を行く千早《ちはや》と名乗った男の持つ紙燭《しそく》だけだ。足元は悪く、先ほどから目の前の人間は転びそうになってばかりいる。今頃になって、鬼火《おにび》灯籠《どうろう》を飛車《とびぐるま》に置いてきてしまったのが悔やまれた。

「この道で、本当に合っているのか」

「つべこべ言うなら一人で戻れ」

不安に思って千早に声をかけても、おざなりに返されるだけである。

成り行きでついて来るしかなかったが、これで良かったのかと何度考えても分からない。

要人警護の最中に待ち伏せを受け、仲間と分断されたところにちょうどよく味方が通りかかるなどという幸運が、そうそうあるわけがない。あいつらの仲間ということも十分にあり得る。

迷いながらも男について来てしまったのは、その動きがどう見ても正規の訓練を受けたものだったからだ。

先導する千早という男が、元山内衆なのは事実であるように思われた。

だが、年齢制限のある山内衆は、ほとんどの者が退役後羽林天軍に行く。場合によっては勁草院の教官になるという道も用意されているのに、この男はそのいずれでもなく、城下で用心棒をしていると言う。

いいようにはめられたのかもしれないという不安が頼斗の胸を侵食しつつあった。

暗がりの中、灯を持って先導する背中をちらりと窺う。

馬に襲われた山内衆の全員が殺されたとは思えない。おそらく、襲撃とはじめの行方不明はすでに博陸侯に伝わっているだろう。出来るだけ早く外に出て、他の山内衆と合流する必要がある。

――とはいえ、隙を見て離れるにしても、今のうちに少しでも情報を得ておくべきかもしれない。

「どうしてこんな道を知っている？」

頼斗がはじめの頭越しに声をかけると、千早は振り返りもせずに答えた。

「このあたりの隧道は、徹底的に調べたことがある」

「なぜ」

「私の担当だった。猿の襲撃路潰しの一環だ」

その言葉にハッとする。

猿はかつて、山内と神域をつなぐ『抜け道』を持っていた。

大戦の際には、神域から『抜け道』を通って大勢の猿がやって来たのだ。『抜け道』の多くは洞穴の形をとっていたから、戦後、詳細な『抜け道』探しが行われた。隧道の中で猿と鉢合わせた場合にそなえ、当時、その先陣を務めたのは山内衆だったと聞いている。

疑ってばかりだったが、この者が本当に名乗った通りの身の上ならば、博陸侯の同輩で、しかも頼斗にとってかなりの先達《せんだつ》ということになる。

「……襲ってきた奴らが何者か、分かりますか」

葛藤し、申し訳程度に口調を改めてみたが、「俺が知るか」とそっけなく返されてしまった。

「もう一度言うが、俺があそこにいたのは単なる偶然だ」

後輩が襲われていたのを目にして思わず手が出てしまったが、これ以上関わるのはごめんだと嘯《うそぶ》く。

「出口までは案内してやる。さっさと仲間と合流して、朝廷に帰れ」

そのまま無言になってしまったので、会話の糸口を見失った頼斗も黙り込む他にない。

「ねえ、ちょっと休憩しない？」

外界語による弱音は、頼斗の目の前の男から上がった。

「ダメです。追いつかれる前に、外に出ませんと」

「いい加減疲れたよぉ」

情けない声に、危機感がないのかこの人は、と苛立ちよりも呆れが勝る。

二日連続で命の危険にさらされ、挙句捕まったら何をされるか分からない連中に追いかけられている最中であるというのに、こんな反応が出来るものなのだろうか。死ぬのが怖くないというか、自分が非常に危ない状況にあると、全く分かっていないのかもしれない。

泣き言ばかりのはじめを叱咤《しった》しつつ進んでいると、前触れもなく頭上が開け、広い空間へと出た。

千早の紙燭ではどこまで続いているのか分からないほどに頭上は高い。

木の根や飛び出た岩肌が照らし出されているが、通路はどこに続いているのかと周囲を見回しかけ、ふと、自分達以外の生き物の気配を感じた。

「誰だ！」

怒号を上げた瞬間、「しまった」と千早が呟く。やはり謀られたかと抜刀し、はじめを背後に庇《かば》う。

次の瞬間、空間の半分を占めるような大岩の上に、ぴょんと飛び乗った人影があった。

「誰だとは何だテメー！」

「お前こそナニモンだ」

「なんでおめーらがここにいる」

口々に言いながら姿を現したのは、真っ黒に汚れた、十歳にも満たないと思しき子ども達だった。

一瞬気が抜けそうになったが、その手にはこぶし大の石や短弓が握られている。

反射的に頼斗がはじめの前に手を広げると、汚い子ども達は赤紐《あかひも》だ、赤紐だ、としきりに囁《ささや》きあった。

「やい赤紐、武器を置け。さもなきゃぶっ殺すぞ！」

「大変だ。どうしよう」

「おい、大将を呼んで来い」

声をかけられた一人が踵《きびす》を返し、岩の向こうへと消えていく。

頼斗が呆気にとられていると、「見つかっちまったな」とややうんざりしたように千早がぼやき、子ども達に向かって手を振った。

「待て、お前達。俺だ、千早だ」

「――千早？」

「本当だ、千早のおっさんだ」

「どうして千早がここに来るんだ」

「なりゆきだ。お前らに用はない。こいつらを出口まで通して欲しいだけだ」

千早を認識して目を丸くした少年達は、しかし油断なく武器を構え続けている。

「嘘つけ、そいつ、赤紐じゃねえか！」

「お前、赤紐の手引きをしてたのか」

矢継ぎ早に怒声を浴び「違う！」と千早は大声を返す。

「お前も何をやってる。何事もなくここを出たきゃ、さっさと武器から手を放せ」

低い声で注意されたが、この状況で納刀など出来るわけがない。

そんな頼斗を見て、子ども達はますます殺気立った。

「赤紐めー！」

「ここから無事で出られると思うなよ」

「今、ここにトビが来る。下手に動いたらボコボコにしてやるからな」

洞穴の奥から、新たに松明《たいまつ》やら竹槍やらを携えた子ども達が現れて、千早はお手上げだと言わんばかりに頭を掻いた。

「……トビ？」

頼斗にも、その名前には聞き覚えがあった。

「ねえ、ちょっと座ってもいい？」

はじめに話しかけられ、思わず「黙ってて下さい！」と鋭く返す。人間であると気付かれたくなかったのできつい言い方になったが、はじめは全く意に介さなかった。

「ねえ、トビって何？」

少し躊躇《ためら》ってから、小声で説明を加える。

「ヤクザの親分みたいなもんです」

山内にはかつて、谷間《たにあい》と呼ばれる貧民街が存在していた。

法から逃れた無法者やわけありの女達、貴族の統治する世界からあぶれた、厄介者のたまり場だ。

だが、博陸侯が数年前に大々的な区画整備を行い、貧民街は取り潰され、谷間の住人はしかるべき所に移動させられたはずである。

『鵄《とび》』は、区画整備が行われた当時、谷間を支配していた頭目《とうもく》の名前だ。

先ほどとは違った意味で冷や汗が出てきた。

ここは間違いなく、貧民を取りまとめていた親分衆が住処としていたという洞穴、『地下街』

と呼ばれる一角だろう。

ここが地下街で、谷間を住処にしていた連中の残党がいるならば、中央政府への風当たりは

きついに違いない。馬達の襲撃を躱《かわ》すのに必死なあまり、随分まずい所に来てしまったのでは

ないか。

緊張が顔色に出たのか、千早が小声で忠告を寄こす。

「問題を起こしたくなければ言う通りにしろ。何もなきゃ、すぐに通してくれる」

それに返答する前に「来た！」と子ども達が嬉しそうな声を上げた。

間を置かず、見上げるような大岩の向こうから、すっと黒い人影が現れる。

「貴様ら、誰の許しを得てここに足を踏み入れた」

張りのある声が、ごおん、と空間に反響する。

「我が名はトビ。ここ、地下街の長《おさ》である！」

言っている意味は分かる。話し方も、長にふさわしいものであると言えるだろう。

——しかし。

「ガキじゃん」

隣で拍子抜けしたように言ったはじめに、同意しかない。

子どもだ。どこからどう見ても、子どもなのだ。

年の頃は十二、三歳といったところか。薄暗くとも、垢《あか》と埃《ほこり》に塗《まみ》れた顔の中で、大きなギョ

ロ目の白目部分が青々としているのが分かった。適当にくくられた髪の毛は全く手入れがされ

ておらず、しかつめらしい表情を浮かべた顔つきはいかにも生意気そうだが、同時に利発そうでもある。

しかも「ガキじゃん」とはじめに言われた瞬間、その少年は大きく目を見開いたのだった。

「……今の、外界語？」

取り繕っていた皮を彼自身があっさりと脱ぎ捨ててしまうと、声変わり前の高い声と相まって、一気に子どもらしくなってしまう。

「ガキジャン？　ねえ、それ、どういう意味？」

興味津々に岩の上から身を乗り出す姿に啞然とする横で、千早が面倒くさそうに口を開いた。

「子どもをあざけった言い方だ」

「『ガキじゃん』！」

高らかに復唱した少年は怒りもせず、急いで懐から何かを取り出した。帳面と、銀のキャップ付きの鉛筆である。

「ガキ。子どもの意味……」

呟きながらメモをした後、思い出したように顔を上げて、にっこりと人懐こく笑う。

「すげえな、千早。俺の外界語の勉強のためにそいつらを連れてきてくれたの？」

そう言って岩を滑り降りようとしかけ、ふと、抜刀している頼斗と目が合った。

途端に笑みが消え、口がへの字に曲がる。

「赤紐！」

苦い顔になったトビに、千早は紙燭しか持っていないことを示すように両手を広げた。

「すまん、なりゆきだ。急に暴漢に襲われて、助けが欲しい」

「刀を構えて助けを求めるとは、赤紐は随分と行儀がいいんだな」

大きな目ではっきりと睨まれて、頼斗は怯んだ。

「納刀しろ、後輩」

再び千早が囁く。

「お前は、子ども相手に大立ち回りをするのか？」

耳に痛い言葉に、迷った時間はそう長いものではなかった。

その場にいる全員の視線を受けながら、頼斗はゆっくりと刀を鞘に納め、それを地面に置いた。

「失礼しました」

空手であることを示しながら、トビに向かって謝罪する。

「急に暴漢に襲われたので、用心していただけです。あなた方に危害を加えるつもりはありません」

「本当か？　俺達の仲間を連れて行くために来たんじゃないのか」

「違います。ただ、外に出たいだけです」

ぞろぞろと集まって来た子ども達が見守る中、トビと頼斗は見つめあう。

「こいつらが何か変な真似をしようとしたら、俺がなんとかすると約束しよう」

千早が、頼斗を指さしながら武器を向ける子ども達に呼びかける。

「トビ殿には丁重にお願い申し上げるので、さっさとこいつらを外まで通す許可を頂けませんかね？」

きゅっと唇を尖らせたトビは、軽く首を傾《かし》げて頼斗とはじめ、そして千早を眺め、ややあって「うん」と納得したように頷いた。

「いいよ、許してやる。他でもない千早の頼みだ。さっさと通りな」

「助かる」

「ま、俺も一緒に行くけどね」

そう言って岩の上から飛び降り、一行の前に危なげなく着地する。

「お前ら、道を開けろ。お客を出口までご案内だ！」

その言葉に、子ども達は目に見えて警戒を解いた。

武器を下ろし、通せんぼするように粗末な竹槍を構えていた者達が下がると、大岩の脇にあった、向こう側につながる細い道が見えるようになった。

「さあ、ついて来いよ」

当然の顔で先導するトビを、すっかり緊張感を失くした年少者が高い声を上げて追い越していく。

一気に道行きが賑やかになってしまった。

「話が全く読めないんだけど……この子達は何なの？」

はじめに問われても、頼斗とてわけが分からない。

答えに窮《きゅう》していると、意外なところから外界語が返ってきた。

「彼らは、昔ここにいた人達の、遺児です」

はじめの問いに外界の言葉で答えたのは、千早だった。

先ほどのトビと名乗った少年とのやり取りでなんとなく分かっていたが、それでも驚きを禁じ得ない。

「――あなた、過去に外に出た経験が？」

「随分前にな」

発音はややぎこちないが、それでも十分に巧みと言える現代日本語である。

外界への遊学が許されるのは、一握りの優秀な者のみだ。しかも、昔は今よりももっと数は限られ、選抜の基準も厳しかったと聞いている。博陸侯と同窓で留学経験があるのに、中央の要職についていないとは、ますます千早の身上が分からなくなる。

思わず黙ってしまった頼斗に代わり、はじめは都合がいいとばかりに千早に質問を始めた。

「ここは何なんだ？」

じゃれついてくる子どもをいなしながら千早が答える。

「ここはスラムです。前に、博陸侯が大きなスラムを摘発しました。その時、取り残されたのが彼ら。私が、少しだけ面倒をみています」

「へえ。遺児ってことは、この子達の親は死んだのか？」

「死んだ者もいます。馬として、今でも働いている者もいます」

「千早殿」

物騒な話題に思わず声が固くなったが、千早は頓着せずに御内詞《みうちことば》で言い返してきた。

「事実だろう。何を隠すことがある」

厄介なことに、はじめは千早の漏らした内容に興味を示した。

「気になっていたんだけどさ。あんたら、さっき三本足の大きな烏に変身していたよな？　俺の目にはあんたらが『馬』と呼んでいる奴らと違いがないように見えたんだけど」

「『馬』は、私達と同じ八咫烏の一族です。契約して三本目の足を、アー……、縛る？　したり、切り落とすと、人の姿になれなくなります。大きい烏のまま、家畜として働く」

「なるほどなぁ」

奴隷みたいなものか、とはじめは得心する。

「その通り」

千早の返答には、どこか皮肉っぽい響きがあった。

「理由なく馬にされるわけではありません」

慌てて間に入ったが、我ながら硬い声である。

「足を斬られて家畜化されるのは、それに相当する罪を犯した罪人のみです。故《ゆえ》なくそうされるわけではありません」

「じゃあ、ここにいた奴らってのは、全員罪人だったのか？」

「その通りです」

頼斗の断言を聞いた千早が御内詞に切り替え、からかうように言う。

「谷間に入ったこともないくせに、知った口をきくものだな」

「実際、そうではありませんか！」

キッと睨みつけるも、千早はどこ吹く風ではじめに顔を向けた。

「昔、スラムは悪人だらけでした。しかし、ここしばらくは違いました」

もともと谷間は、法を犯した者、町から追い出された乱暴者が取り締まりを避けるために逃げ込むだけの場所であり、力が全てといった有様であった。しかし、互いに殺しあうしか能がなかった男達が顔役となる親分衆を立て、限られた場所でうまくやっていくための規律を作り、領分を定めるようになったのだ。

その親分衆達が自らの城として定めたのが、洞穴を利用した地下街であった。

良好な関係だったとはとても言えないが、地下街と朝廷は、互いに見て見ぬふりをすることで、小康状態とも言うべき関係に落ち着いていた。手に負えない無法者を地下街が引き受け、朝廷はそれを黙認するという不文律《ふぶんりつ》が出来上がっていたのだと外界の言葉で千早は説明する。

「少し前の王さまと、地下街の王の間では、秘密で、そういう約束までされました」

「地下街の王？」

「サクオウといいます。月の光すらない闇夜、朔の夜の王と書いて、朔王《さくおう》」

頼斗とて知っている。

それまで誰かを長とすることのなかった親分衆が、初めて満場一致で認めた伝説の大親分だ。

「朔王は、朝廷が助けられなかった弱い者を、助けました」

頼斗にとって半ばおとぎ話の住人だった存在を、千早はどこか畏敬《いけい》の念をこめて語る。

無法者の親分衆をまとめあげ、曲がりなりにも貧民街に秩序をもたらしたのは朔王だった。

地下街における規則を整え、朝廷に交渉を持ち掛け、秘密裏ではあるが、お互いにその存在を認めるように体制を整えた。谷間も、地下街の王がいた頃にはもっと人がいて、活気があったと千早は言う。

貧しく、表の世界からすれば不法ではあるけれど、それなりの社会が築かれていたのだ、と。

「年を取って引退して、その後をついだのが、『トビ』です」

「その子？」

はじめが、千早を先導する少年を指さす。

外界の言葉による会話を興味津々に窺っていた少年を見て、千早は鼻で笑う。

「そいつは二世です。初代の鴉《とび》は、朔王の方針を引き継いで、地下街の秩序を守ろうとしました。その初代が死ぬ時、跡継ぎにと指名したのが、この子」

先代とは血は繋がっていないが、もともと裏社会は実力至上主義であり、世襲であることのほうが少なかった。今では、遺児達の頭目的な立場に落ち着いているのだと説明する。

「――地下街を随分と美化しておっしゃる」

「少なくともお前よりは実態を知っているのでな」

御内詞に切り替えた瞬間、やり取りは一気に冷ややかなものとなった。

「朝廷が助けられなかった弱い者とは、誰のことです」

「文字通りだ。上の支配が取りこぼした弱者は、確かに存在する。知らんとは言わせんぞ」

揶揄《やゆ》するような言い方に、どうしようもない反感を覚えた。

まるで可哀想な者のように千早は言うが、結局のところ、法を犯したろくでもない連中ばかりである。上からの取り締まりがあるのは当然だ。

ほとんど囁くような小声になりながら、頼斗は反論せずにはいられなかった。

「過去に谷間が放置されていたのは、単に人手が足りなかったからです。博陸侯の代になって整備が出来るだけの余力が出来たから、それが実行されただけのことではありませんか」

「奴の取り締まりは苛烈《かれつ》だった。親を殺されたこいつらの前でも同じことが言えるのか？」

「この子達にとっては確かに大切な親御さんだったのでしょうが、法に従わなかったのならそれも致し方ないでしょう。この子達も行く当てがないのではなく、伸ばされた手を拒んでいるだけなのではありませんか？」

実際、中央政府には孤児を支援する制度がある。助けを求めれば、ちゃんと助けるだけの用意が上にはあるのだ。

そういったことも知らずに貧しい暮らしをしているのであれば、純粋に彼らが憐れだと思った。ろくでもない親の影響を強く受けて、一番割りを食っているのは、他でもないこの子達である。

そう言うと、千早はまじまじと頼斗を見つめ、口元だけをわずかに歪めた。

「……お前は相当に恵まれて育ったのだろうな、坊《ぼん》」

そう言われた瞬間、勁草院時代に自分に嫌悪の視線を向けてきた後輩の顔が頭をかすめた。

はじめは二人の会話の内容を訳してくれるのを待つようにこちらを見たが、頼斗は曖昧《あいまい》に笑っただけで、わざわざ外界語に訳してやることはしなかった。

そうこうしているうちに、外の光が見えてきた。

かなり大きな、三角形の穴が外に向かって開いているようだ。

「ここで待っていて下さい」

外に待ち伏せている敵がいないか確認するため、頼斗が先んじて出口に近付く。岩陰に隠れながら、慎重に顔を出した頼斗は、異様な光景に息を呑んだ。

頼斗がいるそこは、岩山が裂けたような形の谷の起点であり、谷の底でもある場所であった。

両側に迫る切り立った断崖には一定の間隔で小さな穴が開いていたが、それがただの明り取りではなく、矢狭間《やざま》であることはすぐに察せられた。あの裏側には人の入れるだけの空間があり、有事の際には谷底に向かい、矢が放てるようになっているのだろう。

谷底は細く長いので、もし正面から地下街に押し入ろうとしても、集団は引き伸ばされてしまう。そこの上の矢狭間から攻撃を受ければ、ひとたまりもないに違いない。

ここは、天然の地形と工夫を組み合わせた要塞なのだと理解した。

見ていて、外界でホールケーキを切り分けた時のことを思い出す。ケーキにナイフを入れ、最初のワンピースをそっと抜き出した後の形に近いかもしれない。頼斗がいる洞穴は、言わばケーキの中心と下に敷いた台紙が接している部分であり、残ったケーキの断面に当たる部分が、矢狭間を有した断崖となっているのである。

そして矢狭間の途切れた先には、いびつな掘っ立て小屋や朽《く》ちかけた吊橋などが、断崖にこびりつくようにしてびっしりと連なっていた。破れた赤い提灯が谷を横断するようにぶらぶらと風に揺れている。あれほど建物が密集しているのに、人気が全く感じられないのが不気味であった。

おそらくは、あれが取り潰された貧民街の名残なのだろう。

谷間とはよく言ったものだと得心する。

視認する限り、襲ってきた馬どころか、生き物の気配ひとつない。

ここが谷間ならば、名のある寺院が近くにあるはずだ。待ち伏せがないか確認が取れ次第、そこに逃げ込んで助けを呼ぼう。

振り返ると、出口から少し離れた所ではじめは子ども達のおもちゃとなっていた。伸び放題のくせっ毛を、女の子と思しき小さな子に細かな三つ編みにされている。

「はじめさん。これからどう動くかを説明しますので、遊んでないでよく聞いて下さいね」

口を開きかけた頼斗を、「それなんだけど」とはじめは遮った。

「俺、しばらくここの世話になりたいんだけど、駄目かな」

何を言われたのか、すぐには理解出来なかった。

あまりのことに、しばし言葉が出てこない。

「な、何をおっしゃるんです……？」

「このままあっちに戻りたくないんだよね」

「あっちとは」

「鴻臚館。というか、博陸侯のところ」

とんでもないことを言い出すものだ。馬鹿を言われては困ると思った。

「ご冗談を！　昨日と今日で、もう二回も殺されかけたのですよ。護衛がいなければ、はじめさんなんか一時間で三回は死んでいます」

「じゃあそこの、千早っつったか。俺を個人的に守ってくんないかな」

「あ？」

完全に自分の役目を果たしたという顔で子どもの相手をしていた千早は、急に話題の中心に引っ張り出されて顔をしかめた。

「駄目です。困る」

「そこを何とか」

「困る」

「そこをもう一声」

心底嫌そうに断られても、はじめは全く怯まない。

自分を置き去りにした呑気なやり取りに、もう我慢ならないと思った。

「いいかげんにして下さい、はじめさん。私は、あなたの身の安全を守るためにご提案をしているのです。どうしてそのような我儘《わがまま》をおっしゃるのですか」

「このままだと殺されるからだよ」

思いがけない物騒な単語が飛び出てきた。

「それは……猿や、あの馬の群れのことをおっしゃっているのですか？」

だったらそれこそ、一刻も早く他の護衛と合流したほうがいいに決まっている。馬の群れが何者かは分からないが、今、同じ規模で襲われたらひとたまりもないのだ。

それを言うと、はじめは首を横に振った。

「違う。俺が一番命の危険を感じている相手は雪斎《せっさい》だよ」

あいつは信用ならんと言われて、ぽかんとする。

「何を……？」

「少し考えりゃ分かるだろ。俺がなんで、ここまで来て山の権利を売り渋ったと思ってる。そうしなきゃ、殺される可能性が高いからだよ」

異界を構成する『理《ことわり》』は、外とは異なる。

どういう影響を受けるか分からない以上、不必要に人間と交流を持つつもりもなかったと語ったのは、他でもない博陸侯ではないかとはじめは言う。

「でも、俺は山内の秘密を知っちまった。山を売った時点で俺は用済みだ。かと言って、全く売るつもりがないと言っちまえば、次の相続人のほうが交渉の余地があると思われて、これまたさっさと殺される。売るつもりはあるくらいに留めておかないと、俺のイキの目はないのよ」

昨日、煙管《キセル》の感想を述べたのと全く同じ調子で己の生死について語られて、頼斗は困惑した。

「だって、その、殺す必要がありません」

「逆に言えば、生かしておく必要もないだろ？」

「どうしてそのように思われるのか、理解に苦しみます」

博陸侯はそんな馬鹿な真似はしない。今までだってあなたに誠実だったはずだと悲痛に叫ぶ。

「じゃあ、俺の親父はどうして帰って来ない？」


――ざあっと、全身の血の気が引いていく音が聞こえた気がした。

「俺の養父は、七年前から行方不明だ」

はじめの口調は、あくまで淡々としている。

「これでも一応、探したんだぜ。結果分かったのは、最後に姿を見せたのが遺産管理を任されている弁護士の所だということだ。俺に山を遺すという手紙を預けたのを最後に、ジジイは失踪した。そして、残された山の中には、こんな立派な異界があったわけだ」

無関係と思うほうが難しい。

頼斗は、あえぐようにはじめに問いかけた。

「ここまで無抵抗のまま来たのは、お父上の消息が気になっていたからですか……？」

「そうとばかりも言えないがね。多少気になりはするだろう」

安原はじめはへらりと笑う。頼斗は全く笑えなかった。

「まさか、我々が殺したと疑っていらっしゃる？」

「違うのか？」

「まさか。そんなことするわけがない」

「あんただって、いざとなったら俺を殺すように言われるんじゃねえの？」

なあ頼斗、と笑われる。

「馬鹿なことを！」

最後の声は、もはや悲鳴に近かった。

平然としつつもこの人は、自分の父親の消息を追ってここまで来たのだ。

己の命を担保にして。

屈託のない笑顔にぞっとした。急に、目の前の男の底が見えなくなった。

「……お父上の行方不明の真相こそが、あなたにとって本当に価値のあるものですか」

堪えきれずに声が震える。はじめは肯定も否定もせずに微笑むのみだ。

自分が間違っていた。この男は、決して愚物《ぐぶつ》じゃない。

「まあ、俺の言うことを聞けないってんなら、ヨリちゃんとはここでお別れだね」

はじめは大げさに悲しそうな顔をする。

「色々守ってくれてありがとさん。雪斎によろしくな」

無慈悲に手を振るはじめに、「待って下さい」と頼斗は取り縋《すが》る。

「こんな所に逗留《とうりゅう》して何をするつもりなんです。ただの貧民街なんですよ？」

「だから？」

「ここにいたって、分かることなんて何ひとつありません。百万が一、お父上の失踪に山内が関わっているとしても、それは朝廷でしかあり得ないんです。外界との交易は我々が行っているのですから」

「我々ねえ」

「博陸侯の許しがなければ、人間界にも戻れません。お父上の行方は分からないまま、ここで野垂れ死にしてもよいとおっしゃるのですか」

はじめはからかうような眼差しを頼斗へと向けた。

「親父の行方は、知れたらラッキー程度のもんだ。俺がここに留まった本当の理由は、それじゃない」

「は――？」

「俺ぁ、山内には希望を感じてんだよ。ここには俺がずっと探しているものがあるかもしれないからな」

そのために山内に住んでいる奴らのことを知りたい、とはじめは無邪気に言う。

「お前は特権階級の人間だよな。そういう感じがすごくする」

頼斗が何も言えないうちに、はじめは自分勝手にしゃべり続けた。

「一緒にいて、お貴族さまの目に見える世界はなんとなく分かった。今度は、お前とは違う立場の人間が見ている世界を見たい。それで目当てのものが見られたなら、俺はここで野垂れ死んだとしても本望なんだよ」

ヒヒヒ、と堪えきれなくなったようにはじめは笑う。

心底から愉快げな笑みであった。

「そこまでして、あなたが探しているものは何なんです」

「さあ？」

言って聞かせるほどのものじゃねえな、と言ってはじめは欧米人のように肩を竦《すく》めてみせた。

「ま、ヨリちゃんが今後どうするのかは置いといてだ。今までのところ、一番頼りになりそうなのがあんたなんだよね」

そう言って、苦い顔の千早の首に馴れ馴れしく手を回す。

「頼むよ。人助けと思って、非力な俺を守ってくれない？」

「私は、単なる通りすがりです」

「そう言わずに」

親し気に額を突き合わせる姿に、強烈な危機感がひらめいた。

――何をおいても安原はじめの信頼を勝ち取るのだ。

判断に要した時間は、一瞬だった。

「お供いたします」

千早の首に腕を回したまま、はじめは「ほう？」と片眉を吊り上げて頼斗に視線を寄こした。

頼斗は唾を飲み込む。

「はじめさんはお父上の失踪に博陸侯が関わっているとお考えのようですが、かの方はそんな馬鹿な真似などしません。とはいえ、現状で信用ならないというお気持ちもごもっともです。ことの次第が明らかになり、はじめさんが納得されるまで、好きになさって下さい。私もお供させて頂けるならば、出来る限り何でもいたします」

今、自分がすべきはこの男を守りつつ、この男の信頼を得ることだ。

力ずくで連れていくのは簡単だが、そうするともう二度とこの男に信用してもらえなくなる予感がした。

今のところ、千早にはじめの命を奪う意図はないように見える。だが、それこそが目的である可能性もあるのだ。襲撃者とぐるで、はじめを助けることによって自陣に引き込む算段であるならば、千早のほうが信用出来ると思われては非常に困ったことになる。後でなんとかして博陸侯に連絡を取り、穏当にはじめを連れ戻す算段を立てるしかない。

今は、はじめから離れないことが先決だった。

頼斗の考えを全て見通したような顔をして、はじめはうっすらと口元に笑みを浮かべた。

「よし。なら手始めに、千早を護衛として雇うだけの金を出してもらおうか」

「ああ？」

盛大に眉間に皺を寄せてこちらを向いた千早を、頼斗はちらりと見る。

「それは……」

「出来ないのか？」

はじめはもはや隠そうともせず、露骨に頼斗を試していた。

勝手に話を進めるなと不満そうに御内詞で呟く千早と、性悪にニヤニヤ笑うはじめを見比べる。頼斗は唇を嚙んだ。

「用心棒をされていると言いましたね。相応の報酬をお約束しますので、はじめさんのおっしゃる通りにして頂けませんか」

お願いします、と千早に向かって頭を下げる。

「かつてのご学友でしたら、博陸侯も安心して下さるでしょう」

「困る」

「千早殿……」

この男が敵か味方かは、まだ分からない。だが、そう簡単にしてやられるほど自分は無能ではないと信じたかった。

声を低め、御内詞で続ける。

「私は、閣下よりこの件に関する判断を全面的に任されております。これは博陸侯のご命令とお考え下さい」

千早は睨むようにしていた視線をそらし、思いっきり舌打ちした。

それで、ほぼ決まりとなった。

「おいおいおい、勝手に話を進められては困るぞ！」

元気のよい御内詞にハッとする。

子ども達のほとんどは飽きたようで散り散りになっていたが、トビはずっとこちらのやり取りを聞いていたらしい。

「外界語はちょっとしか聞き取れなかったけどさ、あれだろ、そっちのオッサンが、ここにしばらく居たいって言ったんだろ？」

ふん、と鼻から息を吐く。興奮しているのか、目がきらきらしている。

「だったら、真っ先に許可が必要な相手がいるんじゃないの？」

一瞬怯んでから、周囲の子ども達を見回して思い直す。

トビが実質的な地下街の長であるとはとても思えないが、形式は大事だ。それで彼らが味方になってくれるのであれば、安いものである。

「では、地下街の長にお願いを申し上げます。対価をお支払いしますので、しばしの逗留をお許し頂けないでしょうか」

丁重に言って腰を折れば、いいだろう、と勿体《もったい》ぶって頷かれる。

「行き場のない奴らに、家を提供するのも地下街の長の役目だからな！」

「お心遣いに感謝いたします」

「その代わり、ここにいる間はきちんと働くんだぞ。地下街では誰でも仕事を持っているんだからな」

「分かりました。私の出来る範囲でよろしければ」

「よし、交渉成立だ」

新しい仲間だぞ、とトビが声を上げると、遊んでいた子ども達がこちらを振り向き、きゃっきゃっと嬉しそうな声を上げた。年長の者は不審そうな、あるいは心配そうな顔をしていたが、トビが頷けば、納得したように近付いてきた。

「最初に紹介しておこう。そっちから順に、クマ、タカ、ミツだ」

ややぽっちゃりした少年と、鼻が低く前歯の欠けた少年、そして口を真一文字に結んだ気の強そうな少女が、それぞれ手を上げて「よろしく」と挨拶した。

「クマは食事と水、タカが怪我とか病気、ミツが掃除とか、住むとこ全般の責任者だから。なんか困ったことがあったら声をかけて」

「責任者?」

思わず尋ね返した頼斗に、そうだよ、とおっとりとした口調で丸顔のクマが言う。

「ここじゃ、みんなで役割を分担して生活しているんだ」

「水を汲んだり、掃除をしたりな。チビ達もちゃんと働いてるのさ」

誇らしそうに言うタカに、「はあ」と頼斗が気の抜けた返事をすると、ミツがジロッと睨んできた。

「ハアじゃないでしょ。あんたもここで生活する以上、ちゃんと働きなさいってこっちは言ってんの。役に立たなかったら、すぐにでもここから叩き出してやるから」

ミツの高飛車な言いように面食らっていると、トビが声を上げて笑った。

「いいねえ、ミツ！　その調子でどんどん指導してやってよ」

「任せて。どんなに顔が良くたって、あたし、容赦しないから」

こまっしゃくれた態度で鼻を鳴らされて、頼斗は反応に困った。


トビはその足で、頼斗達を『家』へと案内した。

地下街は蟻の巣のような構造をしている。

居住区としてあてがわれたのは、地下街の奥深くではなく、谷間に向かって開いた出入口に近い区画であった。断崖に設けられた矢狭間の裏側、ケーキの断面に近い部分であり、しかもかなり上層であったので、はじめなどは岩壁の内部を削って造られた階段をヒイヒイ言いながら上る羽目になっていた。

「少しでも太陽があるほうが体にいいからな。なるべく、矢狭間の近くで生活出来るようにしてるんだけど、足が悪い奴や体力がない奴は、下のほうにいてもらってるんだ」

剝き出しの岩肌に一定の間隔で穿《うが》たれた矢狭間は、小窓のようだ。

そこから外を見れば、谷間から地下街の入口に至る細い道を見下ろす形となっている。通路部分には茣蓙《ござ》が敷かれ、老人や病気と思しき女たちが横たわったり、壁に背中を預けたりしていた。見慣れない一行——特に頼斗の手にしている赤い佩緒《はきお》のついた太刀——を見ると、彼らは緊張した面持ちになった。その度にトビは足を止め、頼斗達を地下街で世話することになったので気にかけてやって欲しい、何か問題が起こったらすぐに報告してくれればいいからと、丁寧に説明して回ったのだった。

最上部と思しき区画までたどり着くと、トビは頼斗にも手際よく説明をした。

「厠はあっち。そこの水瓶の水は飲めるし、自由に使っても大丈夫だ。食事は下で作られるけど、あんたら全員、健康で丈夫な男なんだから問題ないだろ？　飯の時には自力で下りてこいよ」

「それは構わないのですが、明るいほうがよいと言うのなら、どうしてこんな洞穴の中で暮らしているんです」

谷間の建物はほぼ無人だった。どうせならあちらに住めばいいのにと思ったのだが、トビは呆れたように言い返してきた。

「バカだな。外から襲撃があったら、あっちじゃひとたまりもないだろ！」

ここにいれば最低限身を守れるし、矢狭間に人がいれば来襲がすぐに分かる、と続ける。

「今でも時々、兵士が仲間を捕まえに来るからな」

ちらりとこちらを見る目には、警戒の色が戻っている。それで納得がいった。この子は、中央の兵を敵視しているのだ。

「ここにいるのがあなた達だと分かった上でやって来るのならば、兵がここに来るのは、あなた達を助けるためです。傷つけるためではありませんよ」

「信用出来ない」

低い声の返答は、聞く耳持たず、といった感じである。

「勘違いするなよ。ここにいることは許してやったけど、俺、基本的に赤紐は信用していないからな！」

彼らの言う『赤紐』が、太刀に赤い佩緒を巻いている山内衆を揶揄《やゆ》する言い方なのだということはすでに察している。しかし、ならばどうして彼は自分を受け入れてくれたのだろう。

「あんたがここに入るのを許したのは、俺が千早を信用しているからだ」

頼斗の考えを読んだようにトビは言う。

「千早は、随分前から俺達を助けてくれているんだ。ちゃんと戦える大人がいないせいで、時々、地下街には変な奴が侵入してくるからな」

子どもや女、老人達が住む地下街に目をつけた、それこそ見境のないならず者である。

食料を狙ったり人さらいを目論んでいたりするので、子ども達は武装して自衛するようになったのだ。ほとんどは自力で撃退出来るが、時にはどうにもならない奴も来る。そういった場合、千早に追い払ってもらうのだとトビは言う。

「どんなに腕に覚えがある奴でも、千早が出れば一発で片付くからな」

少し悔しそうに言ってから、「千早には助けてもらっている恩もある。だから、こいつが客と言うなら客だ」と続ける。

「ただし、いくら千早がケツを持つって言っても、変な真似をしたら地下街流のけじめをつけるからそのつもりでいろよ。俺には地下街に住んでいる奴らを守る責任があるんだ。俺達の情報を朝廷の連中に売ろうとか、侵入の手引きをしようとかしたら、絶対に、ただじゃおかないからな」

大きな目を眇《すが》めるように睨まれて、頼斗はぐっと言いたいことを我慢した。

「……分かりました。お世話になる以上、そちらの掟に従います」

「うん。聞き分けがいい奴は好きだぜ」

一転してニコッと笑い、トビは上ってきた階段のほうへと踵を返す。

「んじゃ、後はお好きにどうぞ。食事の時間になったら太鼓が鳴るから、急いで来いよ。もたもたしてっと、鍋が空っぽになっちまうからな！」

トビが出て行ってすぐ、はじめはよろよろと壁に寄り掛かった。

「もう足がぱんぱんだ」

矢狭間からは、いつの間にか傾いた日の光が差し込んでいる。

細い光の中、はじめは壁の隅に丸められていた莫蓙をずるずる引きずり出す。

「あの、はじめさん」

「難しい話は後でいいかな。とりあえず、ちょいと一休みさせてくれ」

埃だらけの莫蓙を広げ、そのまま頓着なく横になってしまう。その姿に、先日までの豪華な接待がまるで無駄なものであったことを思い知らされた気がした。

頼斗はそのすぐ隣の壁に寄り掛かりながら、これからどうすべきかを考える。

こうなった以上、一刻も早く博陸侯に現在の状況を知らせる必要がある。

出来れば頼斗が直接向かいたいが、はじめの傍《かたわら》を離れるわけにはいかない。かと言って、千早を完全に信用することも出来ない以上、打てる手は限られている。

——手近な子どもを使いに仕立て、ここから一番近い寺に使いを頼む他にない。

最低限、自分がここにいると朝廷に伝われば、後は何とかなるはずだ。

符牒《ふちよう》を使えば、外部の者には分からない形で事情を伝えられる。子どもが何も知らなければ、問題になることもあるまい。

「子どもを利用しようなどと考えるなよ。心配せずとも、あいつのほうからすぐに連絡が来る」

急に声をかけられ、ハッとする。

見れば、頼斗と向かい合う形で壁に寄り掛かった千早が、全てを見透かすような視線を向けてきていた。

「何を……？」

「あいつに連絡を取る方法を考えているのだろう？　敵の姿が見えない以上、下手に動くなと言っている」

あいつというのが博陸侯を指すと気付き、つい眉間に皺が寄るのを感じる。

「何故そう思われるのです。我々が地下街にいるということを、博陸侯はご存じありません。きっと今頃探されています」

「どうせ、全部見ている」

一拍おいて、その言葉の意味を理解する。

無言で視線を交わすも、千早は全く顔色を変えない。

「確かですか？」

「信じられんというなら、私が使いに行ってやってもいい。だが、おそらくは一日もかからんはずだ」

「――分かりました」

視界に入る範囲で人影は見えないが、どこで誰が聞いているかは分からない。

それ以上、多くは訊かずにぐっと言葉を飲み込む。

「我々にとって、ここは安全と考えてよいのですね？」

「お前の味方が多いという意味では、その通りだ。まあ、襲撃者が何者か分からん以上、断言は出来んがな」

興味なさそうに言われて、どっと疲れが出た。思わず膝に手をやってしまうと、千早が声もなく笑う気配がした。

「貴様が私を雇ったのだろうが。少しはこっちを信用しろ。四六時中そのように気を張りつめていては、必要な時に動けんぞ」

完全に信用したわけではないが、その言い方には、あながち上っ面だけではない気遣いのようなものが感じられた。

つい、弱音が漏れる。

「本当に、奴らは何者なのでしょう。あんなに気を付けていたのに、どうしてやすやすと襲撃を受けてしまったのか……」

猿に襲われた後、はじめが鴻臚館に戻ったと思わせるための偽装工作まで行ったのだ。

わざわざはじめと背格好の似た男を用意し、乗って来た飛車で鴻臚館へと戻し、猿の標的から外れたかどうかの確認を行った上での帰途だった。

外部の目をごまかし、少数の手勢でとっとと逃げる算段だったため、相手が猿であれ八咫烏であれ、本物の安原はじめがどこにいるのかは分からないはずだったのに。

しかし頼斗の嘆きを聞いた千早は、呆れたように言い放った。

「あんなもの、見る奴が見れば一発で分かるさ」

聞き捨てならない言葉に顔を上げる。

「千早殿はお分かりになったのですか？」

「本命の護衛の数が少な過ぎて、心配になってついて来ちまう程度にはな」

強烈な皮肉に呻《うめ》くしかない。

「どうして囮《おとり》だと……？」

「前日は一日中べったりだったのに、人間と思しき奴の隣にお前がいなかった。護衛の人数の割に羽林《うりん》が多く、山内衆が少ない。あんなもの見掛け倒しだ」

すらすらと述べられた理由に、ぐうの音も出ない。

「あの囮を手配したのはお前か」

「はい……」

「次は気を付けるんだな」

「精進いたします」

千早の先達らしい言い方に、つい院生のような受け答えをしてしまった。そんな頼斗をどこか面白がるように見やった千早は、急にそっと声をひそめ、視線だけではじめを指し示した。

「――あいつ、荒山《あれやま》の権利者なんだな」

先ほどの会話を聞かれていた以上、今更ごまかしても意味はない。

「先日相続され、外交部が譲渡をめぐって交渉中でした。もとの権利者である父親は七年前から行方不明です」

「なるほど。父親の生死に博陸侯が関係していると疑われているわけだ」

遊学経験者であるためか、千早の理解は異様に早かった。

「そんな重要人物を、雪哉はどうして山内に連れて来た」

「博陸侯の意図したところではありません。正体不明の勢力が無理やり連れて来たのです」

「正体不明の……？」

いぶかるように少し黙った後、千早は眉をひそめる。

「正体不明と言っても、外界に関わる話ならば対象は限られるはずだろう。本当に何も分かっていないのか？」

「今のところ、何も。目的も不明です」

「ふうん」

小さく呟き、千早は顎に手をやる。

それから、莫蓙の上で死んだように寝転がっているはじめに視線を向けた。

「一つ確認しておきたい。こいつの父親の失踪に、博陸侯は本当に無関係なのか？」

「私はそう聞いていますが……」

どうしてそんなことを訊くのかと思ったが、千早はそんな頼斗を見て、どこか苦い表情になった。

「お前、今、自分が置かれている状況を分かっているのか」

何を確認されているのか判じかねて、頼斗は咄嗟《とっさ》に返答することが出来ない。千早はますます形容しがたい顔になる。

「あの人間の言い分は正しい。父親の失踪に関わっているにしろいないにしろ、もともと山内の存在を知らせるつもりがなかったのに知られてしまったなら、雪斎はこの男を殺したほうがいいという判断を下すかもしれん。そうなった場合の心づもりはあるのかと訊いている」

あまりに直截《ちょくせつ》な言いようにぎょっとした。

「まさか！　博陸侯はそんな野蛮な真似なさりませんよ」

第一、山に関わる行方不明者が続けば人間達に不審がられるはずだ。より取引は困難になっていくことを予想出来ないほど、博陸侯は愚かではない。

「博陸侯は、迅速かつ公平な取引をお望みです。はじめさんに危害を加えて、得することは何もありません」

先ほどのトビといい、どうしてこうもみな博陸侯を疑うのかと腹立たしく思ったが、千早は「そうだといいな」と投げやりな返事を寄こすのみであった。

頼斗が口を開きかけた時、階段の下方からドンドンと威勢の良い太鼓の音が響いてきた。

軽やかに駆け上がってきた足音と共に、階段からひょっこり前歯の欠けた顔が飛び出てきた。

「飯だよー！」

はじめを起こして地下に降りていくうちに、人の波に出くわした。

いずれも、老人や手足の欠けた者ばかりで、ぴんぴんしているのは子どもだけといった有様である。一定方向に進む人々の流れに逆らわず歩んで行くと、大きな広間と思しき場所に出る。

洞穴をそのまま利用した壁には松明《たいまつ》が灯り、中を明るく照らし出している。

中央では、大人が三人両手を広げてようやく一周出来るほどの大きな鍋と、一抱えはありそうな中くらいの鍋が置かれていた。

「コラそこ、横入りせずに並べー！」

クマに仕切られた人々が各々器を持って並び、お玉で自分の食べる分だけよそっている。

千早と頼斗ではじめを挟むようにして列に並んでいると、料理を配る様子を見守っていたらしい一人の大人が、ひょこひょことこちらに近づいて来た。

「おい、千早。そいつが例の新入りか？」

「三治《さんじ》」

千早から三治と呼ばれたのは、右足の膝から下が義足の男だった。

年は五十過ぎといったところだろうか。頭には白髪が目立ち、大きな切り傷と思しき痕が左頰を覆っている。その表情は険しく、明らかに頼斗の腰にある太刀に、剣吞《けんのん》な眼差しを向けていた。

「トビはここに住まわせると言っているが、そう簡単にはいかんぞ。そっちの兄さんは赤紐だろう。外の連中はまた子どもを連れて行くつもりか」

切羽詰まった三治に、周囲の者も少しざわつく。頼斗が慌てて「誤解です」と声を上げると、こっちへ来い、と岩陰を指さされた。

千早が、そっと頼斗に耳打ちする。

「名目上、頭目はトビと言われているが、実際にここを取り仕切っているのはコイツだ」

きょとんとしているはじめを引っ張って列を離れ、岩陰に入ってから三治と呼ばれる男に弁明を試みた。

「お疑いになるのはもっともですが、私は全く関係がありません。山神に誓って申し上げます。本当に、一時滞在させて頂くだけです」

とにかく、下手に出て言い募るしかない。

事情を説明し、千早からもお墨付きをもらってから、ようやく三治は表情を少しだけやわらげたのだった。

「そうか。一応は分かった、ということにしておこう。すまんな。俺は、こいつらを守ってやらなきゃならねえからよ。そう簡単に誰でも歓迎するわけにはいかんのよ」

三治はもともと、地下街の親分衆のもとで食事係をしていたらしい。区画整備の際に中央の兵と交戦し片足を失い、今に至るのだと言う。

「このクソガキどもを立派に育ててやらねえと、死んじまった親分らに申し訳が立たねえからな」

そう言って子ども達に向ける眼差しは優しく、どこか哀し気だった。

「どうしてあなたではなく、あの少年を頭目としているのですか」

トビは、鍋の中身を分配していくのを、壁際の大岩の上から見下ろしている。満足げなその表情を見て、三治は苦笑した。

「あいつぁ、先代から名前をもらっているし、どんな悪たれでもあいつの言うことは聞くからな。ある意味、立派な頭目ではあるのよ。俺はしょせん下っ端さ。こんな足だし、喧嘩になったらガキどもにもすぐ負けちまうしな」

何か困ったことがあったら言えよ、と三治はからりと笑う。

「ようこそ、ならず者達の城へ。一番上の矢狭間に住むんだろう？　足腰が鍛えられるな」

だいぶ人の少なくなった列へと戻ると、「あんたら、食器を貸してあげるよ」と年配の女に椀と箸を渡された。椀の縁は欠けており、箸は竹を割って作られた簡素なものだ。頼斗も促されるまま椀に鍋の中身をついで列から離れ、適当な石の上に腰掛ける。

大鍋で配られていたのは、雑炊《ぞうすい》だった。

雑穀だから固いかと思っていたが、下味がついていて存外に食べやすい。甘鬼灯《あまほおずき》を干したものが混ぜ込まれているのか、噛み締めるとほんのりと甘さが感じられた。乾煎《からい》りした胡桃《くるみ》が香ばしく、おおざっぱに切られた葉物はさくさくとした歯ごたえが残っている。

雑炊の上にあるのは、中くらいの鍋からすくってのせられた蒸し卵だ。ふわふわと膨らんだ卵には、味付けされた葱やキノコを刻んだものが入っている。口に含むとあっという間に崩れてしまうが、見た目よりもずっと食べごたえがある。

場合によっては外から食料を調達することも考えていたのだが、想像していたよりもはるかにまともな食事である。

頼斗が毒見をしてから椀を渡した際には微妙な顔をしていたはじめも、今は黙々と雑炊をむさぼっている。

「この卵料理は初めて食べました」

おいしい、と頼斗が呟くと、椀を貸してくれた老女が嬉しそうに笑った。

「卵にだし汁を加えて、もったりするまでかき混ぜながら蒸すんだよ。あんまり具を入れすぎると膨らまなくなるから、ここまでうまく作れる奴はこの山内に何人もいないだろうよ」

「お姐さんの得意料理ですか」

「いや、いや。子ども達は大きさを気にするんでね。普通に焼いたら小さくなっちまって喧嘩になるから、なるべく大きく見えるように工夫しとるんだ。そうしろっちゅうたのはクマだが、やり方を教えてくれたのは三治だよ。あれは子ども達のことをよく考えとるねえ」

悲惨に見えたが、現在の地下街にそれなりの秩序があるというのは嘘ではないらしい。

食べ終わった者には、子ども達が空になった器に茶を注いで回っていた。茶も飲み終わった器は軽く洗ってから、新たに雑炊を入れて、お盆に並べていく。

あれは、足の悪い者のもとに届けに行っているのだと老女が説明を加えた。

お互いに支えあっている地下街の様子を見るにつけ、どうにも居心地の悪さを感じる。さっさと食べてしまおうと雑炊を飲み干そうとして、唇にツンと違和感を覚えた。

ごみだろうかと手に取ってみると、それは、複雑に糸が絡まった小枝であった。

見た瞬間、すうっと頭が冷えていくのを感じる。

山内衆では、手近に墨と筆がない場合でも情報を伝達するために、いくつかの符牒《ふちょう》が定められていた。

赤紐と揶揄されるように、山内衆の身分を示す太刀には長い佩緒がついている。有事の際、この紐の先を切り、結んだ形によって情報を伝えるのである。

相手に渡るまでに外部の改変が加わったら分かるように、作戦ごとにやり取りの形式と符牒の意味するところは変化する。小枝を刀に、糸を佩緒に見立てているこれは、間違いなく今回の件に関わる上層部か、それに準じる者からの伝言だった。

他からは見えない足の間に小枝を落とし、雑穀をこそげ落として結び目を確認する。符牒は、博陸侯からの知らせであることを示すものと『若竹』だ。

意味は、早急に上に連絡をよこせ、といったところだろう。

糸の先っぽを引っ張ってすべての結び目を解いてから、手早く新たな結び目を作る。

頼斗が知らせを受領したことを示す形の中に編み込む符牒は『山鳥』である。

曰く、「状況は長期化の様相を呈している」。

椀の中に小枝を入れると、中年の女がいそいそと近寄ってきた。

「食べ終わった？　あたしが洗っておいてあげるよ、お兄さん」

「わざわざありがとうございます」

にっこりと微笑み、何気ない仕草で器を重ねていく。トビが笑いながら子ども達とじゃれあっている背後を、女は足早に抜けていった。

――どうせ全部見ている、か。なるほどな。

横目で窺うも、千早は素知らぬ顔で茶をすすっている。

よくよく考えれば、反対勢力の温床となるかもしれない所を、博陸侯が放置するわけがないのだ。ここでトビの下で働いている大人達のいくらかは、博陸侯の息のかかった者なのだろう。

少なくとも、これで博陸侯にはこちらの状況は伝わるはずであった。

食後、再び矢狭間の最上部へと戻ったはじめは、そのまま茣蓙に倒れこむようにして眠ってしまった。

簡単な話し合いの末、頼斗と千早は交互に休むことになった。

起きているほうは背中を岩に預けるようにして座り、眠るほうははじめを挟んでその反対側に体を置く。千早は何もかも心得た顔で「先に休ませてもらうぞ」と言って、早々に横になってしまった。

日が暮れてしまえば、周囲は静かだ。

やんわりと月光の入ってくる矢狭間からは蛙《かえる》の声も漏れ聞こえるが、上にも下にも距離があるのか、どうにも遠くて不確かである。

しばらくして、はじめの鼾《いびき》に交じり、鳥の鳴き声のようなかすかな音を捉えた。

来た、と思って周囲を見回すが、はじめは言うに及ばず、千早も気付いているのかいないのか微動だにしていない。

二人の姿を視界から外さないようにしながら移動すると、下の層に移るための階段部分に人が潜んでいた。

「どうも、先輩」

はじめや千早のもとには届かぬよう、潜められた声には聞き覚えがある。

階段に開けられた細い明り取りから漏れる月光に照らし出された顔は眉が細く、狐《きつね》のように吊り上がった目をしていて、唇は薄かった。

「迦亮《かりょう》……」

　つい先ほど勁草院時代の彼を思い出したばかりだったので、めぐりあわせを感じてしまう。

　半月前まで遊学に出ていた自分とは違い、迦亮は勁草院を出て以来、ずっと山内での任務をこなしていると聞く。自分よりも遥かに長く博陸侯の近くで働いており、伝言を持ってくる役目としてふさわしいと判断されたのだろう。

　挨拶は一言のみで、優秀な後輩は前置きもなく本題に入った。

「長期戦になる見込みとのことでしたので、詳しい事情を伺いに参りました」

　頼斗が襲撃を受けてからここに至るまでの経緯を説明する間、迦亮は嘴《くちばし》一つ挟まなかった。

　しかし、あらかたの事情を話し終えると、間髪入れずに口を開く。

「あなたがここに留まる判断を下したのは、安原はじめが博陸侯を疑い、ここに留まることを望んだから、という理解でよろしいですね？」

「無理やり連れて行けば、信用を損なうと判断したのだが」

「なるほど。博陸侯は、あなたに下した命令に変化はなしとのおおせでした。何をおいても安原はじめを守り、その信用を失うなと。現状をご説明すれば、あなたの判断を理にかなったものと判じられるでしょう」

　その言葉にホッとする間もなく、迦亮は続ける。

「ですが、飛車《とびぐるま》を襲った連中は、いずれも元地下街の住人でした」

「何？」

最初に護衛を引き剝がしにかかった一団は、ほぼ同時刻に近くの労役場から逃げ出した馬であったという。地下街の取り締まりの際に足を斬られ、馬にされた者達だった。

労役場の見張りは何者かに襲われ、逃げ出した馬達はその翼で安原はじめを移送中の飛車《とびぐるま》を襲ったと見られている。

——外部から馬の脱走を手助けし、襲撃を指揮した者がいたのだ。

「物陰に潜んで車を待ち伏せしていたのもそいつらです。地下街を放棄して、ほうぼうに散らばっていた逃亡者と見られています」

息を吞む頼斗に、「随分と厄介な場所に逃げ込みましたな」と迦亮は薄く笑う。

護衛は死人こそ出なかったものの、十人全員が重軽傷を負ったという。

「仲間をこてんぱんにしてくれたのは、ここにいるガキどもの身内ということです」

一気に緊張し、口の中が乾くのを感じた。

「まさか、仕組まれたのか？」

「あなた方をここに誘導して来た千早という男。一度、太刀を取り上げられています」

山内衆を退役する場合、主上《おかみ》から与えられた太刀はお役目と共に返上するのが決まりである。それを待たずして太刀を取り上げられるというのは、上から山内衆にふさわしからずと判断されたということだ。

「一体何をやらかしたのだ。博陸侯は何と？」

視線を千早に転じるが、彼はこちらに背を向け、身じろぎひとつせずに横になったままである。

「千早については、それ以上なんとも。ただ、博陸侯とは同窓で、一時期親しい関係にあったのは確かなようです。過去に何かがあり、現在は疎遠になってしまった、というような口ぶりでしたが」

「博陸侯と仲違いしたということか。それで、ならず者と手を組んだ……？」

「分かりません。我々が勘ぐっているだけかもしれません。博陸侯の手の者に、あなたと安原を送り届けようとしただけとも考えられますから」

「そこまで楽観視してよいのだろうか」

「閣下達は、千早が敵とも味方ともおっしゃいませんでした。ひとまず、味方と考えてよろしいのではないですか？　何か不穏な動きがあるならば、いずれしかるべき命令が下るでしょう」

我々が考えたって仕方がないと言う迦亮に、それもそうだと頼斗は同意した。

「生け捕りにした襲撃者ですが、奴らは、安原さえ手に入れば朝廷に対抗出来ると、自分達の頭目に発破《はっぱ》をかけられたそうです。その頭目の行方は未だつかめていないので、引き続き注意が必要ですが」

「はじめさんさえ手に入れば……？」

中央の取り締まりが厳しい分、破落戸《ごろつき》どもはこれまでさしたる行動を起こせずにいた。地下街の残党の居場所を報告した者には褒賞が与えられ、逆に匿《かくま》えば罰則が科せられる。

そのため、息を殺し、少人数で分散し、ひたすら取り締まりの目をかいくぐるために必死になっていたのだ。それが急激に大人数で集結し、馬を操り、的確に安原はじめを狙ってきたあたり、無計画であったとは考えにくい。

何より、ただの人間に対してあんな大博打を打つとは思えなかった。

「彼が山の権利者であるという情報が、地下街の連中に洩れていたということか」

人間であることは花街の連中に話したが、権利関係の情報は朝廷のごく少数しか持っていないはずである。

いよいよ、裏切り者の存在が濃厚になってきた。

迦亮は薄く笑う。

「それどころか、そもそも安原を山内に連れて来た者と地下街の勢力は同根ではないかと博陸侯は疑っておいでです」

安原はじめを山内に引き入れた、『幽霊』を名乗る女。

「『幽霊』についての情報は？」

「朝廷の洗い出しでは、それらしき者は未だ見つかっておりません。その狙いも不明のままです」

八方塞がりである。

「安原は、上に戻る気はないのですよね？」

「そのようだ」

「では、このまま様子を見るしかありませんな。破落戸どもが安原はじめの身柄を狙っている点を踏まえると最善とは言い難いですが、地下街でも護衛は可能でしょう。癪《しゃく》ですが、安原のご機嫌取りは必要です。あなたはこのまま奴に貼り付いていて下さい。我々は出来る限り接触をしないまま見守ります。何かあれば手助けをいたしますので」

「承知した」

近くに仲間が控えていると思えば心強い。

「こちらから緊急で連絡を取りたい場合もあるかもしれない。博陸侯と繋がっている者が誰なのか教えてくれないか」

「全員ですよ」

さらりと言われた言葉に、思わず目を見開いてしまう。

「全員？」

「大人は、ほぼ全員です。裏切り者がいない限りね」

頼斗が驚いた顔をしていることに、迦亮はやや呆れたようだった。

「しっかりして下さいよ、先輩。あの博陸侯が、こんな軍事拠点になりそうな場所に危険分子を残しておくわけないでしょう。骨のある奴らはとっくに逃げ出しているか、馬になっているか、すでにこの世にいないかです」

現在地下街にいるのは、けなげにも朝廷を警戒する子ども達と、その子ども達のごっこ遊びに付き合いながら、朝廷の意志のもとに働く大人だけだということになる。

「食料や医薬品も、陰ながら博陸侯が手配したものです。でなければ、あんなまともな食事を毎食用意は出来ません」

当然だと言わんばかりの迦亮に、子ども達を慈《いつく》しんでいる風に見えた三治の顔を思い出した。なるほど。上の手が行き届かない有様に心を痛めていたが、形は違えど、ちゃんと博陸侯の慈悲はここにも及んでいたというわけだ。

「それなら、博陸侯の恩恵にあずかっているのだと子ども達にもきちんと教えればいいのに」

安堵のあまり頼斗が呟くと、迦亮は棒でも丸呑みしたかのような顔になった。

「……まあ、段階的にはそうなっていくでしょうね」

何か言いたそうにしていたように見えたのだが、迦亮は口元を歪めたまま、そう返しただけであった。

ひとまず、頼斗が当初想像していたより、状況は悪いものではないらしい。

地下街に博陸侯からの恩を仇《あだ》で返している裏切り者がいるのだとしても、流石《さすが》に全員とは考えにくいし、たとえその数が多かったとしても体のどこかに不具合を抱えた者なのだ。敵なのか味方なのかいまひとつ判然としない千早の存在は不安ではあるが、援軍は近くに控えている。

肉弾戦になったとしても、最悪の事態は避けられそうだと思った。

「はじめさんを守りつつ、はじめさんの信頼を勝ち取る。前者はともかく、後者に関しては悩ましいな」

本人の目的が不明な上に、地下街に滞在したいというのだから厄介だ。

「……あなたにとっては、いい経験になるのでは？」

この先に思いを巡らせていた頼斗に、迦亮はぽつりと呟いた。

「博陸侯がわざわざ私をここに寄こしたのは、あなたへの含みがかなりあると思いますよ」

「含み？」

何を言われているのか分からずに迦亮を見返すと、彼は異様に静かな目をしていた。

「あなた、おつむの出来はよいのでしょう？　目をかっぴらいて、今まで見えなかったものまで見ようとしないと――博陸侯の失笑を買うぜ」

いつかの道場で寝転んだ迦亮の眼差しとよく似たそれに少しばかり気圧《けお》されながらも、頼斗は真摯《しんし》に首肯《しゅこう》した。

「確かに、よい機会かもしれない。任務を果たすのは言うまでもないが、大いに学ばせてもらうとしよう」

迦亮は溜息をついた。

それから挨拶もなく踵《きびす》を返し、音もなく階下の闇へと去って行った。

# 第四章　地下街

「外界について教えてくれ」

　そう言ってトビがふんぞり返ったのは、一行が地下街にやって来て一夜明けた朝食の席であった。

　夕飯の時と同様、はじめや千早《ちはや》らと共に岩に腰掛けていた頼斗《よりと》は、慌てて自分の太ももに椀と箸を置いた。

「宿を借りる対価ですね？」

　大概のことなら応えられる自信があったのだが、トビの要求は頼斗の想定を大きく外れていた。確かに、出会った当初から外界語に関心があるようだったが。

「あんた、通訳官なんだろ。それにそっちのおっさんはもしかして、ニンゲンじゃないのか？」

　頼斗が何か返答する前に、トビに指されたはじめが「何だ？」と首を傾《かし》げる。

「やっぱりそうなんだな。すっげえ！　俺、外界の生き物なんて初めて見たぞ」

地下街では、ただでさえ外の事情が入って来ない。外界の話など言わずもがなであり、人間がここに来るなんてこれを逃したらもう二度とないかもしれない、とトビは言い募った。

「ねえ、頼むよ。俺、外界に興味があるんだ。でも、千早はあんまり話してくれないし、説明も下手くそだ」

下手くそで悪かったな、と千早が小声で呟いたが、トビはそれを無視した。

「せっかくだし、外界の言葉も教えてくれよ」

「しかしですね」

「地下街じゃ、役目のない者はいないんだぜ」

これがあんたらの仕事だ、と尊大に言われて困惑する。

子どもに外界の話をしてやるのは吝《やぶさ》かではないのだが、今は任務中だ。何より、はじめ本人に余計な面倒をかけるわけにもいかない。

「その子、何だって？」

それまで黙ってやり取りを見守っていたはじめにトビの要求を伝えると、意外にも彼は「いいじゃん」と答えた。

「よろしいのですか？」

あえて逗留《とうりゅう》を望んだくらいなのだ。はじめには地下街で何かやりたいことがあるのではないかと思っていたのだが、そういうわけでもないらしい。

「滞在するのにそれが条件だってんだろ？　こっちは別に急ぐわけでもないしな」

それが鶴の一声となり、朝食後に一席設けることになった。

トビが講義の場所として選んだのは、最も低層の矢狭間裏《やざまうら》であった。他の階よりもやや広かったが、食事をするために集まる洞穴よりは狭いので、労さず聞き手に声を届けられるだろうとのことだった。興味を持って集まった子ども達は四十人ほどにもなる。その中には、初日に紹介された年長の子達も含まれていた。

岩の出っ張りに腰掛けたはじめは、頬杖を突いて「さ、どうぞ」と頼斗に言う。

「は――私ですか？」

通訳に徹するつもりだった頼斗は、いきなり水を向けられて狼狽《ろうばい》した。

「俺ァ、この子達が外の世界の何を面白がるのよく分からねえもん。先にあんたが話してやんな」

さあさあと無理やり押し出されるようにして、子ども達の前に立たされる。

こうなったら仕方がない。頼斗は小さく咳払いした。

「ええと、そうですね。私は三年ほど外界に出ており、つい先日戻って来たばかりです。外の世界はとても広く、面白いもの、興味深いものが数えきれないほどたくさんありました。ですので、まずは皆さんが知りたいな、と思われることを教えて頂ければ、それにお答えしようと思います」

何か質問のある方はいらっしゃいますかと言うと、子ども達が顔を見合わせた。いきなり質問はまずかったかな、と思っていると、不意にクマが立ち上がった。

「ねえねえ、外の世界で一番おいしかったものは何だった？」

子ども達がどっと笑う。頼斗も思わず笑ってしまい、肩の力が抜けるのを感じた。

「そうですね。個人的には、ハンバーガーはびっくりしたかな」

「はん……何？」

「ハンバーガーです。外界の、ずっと遠い地域から輸入した食べ物だそうですよ。外界の食事は基本的にちょっと味が濃いのですが、ふかふかに焼き上げた蒸し餅のようなものに、甘辛く味付けをした肉と、歯触りのよい葉物を挟んで食べるんです。肉汁と野菜が特製のとろっとしたタレと絡みあって、初めて食べた時は驚いてしまいました。あんまり美味しいので」

いいなあ、と誰かがうっとりとした声を上げる。

「それって山内でも作れるのかな」

クマが目を輝かせて言う。

「どうでしょう。似たものは出来るかもしれません」

「じゃあ、後で詳しく作り方を教えてよ！」

「作り方かぁ。どこまでお役に立てるかは分かりませんが、出来る範囲でなら」

それで勢いがついたのか、次々に質問が上がり始めた。

「外にはどんな動物がいるの？」

「どんなに遠い所でも話が出来る鏡があるってホント？」

「山より高い銀と玻璃《はり》で出来た城があるって聞いたよ！」

頼斗は慌てた。

「ちょっと待って下さい。ひとつずつお答えしますから」

矢狭間からの光は地面や壁面に反射して、その空間は穏やかな明るさを保っている。

頼斗の語る外界の話を聞く子ども達は、まるで有名な芝居小屋にでも連れて来られたかのように目を輝かせていた。

その中でも特に前のめりになっていたのは、トビである。

熱心に帳面に鉛筆で頼斗の回答を書きつけるその姿からは、面白がっているというよりも何かを学び取ろうとする必死さが感じられた。

「なあ、さっき外界にずっと遠い地域があるって言ったよな。外界ってのは、実際どれくらい大きいんだ？」

質問の内容も中々に鋭い。

「そうですね。説明が難しいのですが、外界の地面は、本当は球体なのだそうですよ」

「んん？　どういうこと？」

「球体の表面が真っ平に感じられるほど、外界は広いということです」

ええっと驚愕の声が聴衆から上がる。

「うっそだあ。じゃあ、人間は大きな毬《まり》の上で生活してるっての？」

「地面がまあるいなら、そのまた下にもっと大きな地面があるの……？」

「信じられない」

「よく分かんないよ」

いきなり話が難し過ぎたかと頼斗は苦笑する。

「とにかく、信じられないくらい広いのです。あらゆる地域に、あらゆる人間が集団を作って住んでいて、山内の湖《うみ》よりも遥かに大きく、深い湖を隔てて住んでいます」

ほええ、と驚嘆とも呆れともつかない声を上げて子ども達は目をぱちくりさせている。

そんな中、トビは真剣な顔をして再び声を上げた。

「じゃあさ、外界にはいろんな集団があるってことだよな。その集団同士で、諍《いさか》いは起こらないのか？」

「起こっています。正直、私が外界に出て一番驚いたのはそこです」

信じられない数の人間同士が、日々、大量に殺し合っているということだ。

「彼らは、山内に住む八咫烏《やたがらす》が一発で全員死んでしまうような武器をいくつも所有しています。それを聞いた時には本当にぞっとしました」

「人間と喧嘩したら、俺達はひとたまりもない……？」

囁くように問い返してきた、トビの顔色は悪い。

「そうですね。だから、彼らとは仲良くする必要があります」

子ども達の視線が、一斉に頼斗の隣のはじめへと向かう。

大勢の畏怖の眼差しを受けた張本人は、白目をむいてガクン、と船を漕いでいた。

「……いや、しかしまあ、基本的に彼らは友好的ですし、あんまり心配しなくても大丈夫です」

「人間の武器って、山内に持って来られるの？」

はっきりとした声を上げたのはミツだ。

「恐ろしいことを考えますね。でも、安心して下さい。人間の武器を持ち込もうとしても、ここでは全て使えなくなってしまいますから」

簡単な火薬ですら、湿気《しけ》って使いものにはならなかった。これは、山内を守る結界のせいであると言われている。

「山内の安寧を保ちたいという、山神さまのご意志によるものでしょう」

頼斗は、子ども達を安心させるべく微笑んで見せた。

「猿の存在だけが厄介ではありますが、山内は平和で、すばらしい世界です。私は、外界に一度出てそれを思い知りました」

博陸侯《はくりくこう》の慈悲はあまねくいきわたり、その手足である兵《つわもの》どもと官吏の仕事によって、人心は安定している。

「この平和で美しい故郷に生まれたことを、山内の民は感謝し、誇るべきだと私は思います」

笑顔で頼斗がそう言い切った瞬間、何故か空気が変わったような気がした。

「――でも、俺の父ちゃんは赤紐《あかひも》に殺されたよ」

ぽつりと呟いたのが、誰なのかは分からない。

周囲は水を打ったように静かになり、子ども達の顔からすうっと表情が消えた。

異様な雰囲気に呑まれ、何かを言わなければと頼斗が焦った時、「おおい」と呑気な大人の声が響いた。

「お前ら、遊ぶのもいいけどよ。そろそろ仕事に取りかかってくれねえか」

顔を覗かせたのは三治《さんじ》だ。

「いっけね」

「忘れてた！」

彼らにもそれぞれ水汲みや見張り番などの仕事があるので、そう長い時間は遊んでいられないのだそうだ。

「あしたもやってね」

「きっとだよ」

子ども達は後ろ髪をひかれながら、各々の仕事を果たすべくあっと言う間に散開していった。

結局、肝心のはじめの話に移る前にお開きとなってしまった。

拍子抜けした気分で、この後どうするかをはじめに相談しようとしていると、一人この場に残ったトビが足早にこちらへ近付いてきた。

「オハヨー、コンニーチハ！」

はじめに向かい、たどたどしい外界語で挨拶をしてから、「あってるよな？」と心配そうに千早を見る。

「おう、こんにちは」

はじめも愛想よく外界語で答える。

「トビは日本語が上手だな」

「ニオンゴ、ジョーズ」

どういう意味、と再び千早を見る。

「外界語がうまいとさ」

千早に教えられたトビはパッと顔を輝かせ、「アイガト！」と舌たらずに言ってはじめに笑い返した。

「ねえ千早、ハジメサンに言ってよ、本場の外界語教えてって」

あからさまに面倒くさそうな顔になった千早に代わり、頼斗が会話を引き継いでやった。

「トビ殿は、どうしてそんなに外界の言葉を学びたいのですか？」

トビが自分で言ったように、外界の話は地下街の少年達にとって、おとぎ話のようなものである。見知らぬ世界を知りたいという気持ちは分かるが、使うあてのない外界語を知りたいとここまで強く願うものなのだろうか。

「俺、いつか外界の奴と対等に話せるようになりたいんだ」

はっきりと言われ、目を剝く。

「でも、君は地下街の長《おさ》なのでしょう？　外界の方と話す機会など、そうそうないのでは」

「勘違いされちゃあ困るぜ。俺が地下街の長だからこそ、そう言ってんだよ」

トビは頼斗を真正面から見上げる。

「俺、知ってんだぜ。昔は遊学する奴なんて全然いなかったのに、最近の偉い奴はみんな遊学してるって」

言いながら頼斗の前に突き出してきたのは、外界製の鉛筆である。

「昔は渡来品なんか貴族しか使えなかったのに、最近はちょいちょい俺達のところにもこうゆうのが流れて来る。きっとこれから、外との関わりがもっともっと増えていくはずだ」

現にニンゲンまで入って来たしな、と言って、トビははじめを見る。

「ニンゲンと八咫烏が行ったり来たりして、直接やり取りする日だって絶対来る。その時に貴族ばっかり外のことが分かってたら、絶対良いとこ取りするだろ。それで、俺達に負担を押し付けるんだ。そうならないように、俺は今のうちにいっぱい勉強して、直接人間と交渉出来るようにしておくんだ！」

人間が山内に与える影響が未知数である以上、博陸侯は極力山内を閉ざすことを目指している。トビの想像は外れているところもあったが、その努力の方向性はあながち、的外れとも言えない気がした。

「それなら、先に古典を学んだほうがいいと思いますよ」

少し考えてから頼斗が言うと、トビは大きな目を丸くした。

「なんで？」

「平民階級出身でも、貢挙《こうきょ》に受かれば宮仕えは可能ですから。あなたの頑張り次第では、正式な遊学も夢ではありません」

　身体能力に自信があるなら勁草院《けいそういん》に入るという手もある。

「今、博陸侯の側近を務めていらっしゃるのは平民階級出身の方なのです。博陸侯は、優秀でさえあるならば出自を問いませんし、貧しい人々を助けたいと思うのならば、まずはトビ殿自身が出世し、中央でそういった政策を提案、実行していくのがよろしいでしょう。もし、あなたがそれをお望みならば、そういった手ほどきもいたしますよ」

　トビはあんぐりと口を開けた。

「お、俺に役人になれって言ってんの？」

「一見して遠回りに思えるかもしれませんが、急がば回れとも申しますし」

「いやいや、そうじゃなくてさ……」

　困惑もあらわに口ごもったトビは、がりがりと頭を掻いた。

「あのな、分かってないみたいだけど、俺は黄烏《こうう》にひどいことをされた、地下街の長なんだぜ？　黄烏を恨んでいるの。この先、反黄烏の筆頭になるかもしれない八咫烏なの。それなのに朝廷で出世しろなんて、頭がおかしいんじゃないのか？」

　噛んで含めるように言うが、そう言うこの少年こそ、自分が博陸侯の手によって日々の糧《かて》を得ていると知らないのだ。

　自分の立場でそれは教えられないが、せめてもと頼斗は微笑んだ。

「君がまだ知らないだけで、博陸侯は多くの者からの尊敬を勝ち得るだけの実力と慈悲の心をお持ちの方です。批判なさるのは、本当に博陸侯があなたの思うような悪漢だと分かってからでも遅くはないでしょう？　こんな所に閉じこもってばかりだと、それは絶対に分かりませんよ」

「――あんた、博陸侯が大好きなんだな」

トビは反論するでもなく、どこか静かな口調で呟き、嘆息した。

「はっきり言わせてもらうけど、俺は絶対、役人になったりしないぜ。それどころか、いつか黄烏をやっつけてやりたいと本気で思ってる。あんたが俺に教えることが、将来あんたの大好きな黄烏に仇《あだ》をなすかもしれない」

その言い方には、あからさまに頼斗を挑発する響きがあった。

「あんたが今していることは、博陸侯への裏切りかもしれないいんだぜ？」

それでもさっきと同じことが言えるかと鋭い目をしながら訊かれ、考えるまでもなく頼斗は頷いていた。

「勿論です。あなたが将来博陸侯にどのような思いを抱くにしろ、学びたいと思っている若者に知識を与えることが、山内にとって悪いはずがありません」

最初はその気がなくても、学びを得ていく過程で分かることだってあるかもしれないのだ。それに、何も知らずに反感を抱かれては困るが、知った上で反感を抱くというのならば、それは山内をより良くするために必要な何かがあるということである。

「真の貴族は、己の利害を無視して動くものです」

頼斗が厳《おごそ》かに言うと、トビはいよいよ珍獣にでも出くわしたかのような顔つきになった。何かを言おうとしてパクパクと口を開け閉めし、結局、助けを求めるように千早を見る。

「生粋《きっすい》の貴族ってのは、みんなこんな感じなの……？」

「別の生き物みたいだろう？」

何故か面白がるように言って、千早は寄り掛かっていた岩から体を起こした。そして、御内《みうち》詞《ことば》で交わされる会話に加われず、一人ぼうっとしていたはじめに外界語で話しかける。

「はじめさん」

「お。話は終わったかい？」

「はい。よかったら、この後、ここを案内します」

「そりゃあ、ぜひ頼みたいね」

よっこいしょ、と声を上げて岩から立ち上がったはじめを尻目に、千早は頼斗を振り返って御内詞に戻った。

「お前は、トビが雪斎《せっさい》を分かっていないと言うが、俺に言わせればお前のほうこそ雪斎を分かっていない」

何を言うのかと眉を顰《ひそ》めると、千早は鼻で笑った。

「ついて来い。お前の知らないあいつの顔を教えてやる」

＊　＊　＊

「博陸侯がここを襲ったのは、八年前でした」

手燭に火を灯した千早が、狭い隧道《ずいどう》を先導しながら外界語で語る。

千早の次にはトビが続き、その後ろにはじめ、最後を頼斗が歩く。

両側からこちらを押しつぶすように迫る岩壁の圧迫感はすさまじかったが、その形状のおかげか、最後尾の頼斗にも千早の声はよく届いた。

「貴族連中は、スラムを整えたという。だが、実際は一方的な弾圧です」

金烏《きんう》の代替わり後、相互不可侵の密約は反故《ほご》にされた。

当時幼かった金烏に代わり交渉に乗り出したのは雪斎であり、彼は過去に、朔王《さくおう》と直接交渉した経験を持っていた。雪斎はしかし、地下街との協調路線を取ることはなかったのである。

「交渉は決裂しました。雪斎は、不法だからと、谷間《たにあい》の解体を命じました。でも、その時の地下街の長は、要求を呑まなかった。そして雪斎も、長を許さなかった」

最初に、違法と見なされた谷間の賭場《とば》や女郎宿に退去の命令が出た。その規模は大きく、あまりに唐突で、ほとんどの者は反発した。

「関係はどんどん悪化しました。谷間で、小規模の衝突がいくつも起こった」

命令を無視したとみなされた各所には、中央鎮護の軍である羽《う》林天軍《りんてんぐん》が容赦なく送り込まれたのだ。

抵抗する男は斬り捨てられ、女郎達は捕まって中央に連れて行かれてしまった。

あまりの横暴に、谷間を分治していた親分衆は激怒した。

助けを求めた人々は、天然の要塞《ようさい》である地下街に逃げ込み、親分衆達はそこで羽林天軍を迎え討つ態勢を整えたのだった。

地下街は食料の備蓄も、豊富に水が湧き出す井戸も、網目のような地下通路も有していた。外から秘密裡に食料を供給することも可能であり、いざという時の避難道も確保されていたのだ。

それらを背景に武装した荒くれ者達が、矢狭間で大量の矢と煮えたぎった油を用意して中央の兵を待ち構える運びとなったのである。

――勝つことは出来なくても、負けることはない。

誰もがそう考えていた。

「だが、雪斎は馬鹿正直に、真正面から戦ったりしなかった」

どうしたと思いますかと訊かれ、はじめは首をひねる。

「手っ取り早く狙うとしたら、水か食料かな？」

「そうです」

最初に地下街へ逃げ込んだ谷間の住人の中に、博陸侯の手の者が紛れ込んでいたのだ。

「博陸侯は、水場に大量の下剤を落としました。それと、親分達の食事に毒を入れました」

「いっぺんにか」

「いっぺんにです」

「えげつねえな……」

その時点で、貧民街の住人が戴《いただ》くべき親分衆のほとんどが倒れてしまった。幹部達に盛られた毒は致死性のものであり、しかも効き目が出るまで時間がかかるよう入念に計算されていた。

口にしたものが毒であると気が付いた時には、すでにみなが手遅れだったのだ。

「博陸侯は、使者を送りました。その毒の効果をなくす薬をあげると言いました」

千早の説明に、ははあ、とはじめが感心したような声を上げた。

「その代わりに降伏しろって迫ったんだな？」

「親分衆は当然、断りました」

しかし、手持ちの薬で解毒を試みても、効果のあるものは見つからなかった。

地下街では、戦力になるはずだった破落戸《ごろつき》達だけでなく、逃げ込んでいた女子どもまで腹を抱えて苦しんでいた。

羽林天軍による制圧は容易だった。

「鵄《とび》は、最後まで戦いました。そして、殺されました」

鵄の名が出たことに気付き、歩きながら会話を聞いていたトビが顔を上げた。

「先代はさぁ、死ぬ直前に俺に名前をくれたんだって、ハジメサンに伝えて」

千早が素早く訳すと、はじめは「どういう意味？」と尋ねる。

「俺、もともと捨て子でさ。本当の親の顔も知らないんだ。でも、谷間にはそういう奴はいっぱいいたから、みんなが親代わりだった。連れて行かれたり、殺されたりしたのは、俺にとっちゃ家族みたいな連中だったんだよ」

谷間が襲われた時、トビはまだ五歳程度であったという。

「地下街に中央の兵が押し入って来た時、ちょうど俺は先代の近くにいたんだ。みんなもだえ苦しんでて、もうダメだ、女子どもは逃げろって言われたけど、俺はたまたま薬の入れられてない水場を使ってたから元気だった。一緒に戦うって言ったんだ」

それを聞いた鵄は「運と根性のある小僧だ」と大笑した。

そして、自分の後を継ぎ地下街を立て直すようにと命じたのだ。

「……先代はさ、頭目としての素質とか、そういうことじゃなくて、ただ俺を守るために名前をくれたんだよな」

それは分かってるんだ、とトビはしみじみと言う。

「先代はちゃんとした親分で、大親分の朔王に見込まれて地下街を任された。本当は、自分だって後継者のことはちゃんと考えていたんだろうけど、そん時、めぼしい若手も毒を飲まされちまっていたから、気まぐれを起こしたんだと思う」

だが、その時のトビにはそんなことは関係なかった。本気で自分が指名されたのだと思い、「任せろ！」と大声で叫んだのだ。先代は笑って、トビが地下街を脱出したのを見届け、羽林の兵と交戦して死んでしまった。

しばらくの間、命からがら逃げだしてきた連中と共に、トビは山に潜伏した。

地下街から羽林が撤退したのは、それから一年近く経った後であった。

ようやく戻って来たトビが地下街で見たものは、行き場がなくて戻って来る他になかった怪我人や老人、身寄りのない子ども達だった。男達の遺体はとっくの昔に運び出され、捕虜になった者は馬にされ、女達は連れて行かれた後だったのだ。

「それ以来、ここでなんとか生活しようと頑張って、今に至るってわけ」

歩きながら、トビはどこか寂しそうに呟く。

「俺より年長の兄さん達もいたんだけど、時々来る兵に連れて行かれちゃった……」

そのせいで、まともな男手がないまま暮らしていかなければならないのだという。

「博陸侯はひどい奴だよ」

トビは低い声で吐き捨てた。

「兄さん達も、まだ物心もついてないような赤ん坊も連れてっちまう。少なくとも、あんたの言うような慈悲のある奴には、とても思えねえな」

頼斗に向けられた言葉の裏には、確かな不信と根深い憤り《いきどお》が感じられた。

「……しかし、博陸侯はしかるべき手順をきちんと踏んでいます。それに従わなかったのは彼らですよ。山内の法に照らし合わせれば、何も問題はありません」

不法な経営を行う所には事前に警告を発し、従わずに抵抗した者にも、降伏の機会を与えた。

頭目にさえ、選択を間違わなければ生きる道を与えていたのだ。

十分に人道的な方策だったと言えよう。

頼斗の言葉を聞いたトビが、足を止めて振り返る。つんのめったはじめをぞんざいに横へ押しやり、トビは剣呑《けんのん》な眼差しをこちらに向けてきた。

「谷間にいたというだけで、足を斬られて馬にされちまうなんておかしいだろ！　しかも何してない女や赤ん坊まで連れて行くなんて」

「連れて行かれた女性達には、生活指導の後、まっとうな職を与えています。赤ん坊もしかるべき施設で大切に養育されています。一方的に蹂躙《じゅうりん》されたと思っているなら大間違いです。再三の警告に従わなければ、それだけ中央に対する反意は強いと見做《みな》されます。要塞とも言えるこんな場所に籠城を決め込んだ時点で全員立派な反逆者です」

「ふざけんなよ！」

トビと頼斗の間に挟まれたはじめは、交わされる御内詞の語勢が徐々に荒くなっていくのを感じてか微妙な顔になっていたが、それを慮《おもんぱか》る余裕などなかった。

トビが吠える。

「みんな自分の生活を守ろうとしただけなのに、それが反逆になるのか？　一体、誰に迷惑をかけたってんだ」

「その生活自体が問題なのです。不法者が徒党を組んで、治安が悪化すれば政府として鎮圧に乗り出すのは当然です」

頼斗の言葉に反論しようとトビは大きく口を開けたが、その言葉は飛び出す前に遮られた。

「治安の問題ではない」

先頭を行っていたはずの千早である。

「あいつが地下街に戦いをふっかけたのは、治安維持が目的ではない。もっと切実な問題があったからだ」

話の腰を折られた形になったトビが口をつぐみ、頼斗も勢いをなくす。

「もっと、切実な問題……？」

「あれだ」

千早は顎で隧道の奥を指し、手燭を掲げた。

そこに広がっていたのは、頭上の高い空洞であった。

八咫烏《ひと》の手が入っているのか随分と広かったが、先につながるような道はなく、行き止まりのように見える。奥の岩壁の前には大きな丸い岩が転がっていた。

千早は迷いない足取りで中に入り、壁に取り付けられていた松明《たいまつ》に火を移した。

ぽっと周囲が明るくなると、岩には朽《く》ちかけた荒縄が何本も巻かれており、地面には鉄で補強された丸太のようなものも転がっているのが分かった。

「これが、何だというのですか」

千早が見せたがっているものが分からずに頼斗が戸惑っていると、千早は大岩へと近付いていった。

「はじめさん、これが、『第三の門』です」

「第三の門？」

頼斗を無視した千早は、岩を手のひらで叩きながら外界語ではじめに話しかける。

「山内から、外界に出るための、三つ目の出入口という意味です」

「三つ目の」

鸚鵡《おうむ》返《がえ》しにして、はじめは首を傾《かし》げる。

「ってことは、山内に出入り出来る場所は、数えられる程度しかないのか？」

そうです、と千早は頷いてから頼斗を振り返る。

「教えてやれ」

外界語での詳しい説明が面倒だったのか、ぶっきらぼうに命令される。

さっきの今で素直に従うのには少々抵抗があったが、はじめから興味深そうな視線を向けられ、頼斗は渋々口を開いた。

「はじめさんのおっしゃる通り、山内と外界をつなぐ『門』は数えるほどしかありません」

一つ目は『朱雀門《すざくもん》』。

二つ目は『禁門《きんもん》』。

天狗との交易に使うための門であり、はじめが山内へやって来たのもこの門である。

山内から神域へ至る門であるが、神域は外界へとつながっているため、山神に許されさえすればそこから外界へ出られることが確認されている。現在は山神によって封鎖されているが、先代の金烏やその側近達は何度か使用したので間違いはないという。

公的に『門』とされているのは、この二つだけである。

「『禁門』はほぼ封鎖されているので、実質、山内の所有する門は『朱雀門』のみとされてきました。しかし、朝廷の把握していない『門』が他にあるのではないか、などという噂がまことしやかに囁かれていたのです」

それこそが『第三の門』である。

山内では鉄と塩が取れない。

それらを増やす手立てはあるが、その種となるものは外界から輸入する他なく、輸入も、増やす工程も、流通も、朝廷によって厳密に管理されているのだ。

しかしかつて、安価な鉄と塩が出回り、大きく値崩れを起こしたことがあった。

その出所は地下街であり、一時、朝廷の把握していない『第三の門』を地下街が所有しているのではないか、という風聞が出回ったのである。

「でも、結局は地下街が買いだめしていたものを放出しただけで、『第三の門』なんてただのほら話だと言われているのですが……」

「『第三の門』は実在した」

口ごもった頼斗に代わり、千早ははっきりと告げる。

「これが、そうだった」

そう言って岩壁を叩く千早に、はじめは間の抜けた顔を向けた。

「これって、この壁が？」

「今は、そう。でも、昔はここに洞穴がありました」

「洞穴が、消えちゃったってこと？」

「そうです」

怪訝《けげん》そうなはじめに、頼斗は説明を加える。

「猿との戦いの際、いくつかの抜け道と思しきルートを発見したのです。猿は、そこから山内に侵入し、攻撃してきたので」

しかしそれは『禁門』と同様、神域に通じるものであり、山神が『禁門』を閉ざしたのとほぼ同時に、まるで最初からそんなものなどなかったかのように消えてしまったのだ。

「抜け道は、朝廷が管理していました。猿の生き残りが来たら困るので、武人達が抜け道を探し出してそれを監視していたのです。ですから、他の抜け道は消えたと分かりました」

しかし、地下街の所有する『第三の門』だけは、消失が確認出来なかった。

千早が外界語で嘴《くち》を挟む。

「雪斎は、『第三の門』が欲しかった。だから、地下街を襲いました」

「なんでよ。聞く限り、朝廷はまだ『朱雀門』を持っているんだろ？　何も、よそさまのあるかないか分からねえ抜け道なんざ頼らなくたっていいじゃねえか」

しごくもっともな問いに、千早は首を横に振った。

「『理《ことわり》』が違う」

「ああん？」

はじめはチンプンカンプンといった顔をしていたが、その一言で、頼斗は千早の言わんとするところを理解した。

「お待ちを。まさか――博陸侯は外貨を求めようと？」

思わず御内詞に戻ると、千早は我が意を得たりとばかりに口角を吊り上げる。

「あいつ、疑り深いからな。この洞穴が塞がっていると分かった後も、これは偽物で、どこかに本物の『第三の門』があるんじゃないかと疑っていた。地下街を手中におさめることにあれだけ躍起になっていたのはそのためだ」

「そんな」

思わず絶句した頼斗に、「日本語で頼む」とはじめが呟く。頼斗は、はじめに言うというよりも、今得た情報を自分で咀嚼《そしやく》するために口を開いた。

「……我々が外界に出て行くようになって、外貨の獲得が急務とされた時期があったんです」

それまで、外界との交易は天狗が独占していた。

遊学の際にも、天狗に多くの報酬を渡すことによって外界での生活をお膳立てしてもらっていたのだ。だが、外に出る機会が頻繁になるにつれて、天狗を介さない、八咫烏による独立した活動が理想とされるようになっていった。

「そのために必要だったのが、外界で自由に利用出来る金銭の獲得でした」

最初の頃、最も効率がよい外貨獲得の方法は、黄金の輸出だと思われた。山内は外界よりも黄金の価置が低く、入手も比較的容易だったためだ。しかし、それはすぐに行き詰まることになる。

当初はうまくいっていたのだが、何度目かの交換で異変が起こった。

ある程度の量を外に持ち出した段階で、外界の空気に触れた黄金がただの石ころに変わってしまったのだ。

八咫烏達は仰天したが、変化した石は二度と黄金には戻らず、以来、山内から持ち出そうとした黄金は、同様に変質するようになってしまった。

そうなって初めて判明したのだが、実はとっくの昔に、天狗が黄金を山内から持ち出そうとした時期があったらしい。だが、同様の変化に見舞われ、それを断念していたのだった。

博陸侯は試行錯誤を繰り返したが、結果は天狗と同じだった。

「山内の金は、外界に持ち出したら全部価値がなくなるってこと？」

首を傾げたはじめに、頼斗は「それが、そうとも言えないんです」と返す。

「不思議なことに、今でも装飾品として少し持って出た場合には変化しなかったりするのです。何度かは持ち出しに成功しているわけですし、これはもう、成分やら化学反応やらでは説明がつきません」

持ち出す量が問題なのか。密閉した容器ではどうか。持ち出す八咫烏の違いや、運搬方法に至るまで、あらゆる方法が試され、その原理の解明が進められた。

「検証実験の末、山内の特殊な『理』が、独自の基準で、人間界で言うところの税関のような役割を果たしているのだと結論付けられました」

「また『理』か」

いまいちよく分からねえんだが、と言われたが、頼斗も説明に困る。

「我々としても、山の意志がある、としか言いようがないのです」

現在、『理』――山の意志は、輸出入を行う者の「欲望」を感知しているのではないか、という仮説が立てられている。

天狗は山内の金を、外界の相場からは信じられない安値で仕入れようとしていた。また、黄金の持ち出しに成功した八咫烏達は、次はもっと多く、と思うようになっていた。

その心根を、「山内にとって良からぬもの」とされてしまったのかもしれない、という説だ。

聞き取り調査によると、持ち出されたのに変化のなかった装飾品は、その者の祖父の形見であった。当然、外界で換金しようというつもりもなく、ある意味「お目こぼし」を受けたのではないか、と言われていた。

しかし、中身を知らない者に黄金を包んだ袋を渡して門を越えても、外に出た時には石になっていたという例もある。

八咫烏にとっても、『理』についてはまだ不明な点が多いのだ。

頼斗のような外界への遊学希望者が最初に学ぶのは、山内の『理』と外界の『理』は違うということだ。何が自分達の存在を危うくするか分からない。だからこそ、その行動は慎重に慎重を期さねばならず、新しい行動ひとつとるにも、すべては手探り状態だった。

遊学者はある意味で実験体であり、八咫烏の外界進出は、『理』との闘いであるとも言える。

「もし、そういった『理』の制約を受けない、本当の意味での抜け道が実在するのだとすれば、大変なことになります」

「山内の金を、金のまま外に持ち出せたら？」

「政治方針は一気に変わるでしょう」

これがどれほど重要な話か分かっているのかいないのか、はじめは「なるほどねえ」と気の抜けた相槌を打った。

千早は御内詞で言う。

「若い頃、雪斎は朔王と会っている。何を聞いたのかは知らんが、それで密貿易が可能な『第三の門』は実在すると確信したようだ」

当初、博陸侯は直接朔王に『第三の門』の譲渡を頼もうとしたらしい。

だが朔王は「鵄に全権を譲ってあるから」と言い、交渉の席につこうとすらしなかった。

おかしく思って調べを進めると、地下街のどこかで隠居しているという噂だった朔王は、なんと、どこにも存在していなかった。

実は、とっくの昔に亡くなっていたのだろう。

その存在感だけでも朝廷への抑止力になるからと、亡くなった事実は伏せられていたようだ。

そして、朔王に代わって地下街を治めていた鵄は、『第三の門』の存在を頑《かたく》なに認めようとしなかった。

鵶との交渉が決裂した本当の理由はそれであると千早は言う。

「雪斎は、無理やり地下街を奪うしかないと考えた」

しかし、それだけ大規模なことをやったのにもかかわらず、第三の門は塞がっていた。偽装の可能性も考慮して探し回ったが、結局それらしきものは見つからなかった。

「表向きは治安の問題だと説明しているが、実際は損得の問題だ。地下街との間には長く不可侵の約束があったというのに、それを破り、多大な経費と戦力を投入しながら、『第三の門』の獲得には至らなかった。あいつにしちゃ珍しい失策だ」

容赦のない千早の言葉に、頼斗ははじめに通訳してやることも忘れて反論した。

「失策などではありません」

「ほう？」

千早は、論破出来るものならやってみろと言わんばかりの態度である。

「博陸侯が『第三の門』の存在に期待なさっていたというのは、確かにそうかもしれません。しかし、目的はそれだけではありません。地下街を今のような形にしたことによって、もたらされた利益は多く存在します」

「たとえば」

「地下街の住人の救済です」

「ハア？」

それまで黙っていたトビが素っ頓狂な声を上げたが、千早はそれを片手で押し留めた。

「――続けろ」

　はい、と行儀よく応えて千早に向き直る。

「治安維持は名目だけと千早殿はおっしゃいましたが、谷間が犯罪の温床《おんしょう》になっていたのは紛れもない事実です」

　山の手や城下町で悪行を働いた者がこちらに逃げ込むこともしばしばであり、谷間で女郎だったのは貧しくて食うに困った女達ばかりである。彼女達が生んだ利益のほとんどは、親分衆の懐に消えて、不法な賭場の運営に使われていた。

「これで、谷間をきちんとした町のようにおっしゃる神経が信じられません。あなたも、トビ殿も、谷間や地下街を美化し過ぎです」

　違いますか、と尋ねると、千早は表情を変えないまま頷いた。

「それは、そうかもしれないな」

「抵抗せず、きちんと朝廷の勧告を聞き入れた男達は、今も人として暮らしています。馬にされたのは、いずれも武力によって対抗しようとしてきた危険な奴らばかりです」

　馬になった者は現在、朝廷の労働力として働いている。

「彼らは今、堤を作り、田畑を耕し、山内とそこに住まう民のために働いています。自堕落《じだらく》に弱者から搾取するだけだった過去に比べれば、比べ物にならないほど生産的ではありませんか！」

　熱く語る頼斗を見つめる千早は冷静だったが、隣のトビは怒りを越え、何かに怯えているかのような眼差しをこちらに向けてきている。

「自分の体を売るしかなかった可哀想な女性達にも、朝廷がきちんとした働き口を用意しました。その利益は、山内のために使われます。私は、今の彼らを誇りにすら思います。結果からすれば、貧民街の住民にとっても、博陸侯の施策は救いであったはずです」

「……とんだ救いもあったものだ」

千早は苦く笑った。失笑し損ねたような顔である。

何故そんな顔をされなければならないのか、頼斗は本気で理解出来なかった。

「どうして笑うのですか」

「ものは言いようだと思ってな。お前のような後継《こうけい》がいて、雪斎の奴はさぞかし嘴《くちばし》が高かろうな？」

嫌味としか思えない言い方に頼斗が気色ばんだ瞬間、「ちょっといいかな」とあっけらかんとした外界語がかけられた。

我に返ると、言葉の分からない状態で放置されたはじめが、感情の読めない目をしてこちらを見つめていた。

「よく分からないんだけどさ、あんたら、雪斎の名前が出てくるといきなりヒートアップするよな」

今のも奴の話だろう、と言われて焦る。

「すみません。ついこちらばかり夢中になってしまって」

「それは別にいいんだけどね。一段落したら、どういう話をしてるのか俺にも教えて欲しいかなあ」

夢中になると通訳忘れるでしょ、と言われて閉口する。

千早が黙っているので、仕方なく、簡潔に内容を伝えることにした。

「元地下街の住人が、博陸侯による人道的な政策によって、きちんとした仕事が出来ているという話です」

外界語を解す千早がそれを聞いて鼻で笑い、頼斗は思わず自分の顔が引きつるのを感じた。それを見たはじめは、「なるほどなあ」と納得したように頷く。

「意見が分かれているわけね。でも、こんな所でぎゃあぎゃあ言い合っていても仕方なくない？　どうせなら実際に見て確かめたらいいじゃねえの？」

頼斗は目をぱちくりさせた。

「確かめるって、何をです……？」

「お前の言うところの、博陸侯による人道的な政策実践の場だよ」

きちんと働いているってんなら俺が見ても問題ないだろと、はじめは邪気なく笑ったのだった。

＊　　＊　　＊

「いいですか、はじめさん。こんな少数の手勢で外に出て、襲われたらひとたまりもないんですからね」

「お前、こっちに来てから文句ばっか言ってるな……」

「それだけ破天荒なことをしているとご自覚なさって下さい」

ぶつぶつ言いながら、頼斗ははじめのすぐ後ろを歩いていた。

ここ数日で足元の悪い洞穴を歩くのにもすっかり慣れてしまった感があるが、それでも頼斗の足取りは重い。

地下街にやって来て、早くも三日目の昼を迎えていた。

二日目は地下街を適当に見て回ったり、時間が出来た子ども達に簡単な外界語を教えたりしているうちに終わってしまったが、今日は朝っぱらからはじめの我儘《わがまま》に付き合う予定となっていた。

「昔ここにいた連中が、今どうなってんのか見てみたい」

昨日、千早と頼斗の口論を聞くともなしに聞いていたはじめは、元地下街の住人の労役の場に行きたいと言い出したのだ。

頼斗からすれば、見に行くこと自体に不満はない。元地下街の住人が現在まっとうに生活出来ているのは分かっているし、はじめに見られて困るようなものは何もないからだ。

だが、どうせ地上で観光を続けるならば地下街に逗留する必要などなかっただろうにとは思っていた。どう考えても、朝廷から正式な許可を得た上で、万全の護衛体制を整えて視察したほうが安全なのである。視察を希望するならば一度朝廷に戻らないかという提案は、はじめによって「それは嫌かな」とあっさり却下されてしまった。

　護衛の困難さから、頼斗に同意してくれるのではないかと淡い期待を抱いていた千早も、「出来るだけ安全な方法を考える」と言ってはじめを止めようとはしなかったのだ。

　昨晩のうちに、頼斗と千早は、どうすればはじめを守りながら労役の場に向かえるかを相談していた。

「直接向かうのは危険過ぎます。変装するという手もありますが、はじめさんは御内詞を話せませんし、身元がばれた時のことを考えると、やはり二人だけの護衛は危ういでしょう。どこかで信用出来る護衛を調達しなくては」

　出来れば山内衆、そうでなくとも羽林天軍の腕利きが何人かは欲しいものである。地下街と違い、地上ではどこから狙われるか分からないのだ。地下街の残党をそそのかした頭目とやらも捕まっていない今、のこのこ観光を再開すれば物陰から矢で狙われておしまいである。地上であれこれ見て回るなら、護衛は必須だ。

　問題は、はじめが雪斎の息がかかった護衛を嫌がっていることだった。

「一度、明鏡院《めいきょういん》へ向かうのはどうだ」

　千早が提案した明鏡院は、中央への伝手《つて》のない平民が、地方行政への不満や徳政などの陳情に用いる神寺《しんじ》である。貧民への炊き出しや孤児への支援なども行い、宿賃のない地方からの参拝者に無償で宿坊《しゅくぼう》を提供する場合もあると聞く。

「院主《いんじゅ》は話の分かる男だ。事情を説明すれば、神兵を護衛として貸してくれるだろう」

護衛が調達出来なかったとしても、朝廷に近い貴人の庇護《ひご》下に入ればひとまず安心出来る。

はじめが何と言うかだけが心配だったが、朝になって話をすれば、それが妥協のしどころだと理解したらしい。一行は千早の先導によって、明鏡院に最も近い出口を目指すことになった。

のたのたしたはじめの足取りに合わせ、歩き続けて半刻。

ようやく、行く手に光を捉えた。

千早の話では、全力で一直線に飛べば明鏡院までそう時間はかからないという。

万が一道中で襲われたとしても、明鏡院の敷地に入りさえすれば警備中の神兵が駆けつけてくるはずだった。それに千早には言っていなかったが、今朝の朝食の際、明鏡院へ向かう符牒《ふちょう》を見張りの者に伝えている。

おそらくは、周辺に山内衆も待機してくれているはずだ。

いよいよ外に出るかという段になり、先頭を行っていた千早がぴたりと足を止めた。

振り返り、頼斗の顔を見る。

「さて。どうする?」

何を言いたいのかは分かっていた。さっきから、背後からぺたぺたと隠し切れない足音がついて来ているのだ。

「我々に何の用ですか。そこにいらっしゃるのは分かっていますよ」

振り返り、頼斗が声を出すと、驚いたように足音が跳ねた。

「ばれちゃあ、しょうがねえな！」

　そう言って、ふてぶてしく隧道の暗がりから走り出たのは他でもない、トビである。

「あんたら、勝手に地下街を出るなんて聞いてねえぞ。ちゃんと長に許可を取ってからじゃないとダメなんだからな」

　威張っているようだが、その表情はどこか不安そうだ。

「まさか……このまま帰っちまうのか？」

　逗留の対価はどうなる、と、そう問う声は尻すぼみだ。

「せっかくニンゲンに会えたのに。俺、まだハジメサンの話ちょっとしか聞いてねえぞ……」

　雨に濡れそぼった仔犬のようなトビの風情に、頼斗は返答に詰まった。

「一応、戻って来るつもりは、ある」

　はじめの気まぐれ次第なので実際のところは分からないのだが、千早は平然と答えた。トビが勢いよく千早を見上げる。

「本当？　一応って何さ」

「一応は一応だ」

「これからどこ行くつもりなんだよ」

「お前には関係ない所だ」

　千早の返答はそっけなかったが、隣にいたはじめは面白がるように笑う。

「良かったら、坊主もついて来るか？」

お前のお仲間と会えるかもしれねえぞ、とまたまたいらんことを言う。

はじめのほうを見て、トビは大きな目を瞬かせた。

「……もしかして、今、俺に一緒に来いって言った？」

クル？　クル？　と外界語で繰り返すトビに、「お前が来たいならな」とはじめは頷く。

千早はいい顔をしなかった。

「やめておけ。俺達が行こうとしているのは、女工場《じよこうば》と堤防だぞ」

見たくないものを見ることになる、と千早は低い声で言う。

護衛任務のことを思うとトビについて来てもらっては困るのだが、千早のその言い方に、頼斗は少々反感を覚えた。

「見たくないものを見る、ということはないと思いますよ。博陸侯の施策を目にすればその慈悲深さもお分かりになるでしょうし、トビ殿にとって勉強になるのは間違いないはずです」

次の機会に連れていって差し上げますよ、と言おうとした頼斗を、しかしトビの声が勢いよく遮《さえぎ》った。

「行く――俺、行くよ！」

飛び跳ねるようにはじめに近付いてその手を取り、ぶんぶんと上下に振りながらお辞儀をする。

「ヨロシクオネガイシマス！」

外界に出る際、外交の基本、友好の動作として最初に叩き込まれる、「握手」の動作である。

「アクシュは、敵意がないことを示す動作で、これから仲良くしていこう、一緒にいい関係を築いていこうってお互い確認して、見ている奴らにもそれを宣言するためのものなんだろ？」

地下街の長として、山内に初めてやって来たニンゲンにご挨拶申し上げる、とトビは元気よく宣言する。

「俺は、ニンゲンと仲良くなりたい。そんでいつか、対等な関係を築きたいと本気で思ってる。地下街を今よりずっと強くていい場所にするためなら、出来ることは何でもやるつもりだ。連れていってくれるならぜひ頼む――って、ハジメサンに伝えてくれ」

最後に千早を見てぬけぬけと言う。気軽に通訳を頼まれた千早は苦い顔になった。

「地下街の長が、地下街を留守にしていいのか」

「三治《さんじ》がいるから大丈夫だって」

「そのままとっつかまって地下街に戻れなくなっても知らんぞ」

「あ。それはちょっと困る……」

若干動揺したらしく、声が急に小さくなる。

「なあ赤紐。あんた、俺に恩があるだろ。そうならないように助けてよ」

「それが人に助けを求める態度ですか」

「俺は助けてやったじゃんか！」

「私は少なくともちゃんとお願い申し上げましたよ」

「お願いします、一緒に連れて行って下さい！　な、ほら。ちゃんとお願いしたぞ」

結局、何を言ってもトビは一緒に行くと言って聞かなかったので、頼斗のほうが根負けしてしまった。

「しかしそうなると、どうやって飛びましょうかね」

当初の予定では、はじめを鳥形となった頼斗が運び、千早がその周囲を警戒しながら明鏡院に向かうつもりであった。

頼斗がはじめを運び、千早がトビを運ぶとなると、途中で襲撃があった時のことを考えると少々心もとない。

「みんなで歩いて行くんじゃダメなんか……」

はじめは騎乗するのが怖いのか小さい声でぼそぼそと提案して来たが、論外なのでそれは無視した。

「俺はいないもんと思って飛んでいいよ。勝手について行くから」

トビの言葉に、頼斗は少し迷った。

「かなり飛ばしますよ」

ついて来られなければ置いていくしかないと思ったが、大丈夫、とトビは頷いた。

「足手まといにはならない」

「そうですか」

覚悟の決まったようなトビの顔を見て、頼斗も決心がついた。

以前と同様に、はじめを佩緒でくくり、背中に背負って転身する。

泣き言を無視して洞穴から飛び立つのとほぼ同時に、すぐ背後で千早とトビが転身する気配がした。

言うだけのことはあり、トビはよく飛んだ。

全力を出したので途中で振り払ってしまうのではないかとも思ったが、遅れながらも根性でくらいついて来たようだ。

向かう先の明鏡院は、山の手の外れに位置している。

大店や貴族達の邸宅の並ぶ道を進んだ先が参道に繋がっており、貴族達は自身の足で明鏡院へと参拝する。その一方、地方からやって来た平民は中央に入る関所で身分証となる懸帯《かけおび》を発行されれば、鳥形のまま明鏡院に入ることも許されていた。

今回の場合、明鏡院の裏手から、しかも懸帯のない状態で飛んでいく形になってしまったので、事情を説明する前に不審がった神兵達から攻撃を受けないかが少しばかり心配であった。

案の定、明鏡院の領空に近付くと神兵がやって来たので、やや緊張しながら身分証代わりの太刀を見せることになったが、山内衆が根回しをしてくれていたらしい。地面に降り人形《じんけい》に戻ると、すんなり明鏡院への入場を許されたのだった。

神兵達に囲まれながら明鏡院の敷地へと入り、ようやく一息つくことが出来た。

「院主がお会いになりたいとおっしゃっています。しばしこちらでお待ち下さいませ」

そう言う神官に通されたのは、参拝客で混み合う本堂ではなく、院主の居住空間と思しき庫《く》院《いん》である。

そのしつらえは華美ではないが重厚であり、トビはなんとも居心地悪そうにしていた。はじめは呑気なもので、あぐらをかいてくつろいでいる。

「ここのトップってのは、どういう奴なんだ？」

「明鏡院は、もともと出家した金烏宗家《そうけ》の方が院主を務める慣例となっています。今の院主も、金烏の兄上でいらっしゃいます」

山内における出家と外界における出家は、意味合いがやや異なっている。

山内における出家は山神に仕えるために家の所属を離れることであり、一般にはお家騒動などが懸念される場合、子どもを作らないと周囲に示すためにも使われていた。特に宗家の場合、出家すれば皇位争いから離脱するという意思表示となる。金烏本人から還俗《げんぞく》を認められない限り、結婚は出来ないし、子どもを持つことも認められないのである。

今の院主は大戦後から貧民救済に熱心に取り組むようになり、民衆の人気も高かった。公正で温厚な人柄であると聞いている。

「待たせたな」

低く、空間によく通る声がした。

廊下から姿を現したのは、明鏡院院主長束《なつか》である。

どっしりとした中年男性で、肩幅が広く、堂々とした足取りである。白髪交じりの髪はまっすぐで、若い頃はさぞや美丈夫だったであろう彫りの深い目鼻立ちをしていた。博陸侯と同じように総髪に法衣姿ではあるが、彼とは違い全く愛想はない。温厚であると聞いていたのに、その眼差しは鷹《たか》のように鋭く、随分と気難しそうな印象だった。

宗家の者と相対する機会はそうそうないので、頼斗も自然と背筋が伸びる。雰囲気に呑まれたのかトビも小さくなってしまったが、千早は軽く目礼しただけで、長束もそれを平然と受け止めていた。

一行を見回した長束は、迷いなくはじめの方へと向かった。

「私が明鏡院長束だ。あなたが、安原《やすはら》はじめ殿だね」

はしゃぐでも驚くでもなく、人間を前にしても長束の態度は一切変わらない。

「話には聞いている。なんでも、博陸侯とは距離を置きたいそうだな」

はじめからの目線を受けて、頼斗は慌てて長束の言葉を訳した。

「あいつ、胡散臭くてとても信用出来なくてね。言っていることの半分くらい嘘じゃない?」

随分な言いように頼斗はどう訳すべきか迷ったが、軽く噴き出した千早がそっくりそのまま伝えてしまう。千早の訳を聞いた長束は、「違いない!」と声を上げて笑った。

「あんたは、雪斎のことをどう思っているの」

はじめの問いを頼斗が訳すと、長束は笑いをおさめて真顔になった。

「全くもっていけ好かんな。政治的に対立することもしばしばだ」

やり口には少々どころではなく問題を感じるのでね、と言ってちらりと頼斗を見る。

「お前は雪斎の子飼いだな。告げ口してくれても構わんぞ」

「そんなことは……」

急に自分に話をふられて口ごもる。どうして自分にわざわざそれを言うのか理解出来ず、何となく気圧《けお》される心地がした。

「冗談だ」

ちらと笑いもせずに言い、長束は再びはじめへと視線を戻す。

「だが、奴が私心で山内を支配しようとしているわけではないのは確かだとも思っている。奴は、必要性の奴隷だからな」

政策の合理性は認めざるを得ない、と重々しく告げられた言葉に、それまで大人しくしていたトビが顔を上げた。

「あんたも、アイツのやっていることは正しいって考えてんの？」

そこで初めて、長束はトビへと目を向けた。

「君は？」

ただの荷物持ちというわけではなさそうだがと言われ、トビは覚悟を決めた顔になった。

「俺の名前はトビ。地下街の長だよ！」

長束はやや目を見開く。

てっきり笑い飛ばされるかと思ったが、長束は「そうか」と重々しく頷いた。

「なるほど。君が後継者なのだな」

「驚かないの？」

「驚かんよ。地下街の長殿にはご挨拶が遅れて失礼をした。わざわざご足労頂き恐縮に思う」

宗家の貴人にはあるまじき腰の低さに、トビ自身、驚きを隠せない様子であった。

「ふざけるなって言われるかと思った……」

トビの呟きに、長束は苦笑を返す。

「そんな恐ろしい真似はせんよ。若い頃、彼らに鼻っ柱をへし折られたのでな」

「彼ら？」

「君に名前を与えた鵄殿と、その先代の朔王だ。なかなかに厳しい御仁だった」

明鏡院はその性質上、地下街の住人とも少なからず接触する機会がある。

地下街から逃げてきた者を保護することもあれば、地下街の掟を破り、身分を偽ってやって来た無法者を引き渡したりもするのだ。八年前に地下街が崩壊状態になるまで、密約はうまく機能していたし、長束も明鏡院の院主としてそれを尊重していた。

「最初の頃は全く相手にされていなかったのだがね。最終的には、彼らとも少しはまともに話せるようになっていたと思いたいものだ」

しかし、相手にされるようになるまでには随分と苦労したのだと言う。

長束が院主となった当初、彼は朝廷での政権争いに明け暮れ、貧民への施策などにはほとんど手を付けていない状態であった。長束自身、地下街の者を舐めていた節があり、交渉の際に礼を失した態度を取って嫌われてしまったのだ。

関係が変わったのは、猿との大戦以降である。

中央の政治とはやや距離を置き、貧民の訴えを真面目に聞くようになったことで地下街の者と関わる場面が増え、朔王や鵄からもようやく認めてもらえたのだった。

「私が実務的なやり取りを行ったのは、先代の鵄だ。私がこう言うのは傲慢《ごうまん》かもしらんが、中央政府の高官に欲しいような出来物《できぶつ》だった」

一方で、最後まで相容れなかったというか、恐ろしかったのが朔王だった、と長束は言う。

「ある時、珍しく朔王と話をさせてもらえる機会に恵まれてな。どうして地下街を統《す》べようと思ったのかと訊ねたら、こう言われてしまったよ」

お前ら宮烏《みやがらす》が不甲斐ないからさ、と。

「自分を救ってくれる法は上にはなかった。だから自分で自分を救う法を作った。ただそれだけのことだ、と。曲がりなりにも政《まつりごと》に関わる八咫烏として恥ずかしくなるような答えで、私は何も言えなかった」

その頃はもうかなりの老齢であったが、それでも朔王には、目を見張るような英雄的資質があった。思わず頭を垂れたくなる恐ろしさと、この男に気に入られたいと強烈に思わせるような魅力を持ち合わせていたのだ。

鵄は立派だったが、それでも貧民街があそこまで秩序だった形になったのは朔王がいたからこそである。

「亡くなってしばらくはその事実が隠されていたというが、さもありなんと思ったよ」

貴族には長い間に築き上げた体制があるが、地下街の親分衆には気概しかない。この男が死んだら谷間はどうなってしまうのだろう、という怖さがあったのだ。

「だから、この先はどうするつもりなのかとも、私は訊いたのだ」

それに対する朔王の答えはからりと明快であった。

「俺ァ、自分の思い通りになる世界が欲しかったからここを作っただけだ。自分の死んだ後のことなんざ、どうでもいいね」

谷間が滅んでも良いとおっしゃるのか、という問いに、彼は迷いなく然《しか》りと答えた。

「俺がいなくなって壊れるくらいなら、さっさと壊れた方がましってもんだろう。あいつらの手に負えないくらいなら、早晩ぶっ壊れちまった方がいいのよ」

それで、俺がしたようにあいつらも自分が望む世界を創ればいい、と朔王は笑った。

「死人の理想に縋《すが》ってたって、いいことなんざ一つもありゃしねえよ。万事、あいつらの好きにすりゃあいい」

そう言っていた、と厳《おごそ》かに言って長束はトビを見る。

トビは真剣に長束の話を聞いていた。朔王との直接の関わりはほとんどなかったはずだ。貴重な体験となるかもしれない。

ふうと長束は息を吐く。

「今はあんな形になってしまったわけだが、この後、地下街がどうなるかは君の気概次第だ。気張りたまえ」

トビはその言葉に小さく息を呑み、次いでふてぶてしく笑って見せた。

「――おう。あんたに言われなくてもそうするつもりさ！」

それを聞いた長束は、その意気だ、と優しく微笑した。

「さて。労役の場を見たいのだそうだな？　私が手配してやる。自由に見て回るといい」

「あの、出来れば護衛をお貸し願いたいのですが」

頼斗が頼み込むまでもなく、「神兵を付けてやる」とこともなげに言われる。

「何かあれば、すぐにここへ戻って来なさい。可能な限り対応しよう」

そう言って腰を上げかけた長束は、最後にふと、安原はじめを見た。

「……出来れば、あれを外の人間が見てどう感じるのか、率直な意見を聞きたいものだ」

# 第五章　慈悲

明鏡院《めいきょういん》を出発する前に、風呂を使わせてもらえることになった。

交代で湯を使ったが、念のため、はじめと頼斗《よりと》は同時に入浴した。浴室にまで刀を持ち込むと、「そこまでやる?」とはじめには呆れられてしまったが、用心は不可欠である。

とはいえ、こんなに大きくて立派な湯舟があるのは、流石《さすが》は明鏡院といったところだ。頼斗の生家にも簡単な湯殿はあるし、城下町には公衆浴場もあるが、ここまで大規模なものに入ったのは勁草院《けいそういん》以来なので、少し懐かしい気分になった。

風呂上りに用意された食事を済ませ、長束《なつか》の貸してくれた神兵と簡単な話し合いを行う。

彼らの話によれば、案の定、顔を見せずとも近くには山内衆《やまうちしゅう》が控えているという。隠れた山内衆はそのままで、目立つ手勢の数は必要最小限に抑え、ここに安原はじめがいるということを隠して目的地へ向かうのがよいだろうという結論に至った。

神官とその護衛という体《てい》で向かうので、はじめには神官の、トビには荷物持ちのふりをさせなくてはならない。

風呂でこびりついた垢をすっかり落とし、髪に櫛《くし》を入れてこざっぱりした姿になると、トビは普通の里烏《さとがらす》の子どもと見分けがつかなくなってしまった。

トビは照れ臭そうだったが、悲惨だったのははじめである。

人間だからということを差っ引いても、彼には真っ白な神官の装いが、悲しいほどに似合わなかった。

「あれだよな。ハジメサン、ちょっと薄汚れてるくらいのほうが似合っているよな」

その言葉を訳すことはしなかったのに、何故だかはじめにはトビの言わんとしていることが正確に伝わってしまったようだ。

「ま、そういう柄じゃねえってことなんだろうな」

元地下街の住人が働いているのは、治水事業のために馬が労役している各所と、元遊女達の生活している女工場《じょこうば》である。労役場のほうがここから近いが、はじめは両方を見たいと言っているので、道順を考えて先に女工場へ行く手はずが整えられた。

襲われた場合を考え、使用するのは飛車《とびぐるま》ではなく馬である。

頼斗による容赦のない飛行に慣れてしまったのか、はじめは本物の馬に乗れと言われても、不満を口に出したりはしなかった。一羽の馬にはじめと頼斗が乗り、転身《てんしん》した千早とトビがそれに続き、他三人の神兵が同行する。

明鏡院の所属を示す懸帯《かけおび》をそれぞれが掛け、昼過ぎには車場を飛び立った。

山内はもともと清らかな水に恵まれた土地であるが、近年中央で叫ばれている山神《やまがみ》の力の低下が、その状況に悪影響を与えることが懸念されていた。

治水事業は先代の金烏《きんう》の頃から本格的に行われるようになり、馬によって堤や水路が整備されている。その機能を使い新しい畑が開墾され、元女郎のために開放されているのだ。

現在、中央のいくつかに分けてそういった場所が設けられているが、頼斗達が目指す「第一女工場」はその中でも最初に作られ、最も手広く活動している施設として知られていた。

場所は、南領《なんりょう》と中央の領境にある山の裾野である。

上空からは、緩やかな山の斜面に整えられた段々畑と真新しい舎屋が建てられ、羽衣《うえ》姿の女達が大勢動いているのが確認出来た。

近付くにつれて向こうもこちらに気付いたらしく、舎屋の前に設けられた車場に降り立つ頃には、女達が揃って出迎えてくれた。

「ようお越し下さいましたな」

にこにこと愛想よく笑って挨拶した代表者は、タカノと名乗った。背はしゃんと伸びているが、八十に近いだろう。こんな老女ですら元は女郎だったというのだから驚きだ。

頼斗達がやって来る前にすでに先触れが出ており、今回やって来た一団は明鏡院からの視察であると彼女は理解していた。話は滞りなく進み、タカノがこの第一女工場を案内してくれると言う。

まずは畑をご覧に入れましょう、と歩き出したタカノは、頼斗の持っている赤い佩緒《はきお》の太刀に気付いて動きを止めた。

「もしや、あなたさまは山内衆の方でいらっしゃる……？」

「そうですが……」

「なんと、なんと！」

頼斗が明確に返事をする前に、タカノは居並ぶ女達に向かって声を張り上げた。

「お前達、聞きましたかえ。山内衆の殿方がおいでじゃぞ」

すると、それまで慎ましく佇《たたず》んでいた女達が「まあ」「すてき！」と次々に声を上げ、嬉しそうに顔をほころばせた。

明鏡院で刀を借りるべきだったと思っても、すでに手遅れだ。

「あの、どうか私についてはお気になさらず」

黄色い声が沸き起こる中、はじめから「あーあ」と言わんばかりの視線を向けられ、頼斗は大いに焦った。だが、タカノは「とんでもないことでございます！」と頑《かたく》なに首を横に振った。

「博陸侯《はくりくこう》には多大なるご恩がございますゆえ、その配下の方に万が一でも失礼がありましては、こちらの面目が立ちませせぬ。少しでもご恩返しをせねば気が済まぬのですよ」

先にお知らせ頂ければもっときちんとお出迎えいたしましたのに、とそう言うタカノは悔しそうですらある。

「いえ。今回は博陸侯の命ではなく、単なる個人的な興味ですので、自分についてはご放念頂ければ幸いです。お願いですから、どうぞ顔を上げて」

いつの間にか、神官に扮するはじめや神兵達よりも、自分のほうが主賓《しゅひん》のような扱いになってしまい、頼斗は気が気ではない。

何とか案内を始めてもらえたが、畑に場所を移した後も、そこで働く女達の空気はどうにも浮ついて仕方がなかった。

結局、無言のはじめに肘でつつかれ、頼斗が主な聞き役に回ることになってしまった。

「こちらは薬草園です」

タカノの示した山の斜面には、畝《うね》ごとに違った植物が植えられている。

植物の名と思しき札が立てられ、畝によっては日除けの布がかけられていたり、音の鳴る鳥よけなどが取り付けられたりしていた。

薬草園は中央にもあるが、こちらの規模のほうが遥かに大きいように見える。

「ここでは主に、災害に強い作物や、薬草の栽培と研究を行っております」

「薬草園といいつつも、作物も扱っておられるのですね？」

「はい。稗《ひえ》、粟《あわ》、黍《きび》などの他、災害に強い雑穀などの改良も行っております」

薬草園から少し離れた畑では、額にハチマキを巻いた女達が稗の収穫と、粟の種まきを行っていた。稗の藁束《わらたば》をまとめていく女達の動きは手慣れていて無駄がない。

一年を通し、安定して収穫出来る雑穀の創出が目標とされているという。さまざまな新しい品種が作られ、出来のよいものが他の女工場などに送られ、そこでまた量産されているのだ。

西領《さいりよう》に近い第二女工場では、丈夫で安価な布の生産が行われているのだとタカノは語った。

そこには大量の最新式の機織《はたお》り機があり、毎日たくさんの布が作られているらしい。

「ここでは布を織ることはいたしませんが、布のもとになる糸については、色々と考えてございます」

「新しい蚕《かいこ》ですか？」

「いえ。水が少なくても育つ、大きな草があるのですよ。それを水にさらして叩くと、草の中の硬い繊維が出て参ります。それを糸として織ると、ごわごわした手触りではありますが、きちんと布になるのです」

これらの運営を指揮し、監督しているのは朝廷だ。

畑を歩いていると、武人と思しき男が女達の働きぶりを監督するように歩いている姿をちらほらと見かけた。何かと問えば、女ばかりなので羽林天軍《うりんてんぐん》が常駐し、力仕事や見張りを行っているのだとタカノは説明した。

「見張りとは？」

「かよわいおなごばかりでございますゆえ、不埒《ふらち》な者が近付かぬよう、守って頂いているのですよ」

ここは中央ではあるが、人里からは離れており、南領へ出入りする関所からもやや距離があった。買い物などはどうしているのかと問うと、普段は物売りが来た際に給金で欲しいものを購《あがな》っているが、届けを出して護衛をつけた状態でなら、ここから一番近い南領の町に遊びに行くことも可能なのだと言う。

畑を見て回った後、建物の中でもことさらに大きい舎屋へと通された。

中は広々としており、一畳ほどはある竹で編まれた網の上に薬草が並べられている。頭を布で覆った女達が団扇《うちわ》を動かし、何やら乾かしたり燻《いぶ》したりしているようだった。

「畑で採れた薬草は、ここで乾燥させたり、加工したりします。最も薬効のある形を模索《もさく》しているのです」

「模索？」

「医《くすし》の先生が常におられて、色々研究なさっておいでなのですよ。ありがたいことに、わたくしどもの病や怪我も見て頂けるのでございます」

隣の建物では、病人や重い怪我人などがずらりと並び、床についていた。

医を名乗る男に挨拶し、軽く説明するのを聞く限り、新しい薬の効果を、ここの病人達で試しているらしい。

ここでは、医薬の開発と生産を同時に行っているのだ。

そこから少し離れた、女達の生活の場であるという建物にも連れて行かれた。

広く清潔な建物の中にはきちんと布団が畳まれており、厨《くりや》も大きく、調理器具は上等なものが揃っていた。

夕飯の支度をしているという女達の手元を覗き込めば、妙に見覚えのある献立である。

ここで採れた雑穀を女達の日々の食事としているのだと説明を受けたが、地下街で食べたものと、ほとんど同じ内容だったのだ。

一行の最後尾で大人しくしているトビがそれに気付いたかどうかは分からなかったが、この女工場で生産された食料が、地下街の子ども達のもとにも提供されているのだろう。

「ここに住んでいるのは、もともと女郎だった者ばかりでございます。こうしてまっとうな働き口を用意して頂き、しかもこんな役立たずの老婆まで立派なお医者さまにかけて頂けるなんて、谷間《たにあい》で暮らしていた頃は夢にも思いませんでした。博陸侯のお慈悲は、ほんに有難いものでございますよ」

タカノはそう言って、頼斗を拝むように手を合わせた。

山内の生産力は緩やかに落ちている。山神の力の低下があり、災害の危険性も噂されていたが、まだ大きな災厄は起きていなかった。貴族達の危機意識も薄い中で、ここまで具体的な手を打っているのは流石、博陸侯だと感心せざるを得ない。しかも、自分の体を売ることしか知らなかった憐れな女達を救う策でもあり、まさに一石二鳥である。これまで話として聞いてはいたが、改めて目にしてみると本当にすばらしいものだと、頼斗は素直に感動していた。

こっそりトビの様子を窺ったが、彼は厳しい面差しのまま、口をへの字に結んでいる。酷《ひど》いことをされていると思っていたのに、その実態が全然違ったのだから戸惑うのは当然であり、可哀想ですらあった。だが、これを機に勘違いを正し、少しでも建設的な話が出来るようになるのであれば万々歳だ。

千早に小声で翻訳してもらっているはじめも、熱心にタカノの話を聞いているようだった。

ふと思いついて、煙管《キセル》があるかを聞くと、治療で使う場合もあるらしく、すぐに一通りのものを用意してくれた。

医薬品の製造所には客間があった。通されたそこで、はじめに一服してもらう。出された煙草草《たばこぐさ》を試し、ここに来て初めてはじめは口を開いた。

「うん、おいしい」

「それはようございました！」

自業自得とはいえ、ヘビースモーカーのはじめがここしばらく煙草を吸えずにいることを少しばかり気にしていたのだ。

「お気に召したのなら、ここでまとめて購入していきましょうか」

ホッとしてそう言うと、はじめは「それはいらないかな」とそっけなく断られてしまった。

「俺、本当に好きなのは貰い煙草だからね」

「貰い煙草……？」

「そう。つまみ食いっていうか、同じ喫煙者同士、そいつが好きで喫《の》んでいる奴をちょいちょい分けてもらうのが好きなんだよね」

まあ、手元にあればあったで喜んで吸っちゃうんだけどさ、と言って紫煙を吐く。

「草はいいんだけど、ここだと、貰い煙草は出来そうにねえからな」

カツン、と灰落としに雁首《がんくび》を打ち付けたはじめは、おもむろに顔を上げた。

「――あんたらにとって、ここは楽園か？」

その視線が向けられているのは、耳慣れぬ言葉で会話する二人を興味深そうに見ていたタカノだ。

はじめとまっすぐ相対したタカノは、頼斗から訳された言葉に笑顔を見せた。

「はい」

もちろんでございます、と即答する。はじめは続けざまに聞いた。

「本当に？　ここに連れて来られたのは、あんたらの希望じゃなかったと聞くぞ」

「あの頃は、まさかこんなに良い場所が用意されているなど夢にも思っていなかったのでございます」

「じゃあ、不満はないのか」

「何一つございません。我々、第一女工場で働く女一同、博陸侯のご慈悲には心より感謝申し上げる次第です」

そう言って、タカノはにっこりと笑って見せた。

それまで調子よく双方の言葉を訳し続けていた頼斗は、その言葉をはじめに訳そうとした瞬間、不意に強烈な既視感に襲われた。

そして、女達の言葉を、まさにそうだろう、と誇らしく思う一方で、何故だか違和感を覚えた。

彼女は今、はじめではなく——頼斗に向けて、笑ってはいなかったか。

今、頼斗の目の前にいる女達の中には子どもや夫、親兄弟と引き剝がされた者が少なからずいるはずだ。谷間で母や姉と慕う女達と引き離された子ども達がいたのだから、その逆の立場の者がいるのは間違いない。

それなのに彼女達は、一切不満はないと言う。

つい、はじめに通訳してやることも忘れて尋ねてしまう。

「ご家族と離れ離れになっている方もいらっしゃると伺いましたが」

「もとより谷間で家族の絆《きずな》は浅《あそ》うございます」

顔色を一切変えずにタカノは答える。

「中央花街と違い、谷間の女の立場は決して高いものではありませぬゆえ、乱暴な男どもから離れ、心穏やかに日々暮らすことが出来るのはこの上ない幸福でございます」

「子どもと引き離されても？」

「鬱陶《うっとう》しい子どもの世話から解放されて、せいせいしている者も多うございますよ」

「嘘だ！」

それは悲鳴だった。

突然の大声に周囲の者が呆気にとられる中、涙目になったトビがタカノへと駆け寄る。

「たとえ血のつながりがなくたって、俺達のこと、みんな本当の子どもみたいにしてくれてたじゃないか！　母ちゃんに逢いたいって言ってる奴は、今でもいっぱいいるよ。どうしてそんな酷いこと言うんだ」

しかし叫ぶトビが目の前にやって来ても、タカノは表情を変えなかった。

「坊やには悪いが、あたしらと一緒にいるよりも、あんたらだってずっとそっちのが幸せなんだよ。博陸侯に感謝するんだね」

「なんで博陸侯に感謝しなきゃならないんだ？　俺達は自分達の力でなんとかやってるよ！」

「多くは言わないよ。あんたも——大きくなったら、いずれ意味が分かるだろうさ」

依然として納得のいかない表情をしたトビだったが、千早に肩を抱かれると、渋々下がっていった。

だが、頼斗は気付いた。気付いてしまった。

彼女の最後の声は、それまでのものと全く違っていた。トビを谷間の出身者かと訊きもしない。

既視感の正体にも、ようやく思い至る。

かつて、はじめと訪ねた中央花街の者達も、今のタカノと全く同じ笑顔ではなかったか。

花街では気にならなかったが、あの言葉も、はじめではなく頼斗に向けて発せられたものだったのだろう。

今になって、明鏡院長束に言われた言葉がよみがえる。

——お前は雪斎の子飼いだな。告げ口してくれても構わんぞ。

彼女達は、はじめの問いに答えているわけではない。頼斗ではなく、頼斗の背後にいる博陸侯にそれを言っているのだ。

＊　　＊　　＊

その晩は、南領との領境に設けられた関所に宿を取った。

南領は貿易と商業が盛んであり、中央との商談のために関所周辺に町が出来ている。人は多いが、同時に羽林天軍《うりんてんぐん》と南領の兵が多く駐屯しているので、何かあってもすぐに対応してもらえるだろう。

手配した宿は関所の真正面であり、窓からは舞台を見下ろすことが出来る。

関所前の広場に設けられた舞台は、神楽《かぐら》の奉納などで使われる他、本日山内で起こった出来事や、役所からの通達などを一般民衆に伝える役割を持っている。毎日決まった時間になると楽師や芸人達が舞台に上がり、歌ったり踊ったりして、面白おかしくそういった事項を伝えるようになっているのである。

昨今では当たり前のように見られる光景であるが、これは博陸侯による新しい施策の一環として行われるようになったものだ。職にあぶれがちだった東領《とうりょう》の楽師達に公的な地位を与え、文字の読めない者達にもきちんと中央の知らせが届くようにという配慮によるものである。こういった舞台は大宅座《おおやけざ》と称され、中央から認められた楽師や芸人、舞人などはまとめて公楽《こうがく》と呼ばれていた。

食事と湯浴みを終えて与えられた部屋に戻ると、外の舞台ではちょうど華やかな衣装をまとった女達が出て来て、笛の音に合わせて踊り始めたところであった。

なりゆき上、一番広い部屋を取ったため、千早とトビも同じ部屋で休まなければならない。部屋に戻って早々に千早は布団に寝転び、トビは舞台の声を聞いて窓辺へと近寄って行った。

肝心のはじめはと言うと、いそいそと勝手に煙草盆を用意して、窓辺にもたれるようにして呑気に煙管《キセル》をふかし始めた。

関所の周辺にいた羅宇屋《らうや》から安物の煙管を購入し、食事の際、宿で下働きをしている男に声をかけて草を分けてもらったのである。

舞台からの楽の音が響く室内に、ふんわりと甘い紫煙の匂いが流れる。

宿は貸し切りで、神官や客を装った山内衆が別室に待機しているので、頼斗としても相当に心強い。少し気が抜けて、後はもう寝るだけであるし、その前に白湯《さゆ》でも頼もうか、などと考えていた。

「――ヨリちゃんは、彼女達をどう思った？」

はじめから唐突に話しかけられ、油断していた分、心臓が跳ねる。

「今日会った女工場の人達。本当に、博陸侯に感謝していると思う？」

女工場の女達は、博陸侯の施策に感謝していると口を揃えた。

頼斗とて、彼女達の立場ならきっと感謝する――とは思うのだが、どうにも無視が出来ないほどの、肌がざらつく感覚がある。

それは、隣でむっつりと黙ったまま窓の外を見ている少年のせいでもあった。

トビは女達の言葉を聞いても、全く納得などしていなかった。この関所に移動して来るまでの間にも盛んに「あれが本心とは思えない」と主張し続けていたのだ。

頼斗自身、胸を張って「だから言ったでしょう？」などとは、とても言えなくなっていた。

「はじめさんこそ、実際にご覧になってどう思われたのですか。あなたの目に、山内は楽園として見えていますか？」

それを聞いたはじめは、皮肉っぽく鼻を鳴らした。

「まさか」

そこまで俺の目は節穴じゃない、と吐き捨てる。

「……と、おっしゃいますと？」

「本当に分からねえか？」

頼斗は黙りこくった。

彼女達には、護衛の目的で見張りがついている。届けを出せば町に遊びに行けるとは言ったが、それは裏を返せば自分の気持ち一つでは外に出られないということだ。

「衣食住は用意されているが、あの姐さん方には自由がないってこった。まあ、中央花街の段階でおかしいなとは思っていたけど、やっぱりなって感じだな」

「どういう意味です」

はじめは問いかけてばかりの頼斗をからかったりはせず、それに答えた。

「性別も年齢も身分も職業も異なる誰もが、全く不平不満を漏らさない。人間だか八咫烏《やたがらす》だか知らねえが、生き物が生きている以上、誰しも完璧に幸福な世界なんざあるわけがねえだろう」

誰もが幸せな世界の実在を主張する者がいるならば、それは現実から目を逸らしているか、そう装わざるを得ないかのどちらかだ、とはじめは言い切った。

「お前は前者で、中央花街の奴らは後者だ。何か言いたそうだったくせに、お前に水を向けられた瞬間にいい笑顔になった者が何人いたか、気付いてねえな？」

急に背筋が冷たくなった。

山内衆は博陸侯の目であり、手足でもある。

それは頼斗の自負でもあったし、山内の誰もが知るところでもある。

彼らは、不満があると頼斗に漏らしたら、自分に何か良くないことが起こると考えたのかもしれない。

だったとしたら、彼らは不満がないのではない。

小さな不満ひとつ、言えないのだ。

「お世辞にも健全とは言えねえわな」

そう言って煙管を咥《くわ》えたはじめに、頼斗は反論出来なかった。

皮肉にも、女工場の女達が「何も不満はない」と言った事実が、頼斗にとっても大きな違和感となっていた。

せめて、もっと自由が欲しいとか、夫や子どもと面会を望むとか、そういうことを漏らしてくれたら良かったのに、彼女達は博陸侯にとって、理想的な言葉しか聞かせてはくれなかった。

何も言えないでいる頼斗を、はじめは愉快がっているようだった。

「俺ァ、昔から家族とは縁が薄くてね」

急な話題の転換に頼斗は目を瞬《またた》いたが、はじめは淡々と続ける。

「保護者にあんまり構ってもらえなかったもんで、養父に引き取られる前は、かなりのテレビっ子だったのよ」

何歳だったかも分からないが、その頃に見たとあるテレビ番組が、強烈に印象に残っているのだという。

それは、紛争地域から先進国に逃げて来た難民の少女へのインタビューであった。

「その子はな、ここは砲弾の音も銃声もしない。毎日安心して眠れるし、美味しいごはんも食べられる。綺麗な服も着られる。まるで楽園のようだ、と言ったんだ」

その時はなるほどなあと思った、とはじめは呟く。

「ならば、俺のいるここも楽園なんだってな」

自分は楽園の住人なのだと、幼かった少年はそう思い込んだ。

「でも、違った」

はじめは自嘲《じちよう》するように口元を歪める。

「いい家に住めて、砲弾の音がしなくて、うまい飯も食えて、綺麗なおべべが着られても――鴨居にぶらさがることは出来るんだよなぁ」

その瞬間、煙管を吹かすはじめの背後に、不自然に左右に揺れる人影が見えた気がした。

――一体、この人は誰のことを言っているんだろう？

感情のこもらない声と底知れない瞳の奥に、初めて、この人間の過去に何があったのか、自分は何も知らないのだと気付いた。

「楽園にいるのにどうして絶望出来るのか、俺は全く理解出来なかった。でも、大きくなってからたまたまその番組の再放送を見たんだが、本当はその女の子のインタビューには続きがあったんだよ」

密かに肌を粟立たせた頼斗に構わず、ぷかりと煙を丸く吐き出したはじめは抑揚なく続ける。

「『最初は楽園のようだと思った。でも、今はそうは思わない。早く故郷に帰りたい』ってな。馬鹿らしいことに、俺は自分に都合のいい前半しか覚えていなかったわけだ」

安全で、衣食住が満たされていても、それだけでは楽園にはならない。

「じゃあ、楽園には何が必要なのだと思う？」

はじめは、頼斗に優しく問いかける。

その眼差しは、簡単な答えを出すのに苦労している幼子へ向けられるもののようだったが、頼斗には答えが分からない。

干からびたようになっている口を開き、「分かりません」と答えようとした、その時だった。

正面の舞台で、鋭く鉦《かね》が打ち鳴らされた。

これは、役所から緊急性のある情報がもたらされたしるしだ。

女達は踊りを中断して慌てて引っ込み、代わって、手に紙の束を持った男が舞台袖から現れる。

朗々と、唄うような節回しで告げられたのは、猿の出現情報だった。

見物人達がざわめき、千早が跳ねるようにして布団から体を起こした。

「まさか――また？」

思わず頼斗は呻《うめ》く。つい数日前に中央花街で襲撃があったばかりなのに。

場所は中央、東領の関所にほど近い小さな村であると言う。

「近い」

窓辺にやって来た千早が、トビの頭越しに舞台を見て呟く。

楽人が読み上げる内容は凄惨だった。

ここ数年なかったような、大きな規模の襲撃だったようだ。

村の中で戦闘が起こり、村人が何人も死亡したという。猿は三匹もいたが、幸い、山内衆の詰め所が近かったので、全匹の駆除は滞りなく行われた。

案ずることは何もない、と謡い手は結んだが、観衆はざわざわと落ち着かない。

不安そうにしている者の心を晴らすように、一転して、明るく荘厳な楽の音が響き始めた。

舞台上には毛皮をまとい、顔を赤く塗った芸人が現れて踊りだす。

「猿が出たのか？」

はじめも、その意味に気付いて顔をしかめる。

「襲撃は年に数回って話じゃなかったのか。ついこないだ俺達が襲われたばっかりなのに、もう？」

「非常に珍しいです。しかも、規模が大きい」

やや不穏な気配を感じて、自然、頼斗の声も低くなる。頼斗からの説明を聞きながら、はじめはじっと舞台を見つめた。

「ありゃ、何の劇なんだ？」

「猿が出た時に必ず演じられる、『弥栄《いやさか》』という演目です」

若かりし頃の博陸侯が猿を殲滅《せんめつ》した活躍を歌劇にしたもので、猿の襲撃と、それを撃退する山内衆の姿が演じられるのだ。

猿の襲撃があった場合、それを退けたことが確認されると、それを知らせるために必ず公楽は『弥栄』を演じる。民衆はお触れの内容を聞き逃しても、『弥栄』の音楽を耳にすれば、安全が確保されたと分かるのである。

「ふうん」

はじめは目を細めて舞台を一瞥《いちべつ》した。

「……きなくせえな」

ぽつりと呟き、こちらを見る。

「襲われた村ってのはここから近いんだな？」

「はじめさん、何を」

「見に行くぞ」

はじめらしからぬ機敏な動作で立ち上がり、勝手に寝間着を脱いで身支度を始める。

頼斗は仰天した。

「今からですか」

「おう、今からだ」

「警備体制が整っていません」

「整えるためにわざわざ明鏡院に寄ったんじゃねえか」

「夜は八咫烏に不利なんです」

「そこに出た猿は全滅したってんだろ。何の問題がある。それに、襲ってくるのが同じ八咫烏なら、不利も有利もねえだろ」

　現場には討伐隊がいるし、お前らというお強い護衛もいるんだ。悪いことにはならねえさ、と妙に豪胆にはじめは笑う。

「もし襲われちゃったら、潔く諦めよう」

「勝手に諦められては困るのですが……」

　言いながら、もしこのまま現場に向かうとして、どこまで許されるのかを考える。討伐隊は同じ博陸侯の配下で味方ではあるのだが、頼斗とは管轄が全く異なるのだ。

「上の許可も得ていないのに野次馬なんて出来ません」

「許可なんていらねえだろ。何のために博陸侯から離れたと思ってんだ」

　こともなげに言い、「おい千早」と鋭く呼びかける。

「行けるよな？」

　妙に自信の感じられる呼びかけに、千早はじっとはじめを見返した。

「――分かった、行こう」

「千早殿！」

「止めるなら、お前は置いて行く」

お、いいね、とはじめは嬉しそうに千早に同調する。

「大仰《おおぎょう》にしてばれるってんなら、少数で行きゃいいだけの話だもんな」

「い、行きますよ。あなたが行くなら」

慌てて立ち上がって寝間着を脱ぎ、一瞬で羽衣《うえ》を編む。

「しかし、どうしてそんな所を見に行きたいんです？」

「タイミングが良すぎる」

はじめの端的な言葉に、思わず声を失くす。

タイミング――そう、タイミングだ。

はじめがこちらに来てから、状況が大きく、しかも急激に変化している。

猿の襲撃が多発し、これまでになかった地下街の連中の大規模な襲撃が同時に発生した。今更ながら、はじめをここに連れて来た『幽霊』が猿の生き残りである可能性もあることを思い出す。

何も言えなくなった頼斗に、はじめはへらりと笑いかけた。

「下手の考え休むに似たりってな。俺は基本的に現場主義なんだ。実際に行ってみなきゃ、分からんこともあるもんだぜ」

「俺も行く！」

トビが立ち上がり、結局、全員で向かうことになった。

夜になると転身は出来なくなるので、馬に乗らなければならない。

頼斗とはじめは明鏡院から乗ってきた馬を使い、千早とトビは宿で一番良い馬を借りた。神兵も同行し、総勢は五騎となった。大きな鬼火灯籠《おにびどうろう》を用意し、地図と方位計で行先を確認し、一行は宿の裏手から目的地へ向けて飛び立ったのだった。

中央と他領との領境には、点々と明かりの灯る見張り場が存在している。

見張り場には羽林天軍が交代で詰めているが、そこを監督しているのは中央から派遣された山内衆である。定期的に監督者の配置転換が行われ、土地勘を養いながら有事に備えているのだ。

見張り場の光に沿って移動していると、不審な一行に気付いて何度か見張りの兵が近付いてきた。その度に頼斗が鬼火灯籠の片面に設けられた扉を開け閉めして合図を送り、自分が山内衆であることを示して警戒を解かなければならなかったが、それ以外の道行は順調であった。

夏とはいえ、夜の飛行はひどく冷える。

体はすっかり湯冷めして、風除けからはみ出た耳の先が痛み始めた頃になり、ようやく不自然に明るくなっている場所が見えた。

――火が出ているのだ。

「あれか？」

はじめが大声で尋ねると、ひらりと千早の乗った馬が前方に割り込んだ。鬼火灯籠の光の中で、千早がきっぱりとした手つきで「あちらへ降りよう」と手信号を送ってきた。

このあたりの土地勘は千早のほうがあるだろう。

「行きましょう」

すぐに了解の合図を送り、一行は方角をやや変えて滑空を始めた。

炎に接近するにつれ煙の臭いを、次いで、上へ上へと噴き上げる熱風を感じた。

そこでは、小さな集落が焼けていた。

夕日色をした炎は容赦なく家屋を包み込み、あばら骨のような黒い柱だけが不気味に林立しているのが見える。勢いよく立ち込める煙そのものが、炎の色に染まっていた。

おそらくは二、三軒の民家と納屋だったのだろう。

井戸や散乱した農具などは辛うじて確認出来たが、炎の他に動くものは何一つ見えなかった。

熱い旋風の直撃を受けないよう、炎を遠巻きにするようにして旋回するが、これ以上は近付けそうにない。

降りられそうな場所を探していると、集落から少し離れた畑と思しき場所に、兵らしき人影が集まっているのに気が付いた。その足元には、茣蓙《ござ》で覆われた何かが複数置かれている。

千早の乗りこなす馬が降下を始めたので、頼斗もその近くへと乗り付けた。

地上に降りると、より炎の明るさと熱を間近に感じる。

　パチパチと爆《は》ぜる木材の音は激しく、何もかもが炭へと変わっていく悪臭がした。

「貴様ら、何者だ！」

　降りて来た一団を見て、気色《けしき》ばんだ怒声を上げたのは、装備から見て羽林天軍だった。咄嗟《とっさ》に頼斗は彼らの前に走り出て、刀を目の前へと突き出す。

「山内衆が一、北小路《きたこうじ》の頼斗だ。博陸侯からの特命により、明鏡院を通じて視察を命じられている」

　博陸侯の名前に、兵達は一様に怯《ひる》む。

　そんな彼らの足元に並べられた莫蓙からは、炎の光に照らされ、黒ずんだ液体が漏れて畑の土に滲んでいるのが見えた。

　風除けを取り、頼斗の背後で軽く屈伸をしていたはじめは、その莫蓙へと無警戒に近付いて行った。そのすぐ後ろを、千早が続く。

「おい、止めておけ……！」

　慌てたような兵の声も聞かず、はじめは畑の中に膝をつき、ひょいと無造作に莫蓙をめくった。

　ぷん、と、焦げ臭さでも消し切れなかった死体特有の匂いが立ち、血まみれの遺体が火事の光に照らし出される。

　それは、中年の男だった。

　頬には血しぶきが固まっており、目は閉じられているが、驚愕したような表情のまま凍り付いてしまっている。小綺麗な衣服についた血は乾ききっておらず、どす黒く未だぐっしょりと濡れていた。

千早に続いて遺体を覗き込んだトビは息を呑んだが、はじめは顔色を変えなかった。

じっと遺体を見て、それから手を合わせる。

「可哀想にな……」

似合わない神官の恰好で弔いの姿勢を取られて、突然の闖入者《ちんにゅうしゃ》に戸惑っていた兵達も沈黙する。

しばしの祈りの後に、はじめは立ち上がって火事を振り返った。

「これじゃ、近付けねえな」

その横顔を炎の赤い光が照らし出した。

「猿はお前らが殺したと聞いたが、どうして火事になっている？」

はじめの言葉を千早が訳すと、この中で最も上官と思しき年かさの兵が返答した。

「わしらは、中央側の東領関所を管轄する羽《はね》の林《はやし》だ。猿対処の初動に当たったのは山内衆で、我々が駆けつけて来た時にはすでに火が出ていた」

「山内衆が先に駆けつけたのか？」

「そうだ。猿がこの村を襲ったのは夕飯時だった。村人はほとんど皆殺しだったが、逃げ延びた者が山内衆の詰め所に助けを求めて来たんだ。わしらは連絡を受けてすぐに出動したが、山内衆が処理を終えた後じゃった」

はじめの質問は止まらず、千早も素早くそれを訳していく。

「火は誰が？」

「猿だ。屋内に追いつめられて、最後の抵抗として火を放ったと聞いている。こうなっちゃもう手の施しようがないんで、自然と鎮火するのを待っとるところだ」

「猿の死体はどこにある？」

「もう、火の中だ」

「それなのに猿は全匹殺したと分かるのか？」

「目撃者の証言と一致しとる。我々も周囲を確認したし、討ち漏らしはないと判断した」

「その目撃者は今どこに」

「関所だろう。大事な証言者だが、怪我もしていたようだからな。手当てをした後、改めて事情を聞いておる頃だろう」

「――なるほど」

納得したように頷き、はじめは千早に視線を送る。

「行くのか」

千早に訊かれ、「当然」と即答する。

話を聞かせてくれてありがとな、と羽林に軽く手を振ってから、はじめは迷いなく踵《きびす》を返した。

頼斗も、今度は止めようとは思わなかった。

東領の関所まで、そう時間はかからなかった。

明るく光の灯ったそこでは、猿の大規模な襲撃を受けた動揺が色濃く残っている。猿は全滅したという話ではあるが、関所に近い村落が襲われたのだ。ここは本当に安全なのかと不安がる者は朝一番に東領に出ようというのか、すでに閉まった関所の前に列をなしている。その不安を少しでも宥《なだ》めるため、大宅座では深更《しんこう》に近いこの時刻になっても『弥栄』を演じ続けていた。

馬から降りた一行は人混みを抜け、関所に併設された兵の詰め所へと向かう。しかしそこに、お目当ての村民はいなかった。

「そいつなら、山内衆がとっくに中央へ護送したよ。治療して、あっちで話をちゃんと聞くとさ」

手近にいた兵を捕まえて話を聞けば、返って来た答えはそのようなものだ。

「……どうします？」

流石《さすが》にこれ以上の追跡は難しい。少なくとも一旦宿に戻り日を改めたほうが良いのではないかと思ったが、はじめの返答はにべもなかった。

「行くぞ。会えるまで追う」

言いながら早くも詰め所から出ようとするので、その勢いに面食らう。

「本気ですか」

「本気だ。話を聞けるまで続ける」

「どうしてそこまで？　はじめさんは、何が気になっているんですか」

「気付かねえか、頼斗」

おそらくはここが肝《きも》だぞ、とそう言うはじめの眼差しは、これまでになく鋭いものだった。

「俺もお前と一緒さ。ここで何が起きているか知りたいんだよ。今後の身の振り方を考えるためにもな」

重大な話に、背筋がうすら寒くなる。

「どういう意味です」

「雪斎《せっさい》の奴がしびれを切らす前に、信用出来る奴と出来ない奴、さっさと見極めつけねえとなってことさ」

「――そこまでにして頂きたい」

突然、冷然とした声がかけられた。

詰め所の奥から出て来たのは、まさかこの場に姿を見せるとは思わなかった人物だ。

「迦亮《かりょう》？」

思わず名を呼ぶと、ちらりと嫌そうな視線を向けられた。

「それ以上は我々の仕事に差し支えますゆえ、ご容赦を。何故こんなことをなさっているのか、理解に苦しみます」

迦亮は、隠れてはじめの警護に当たっていたはずだ。どうしてこの場に出てくるつもりになったのかは分からなかったが、彼は頼斗ではなく、千早へとその矛先を向けた。

「あなたも止めて頂きたい。何故、人間の言いなりになっているのですか」

「俺の役目はただの護衛だ。こいつの行動の是非など知るか」

言い捨てられて、両者の睨み合いとなる。

頼斗が困惑していると、はじめが口を挟んだ。

「猿を殺したのはあんたなのか？」

指を指された迦亮は一瞬険しい表情を見せたが、頼斗の訳した疑問にはあっさりと答えた。

「実際に猿とやりあった山内衆は、目撃者と共に朝廷に向かいました。そちらで証言と報告を上げる必要があるので。私は事後処理を任されたのです」

たまたま現場近くにいたために、上から猿問題について改めて命が下ったのかもしれない。

あるいは――突飛な行動をとるはじめに業を煮やしたか。

迦亮と向かい合ったはじめは、いつも通りの態度を崩さなかった。

「猿とやり合った連中と話がしたい。セッティングしてくれ」

「いたしかねます」

頼斗の訳した言葉に、迦亮はそっけなく首を振る。はじめは片方の眉をぐいっと持ち上げた。

「あらら。俺の機嫌を損ねてもいいの？」

「あなたのご機嫌伺いはそちらの男の仕事です。私の役目は猿への対処であり、現場の責任者として認められないと申しております。ご不満があるならば博陸侯のもとにお戻りになり、直接おねだりされてはいかがです？」

あまりに馬鹿にしたような言い様に、直訳することは憚《はばか》られた。

「……これ以上は、博陸侯を通して欲しいと言っています」

最低限の意味だけを拾って伝える。

硬い態度を崩さない迦亮としばし睨み合い、先に折れたのははじめのほうだった。

「オーケー、分かった。ここは引き下がろう」

「そうして頂けると助かります」

慇懃《いんぎん》無礼に頭を下げ、迦亮は再び詰め所の奥へと消えて行く。はじめはその背中を見送ると、視線を外さないまま問うてきた。

「あの男、お前の同僚か」

「同僚であり、後輩でもあります」

「博陸侯とは近しい？」

「私が外界への遊学に出ている間、ずっと伺候《しこう》していたはずです。博陸侯からの信頼も大変に厚い男です」

「そうかい」

頼斗達が詰め所を出た時、ちょうど『弥栄』は、若き日の博陸侯が猿にとどめを刺す場面であった。

赤い佩緒《はきお》のかかった金色の刀が松明《たいまつ》に輝き、面を着け毛皮をまとった猿の演者が、どうっと音を立てて舞台に転がった。

＊　＊　＊

宿に戻ったのは朝方に近い時刻だったため、翌朝、はじめは遅くまで起きてこなかった。昨日は移動してばかりだったので、疲労が溜まっていたのだろう。交代で見張りについた頼斗と千早を尻目に、はじめは心行くまで惰眠《だみん》を貪《むさぼ》ったようであった。

食事を摂り、ゆっくりと身支度をし、次の目的地へと飛び立つことが出来たのは、とっくに正午を過ぎてからであった。

向かうは、治水事業の行われている中央北西部である。

湖《うみ》は中央山《ちゅうおうざん》の東側一帯を三日月型に包み込むような形をしている。中央山から流れ出る水は最終的にはこの湖に流れ込み、川になって地方へと流れるようになっているのだ。

もともと農業は地方で行われるものであり、中央はもっぱら政治と商業の場として栄えていた。湖は物品の移動に使われることはあっても、その水を積極的に利用しようとする動きはほとんどなかったのである。

それが変わったのは、これもまた、博陸侯の方針によるものである。

昨日目にした女工場からも分かるように、博陸侯は未開拓だった中央の土地を活用した農作を推奨していた。その一環として、放置されていた山間の低地の開墾が計画され、大掛かりな水路と堤防の建設が行われているのである。

　視察の場として選ばれたのは、中でも最も大きな堤防であった。

　新しく出来る予定の畑や農民の住居を守るためのものであり、現在では多くの馬が労役に従事し、その建設に当たっていた。

　上空から見ると、まだ水の入っていない堤防の底は広々として見通しが良く、あちこちで重い木石を引っ張る馬の姿が見て取れた。

　下りる場所を探していると、朝廷によって設置された最新式の自動時計が、カアン、カアン、と乾いた鐘の音を鳴らすのが聞こえた。それだけでも、この事業に対する中央の力の入れようが伝わってくるようである。

　あらかじめ伝えていた時間よりもだいぶ遅くなってしまったが、最も高くなっている堤の端で、きちんと身なりを整えた現場責任者がこちらを待ち構えていた。

　そのすぐ近くに馬を乗り付けて遅参《ちさん》を謝罪すると、彼は鷹揚《おうよう》に笑ってそれを受け入れた。

「いえいえ。明鏡院より、そちらの都合を最優先に動くようにと言付かっておりますので」

　愛想よく一行を出迎えたのは、防河使《ぼうかし》の長官に任じられた羽林天軍の上級武官である。

　馬の様子が見たいというはじめの希望を伝えると、快く作業場に下りることが許された。

「もともと、こうした労役に従事していたのは羽林天軍だったのです」

　粗末な恰好をした男が大岩の下に丸木を置き、大勢の馬が息を揃えてそれを運んでいく。泥だらけになり、声をかけあいながらじりじりと大岩を動かしていく彼らを眺めながら、長官は饒舌《じょうぜつ》に説明した。

「堤を造り始めたばかりの頃は人手が足りませんで、作業は遅々として進まなかったのですが、現在では谷間からたくさんの馬が入ってくれたおかげでだいぶ作業が楽になりました。おかげさまで、もうほとんど堤も完成しているのです」

彼らが来てくれて本当に助かりましたよと、長官はにこにこと語る。

だだっ広い広場のような堤の底の中央部には、大きな馬小屋と、その馬の面倒を見る羽林天軍のための宿舎が建てられていた。

堤が完成した暁《あかつき》には水の底に沈める予定であり、現在では百羽を超す馬がそこで飼われているのだと言う。

比較的軽いと見られる土嚢《どのう》を運ぶ馬はやや小柄で、足は三本あったが、切り出された石材を引いている大きな馬はほとんどが二本足である。

三本目の足は、八咫烏にとって力の源とも言える大事な器官だ。

穏当《おんとう》な形で馬になった者は、契約者によって三本目の足の付け根を特殊な紐で縛られ、契約者自身が解かない限り人の姿に戻ることは出来なくなる。

だが、鳥形《ちょうけい》の状態で三本目の足を斬られると、何をしようとも、もう二度と人の姿には戻れなくなるのだ。

「もちろん、馬は大切な労働力として非常に大事にしておりますよ。健康管理も万全です。ちゃんと休ませ、負傷の際には適切な治療もしております」

そう語る長官は、どこか自慢げですらあった。

「……俺も、生まれるのがあと数年早かったらああなってたんだろうな」

長官が遠ざかったところでぽつりと呟いたトビに、頼斗はかける言葉が見つからない。

重い石を運ぶ馬の傍には、腰に刀を差し、手に竹の鞭《むち》を持った羽林天軍が当然のような顔をして立っている。否応なしに重労働に従事させられる彼らは、足を斬られ、人の姿を奪われ、言葉を失くし、女達と違って何かを言う権利すらないのだ。

頼斗はそれに思い至った時、嫌な汗が背筋を伝うのを感じた。

あそこで働いているのは、ただの破落戸《ごろつき》だったはずだ。それだけの罪を犯したのだと、数日前まで胸を張って言えていたことが、今ではひどく言葉にしづらかった。

＊　＊　＊

視察を終えた一行はその晩、明鏡院の宿坊《しゅくぼう》に泊まり、翌朝には地下街へと戻った。

地下街の入口まではじめを送った後、神兵は明鏡院へと帰って行ったが、長束《なつか》から「何かあればまたいつでも兵を貸し出す」という伝言をもらった。

トビから与えられた矢狭間《やざま》の最上階に二日ぶりに戻った時、頼斗は家に帰って来た時のような懐かしさを覚えた。

細い矢狭間からは若い日の光が差し込み、うっすらと舞う微細な砂埃をきらきらと輝かせている。

「なあ、赤紐《あかひも》」

労役場で小さな呟きを漏らして以来、全く声を出さなかったトビが突然、言葉を発した。

「あんた、ここを出る時に博陸侯の施策を目にすりゃ分かることもあるって言ったよな。直接見れば、あいつの慈悲深さが分かるはず、俺の勉強になるはずだって」

矢狭間からの四角張った光の中に佇むトビは、出会ったばかりの頃とは違い、湯浴みをしてさっぱりした顔になり、梳《くしけず》られた髪を丁寧に結い上げている。

普通の少年にしか見えない彼が、『トビ』として今この場にいるのは、何とも不思議な感じがした。

「あんたの言う通りに見て来たけど、俺、全然分からないよ……」

トビの声は悲痛だった。

「俺の仲間は、あそこまでのことをされなきゃいけなかったのか？　足を斬られて、ずっとあんな場所でこきつかわれなきゃならないほど悪いことをしたのかよ？」

「扱いは、そう、悪いものではありませんでした」

「答えになってない。あいつらはそもそも、馬にさせられなきゃならなかったのかって訊いてんだ」

頼斗の苦しい言い訳を一蹴《いっしゅう》し、トビはこちらに詰め寄ってきた。

「俺には、とてもそうは思えなかった」

「猿の襲撃を見たでしょう。八咫烏の一族の間で、仲間割れしている暇はないのです」

「さっきは家畜扱いしといて、都合のいい時だけ仲間と言うのはおかしいんじゃないか？」

「そうではありません。猿の脅威も、山神の力の低下も本当に深刻で、無視は出来ないんです。彼らのしている労役は、間違いなく我が一族を救っているのです」

「みんなのためになるから、馬にしても、こき使っても許されるって言いたいのか？　他のたくさんの八咫烏達を助けるためなら、あいつらがどんなに苦しくても仕方ないって？」

　トビの語気はどんどん荒くなる。

「じゃあ、あそこで働いている馬は、一体誰が助けてくれるんだ。他にまずいことがあれば、貴族連中は貧乏人がどれだけ苦しんでも見て見ぬふりをするのか」

「そういうことが言いたいのではありません！」

「そう言ってんだよ、あんた、さっきから！　これのどこに慈悲があるってんだ」

　俺には分かんないよと叫んで出て行ったトビの目には、涙が浮かんでいた。

　トビを引き留めようとして、結局、自分にはかける言葉がないのだと悟り、ゆるゆると手を下ろす。

「あーあ、泣かした」

　茣蓙の上であぐらをかいて口論を見守っていたはじめが、今頃になって茶化してきた。

「本当はお前も分かって来たんじゃないの？」

「……何をです」

「だからあんなに語気が強くなる。つい二日前、ここで同じことを言っていた余裕はどうしたよ。したり顔で博陸侯のすばらしさを語ってくれたじゃねえの」

今となっては、その言葉は強烈な皮肉にしか聞こえなかった。

答えあぐねる頼斗を楽しそうに見てから、よっこいせ、とはじめは立ち上がった。

「どこに行くんですか。勝手に離れないで下さい」

「すぐそこの便所だよ。まあ、お前もちっくと頭冷やしな」

出て行くはじめに、おそらく、トビを慰めに行ったのだろうと察する。

しおしおと項垂《うなだ》れる頼斗に、遠巻きに様子を見守っていた千早が大げさな溜息をついた。

「お前が間違っている。博陸侯は、慈悲の塊《かたまり》なんかじゃない」

「あなたは、博陸侯に不満があるのですか」

「大いにあるとも」

断言され、千早を見返す。

この数日間行動を共にし、多少なりとも、千早の人となりは分かった気になっていた。敵意があるとは感じなくなっていたというのに、やはり裏切り者だったとでもいうのだろうか。

疑問が表情に出ていたのか、千早は苦い顔になった。

「まだ分からないか。地下街にいた連中をご丁寧に三分割して管理しているのは、それぞれを、それぞれの人質とするためだ」

穏やかならぬ単語に、頼斗はしばし意味をつかみ損ねた。

「人質……？」

「子どもと、女と、男。どこかが下手を打てば、どこかが割を食うようになっている」

男が反乱を起こせば、女子どもは楯にされる。女が反抗すれば、罰として子ども達への食事の供給が減らされる。

「ただで地下街の子ども達に食事を与えているわけではない。その方が、中央にとって利益があると判断されているんだ」

「利益……地下街で子どもを育てることが？」

「ここは人質を抑えると同時に、馬を育てる場所でもあるのだ」

地下街で大きくなった子どもは、兵によって地上に連れて行かれ、足を縛られるのだと千早は言う。

「昨日見た馬の中に、足が三本残っている奴がいただろう。あれはトビが言っていた年長の子ども達だ。これ以上大きくなったら手に負えなくなると判断した者から、順に連れて行かれて馬にされる。法的に足を斬るほどの重罪を犯したわけではないから、足を縛る形にされているんだ」

上層の孤児達と扱いが違うのはそのためだ。教育を与えないのは、その必要がないからだ。最初から、ここにいる子ども達に未来などないのだ。

「明鏡院が言っていただろ。雪斎《せっさい》は必要性の奴隷だと。全て、合理的に事を進めているんだ」

俺はあいつのそういうところが嫌いだ、と千早は吐き捨てる。

「安原が受けた襲撃だって、博陸侯の仕組んだ脅しだったとしても俺は何ひとつ驚かん。安原はじめを恐がらせて、さっさと権利を手放させる腹だったのかもな」

「すべて茶番だったとおっしゃるのですか」

馬に襲われた山内衆は、頼斗の友人や先輩後輩だ。馬に襲われ、大怪我をしている者もいる。理不尽な言い分に怒りが閃《ひらめ》いた。

「あの襲撃者は地下街の残党でした。憶測でかの方を糾弾《きゅうだん》するのはやめて下さい！」

「実際のところは知らん。だが、そういうことが出来る奴だと言っている」

「一見無慈悲に感じられても、その大きな狙いは民を守ることです」

「その民の中には、トビや女達や馬は入っていないのか？」

「山内が崩壊したら、その彼らとて無事では済まされません。めぐりめぐって、これは彼らのためでもあるのです」

一瞬口を閉ざした千早は、苦虫を嚙み潰したかのような顔になった。

「――お前、猿に殺された村人の傷を見たか」

「は？」

「見事な刀傷だった。大戦の折に見た猿が暴れた際の傷とは、全く違う」

猿の使用する武器は、黒い石を用いた短刀が多いと聞いている。

目の前の男は、かつて最前線で猿と戦った猛者《もさ》の一人だったということを今更のように思い出す。

千早の言わんとしていることに考えが及びそうになり、ふと、底知れぬ恐ろしさを覚えた。

「そんなまさか……。考え過ぎですよ」

千早は、思わず声が小さくなった頼斗をじっと見つめている。

「俺には妹がいるんだが」

急に話が変わって頼斗は当惑したが、それには構わず千早は平坦な調子で続ける。

「俺が勁草院にいた頃、俺も妹も貴族の持ち物だった。俺がまっとうに働かないと、妹を女郎にすると脅されていた」

そこを、同期の貴族達に助けてもらったのだと言う。妹の証文を買い取って、憐れな兄妹を自由にしてくれた貴族。

「そのうちの一人が、雪斎だ」

千早は貴族を憎んですらいたのだが、妹を助けられたことが心を開くきっかけとなったのだ。

千早の妹を直接落籍《ひか》したのは、同じ院生だった西家《さいけ》の御曹司だった。千早と妹の境遇を知り、何とかして助けたいと考えた彼に、雪斎が手助けをしてそれは成ったのだと知らされていた。

だが、実態は全く違った。

院生になった時点で、実は妹の証文はすでに雪斎のものとなっていた。しかしそれを隠し、まだ妹が危機的な状況にあるかのように、千早と西家の御曹司を騙していた。

彼は、千早を自陣に引き入れるために妹を利用し、わざわざ恩を売ってみせたのだ。

それを知ったのは随分と後になってからだったが、いかにも「やりそう」と思ったのだと千早は語る。反感も起きなかった。もはや呆れに近い、と。

雪斎がしたたかなのは、わざわざ何も知らない者を間に挟んだことだった。善良な貴族のボンボンは、雪斎の思惑を全く知らないまま、ただ憐れな境遇の友人を救おうと必死だった。

「馬鹿みたいに育ちの良い男でな。あいつが俺達を助けたのは、まぎれもなく純粋な厚意からだった。雪斎は、どうしてそんなまわりくどいことをやったと思う？」

考えが及ばず黙り込む頼斗に、千早はどこか苦しそうに笑いかける。

「事の次第が露見して、俺が雪斎に対して不信感を抱いても、同じ陣営に留まり続けるように仕組まれたのさ」

悔しいことにすっかりその手にはまっちまった、と千早は諦めたように言う。

「真相が分かった時には手遅れだ。くそみたいに嫌っていたはずの貴族の坊ちゃんは、この世で最も近しい他人になり果てていた。あいつと雪斎の目的は同じだった。今更どうこうしようという気にもなれない」

はあ、と疲れたように千早は息を吐く。

「俺は、あいつのやり口が反吐《へど》が出るほど嫌いだ。だが、裏切れない。裏切れないようにされたからだ」

右手で飴を与えつつ、左手で刀を突きつけることに躊躇《ためら》いのない男。まるで盤上遊戯の駒のように仲間を扱うことが出来る男。

それが、博陸侯雪斎だった。

「……どうして僕にそんなことを教えるんです」

反吐が出るほど嫌いな男の信奉者に、千早がここまで肩入れする理由はないはずだ。

それを言うと、千早は少しの間黙った。

「あんた、少しあいつと似ている」

「博陸侯ですか？」

「違う」

その時の千早の表情は、初めて見るものだった。どこか痛みをこらえるようなぎこちない笑みを浮かべ、彼は言う。

「俺の、死んだ友人だよ」

そのまま無言で見つめられ、何と返したものか分からなくなる。

沈黙に耐え兼ね、はじめに早く帰って来て欲しいと思い――ふと気付く。

「はじめさん、やけに遅くないですか」

トビのことを慰めているものと思っていたが、あまり離れ過ぎても困る。

駆け足で階段を下りて厠を見るが、そこにはじめの姿はなかった。

「はじめさん？」

大声で呼ぶが、はじめもトビも答えない。

「千早殿」

「行くとしたら下しかない」

急げ、と言う千早はすでに駆けだしている。大声で名前を呼びながら階段を走り下り、いよいよ異変に気が付いた。

あれほどたくさんいた子ども達の姿が、全く見えない。

下層にいた老人達や手足の不自由な者達は、縄で縛られ、さるぐつわまで噛まされていた。

千早が呻《うめ》く。

「――やられた」

＊　＊　＊

トビの後を追って階段をいくらか下りたはじめは、鼻を鳴らす少年の背中を見て首をひねった。

「君さあ、どうして泣いたふりなんかしてるの?」

その声に、トビはぴたりと泣くのを止めた。

「前から気になってたんだけどよ。君、本当は俺の言葉、ほとんど分かっているよな?」

はじめが言った瞬間、トビはすばやく振り向いた。流れるような動作ではじめの親指をつかんで頭の後ろに回し、どこに隠し持っていたのか、首元にアイスピックのようなものを突き付ける。

「シズカニ。動クナ」

さっきまでとは全く違い、その声に涙の気配など微塵《みじん》もない。

ああ、やっぱりな、とはじめは得心した。

「襲って来た連中と通じていたのは、君だったんだな」

「……ゴメンネ」

心苦しそうな声だが、その手は一切緩まない。

トビに促され、黙ったまま階段を下りる。

階下では大勢の子ども達が息を殺して、はじめとトビを待ち構えていた。

# 終章
# 置き土産

「やってくれたな」

迦亮《かりょう》からの報告を聞き、雪斎《せっさい》は執務室に置かれた外界風の肘掛椅子の中に深く沈み込んだ。

「安原の捜索状況は」

「待機していた山内衆《やまうちしゅう》を総動員しておりますが、未だ見つかっておりません」

そう言う迦亮の口調は冷静なようで、その顔色はすこぶる悪い。

地下街の主要な出入口には見張りを置いていたが、安原はじめが拉致《らち》されたのとほぼ同時刻に、複数の人影が大荷物を持って出て来たのが多数確認されていた。拉致の一報を聞いた見張りが慌てて彼らを追跡したところ、地下街に住む孤児達が運んでいたのは、自ら簀《す》巻《ま》きになった子どもの他、大瓜や生きた鶏などが入った麻袋などだったという。

未だ、逃げて行った子ども達の運ぶ荷を全て確認出来たわけではない。

瓜や鶏ではなく人間が入っていた麻袋が、それらに紛れてとっくに運び出されている可能性は十分にあった。

山内の最精鋭とも言える集団が、子どもだましの囮《おとり》にいいように引っかかっているのだ。

「まさか、主犯が子ども……？」

傍らに立った治真《はるま》が、呆気に取られたように呟く。雪斎は苦く笑った。

「まだ、安原が山の権利者であると奴らに知らせた者が不明だ。主犯というべきかは分からんが、とまれ、地下街から逃げた破落戸《ごろつき》どもと結託《けったく》して小童《こわっぱ》が仕掛けてきたのは間違いないようだな」

地下街にいる大人には、全員明確な人質がいる。

相互に監視をし、怪しい動きがあればすぐに知らせるようにと徹底してあった。密告に対して報酬を弾む約束であり、これまで不穏な動きは全くなかった。

「子どもがそれを望んだところで、破落戸どもが動くとは思えん。おそらく、最初に計画を持ち掛けたのは破落戸のほうだろう」

雪斎は、肘掛を指先で引っかきながら考えを巡らせる。

三治《さんじ》は、過去に破落戸から寝返らないかと誘いを受け、それを断っている。破落戸どもは駄目でもともとのつもりで、トビに声をかけたのかもしれない。

そして、思った以上にトビがうまくやったということなのだろう。

おそらく破落戸連中は、最初の襲撃で安原を確保出来たら、その足で地下街に逃げ込むつもりだった。地下街の詳細な地形図を朝廷は持っているが、外に繋がる小道は大量にある。その全てを完璧に監視するのは不可能に近い。最初から、子ども達の協力を得て博陸侯《はくりくこう》に繋がっている連中の目を攪乱《かくらん》させ、逃げ切る算段だったのだろう。

しかし、千早《ちはや》が乱入したことでその計画に狂いが生じた。

千早は中央政府に多少思うところはあれど、安易に地下街の破落戸に同調するような輩《やから》ではない。純粋にあの人間を守るために動いたのだ。

その結果、皮肉にも襲撃者の仲間が待ち構えている地下街に逃げ込んでしまった。

報告を聞く限り、地下街に頼斗《よりと》達が足を踏み入れた際、すぐに子ども達と出くわしている。

あれは偶然ではなかったということだ。

子ども達は、破落戸連中が安原はじめを連れてくるのを待ち構えていたが、実際に人間を連れてきたのは千早と頼斗だった。

一瞬で状況を見て取ったトビは、咄嗟《とっさ》に無関係を装った。

無邪気なふりをして付き従い、ずっとはじめが一人になるのを待っていた。計画を本筋に戻す機会を、ずっと窺っていたのだろう。

大人同士が疑心暗鬼になっている一方で、将来、馬にする予定である子ども達は監視が薄かった。雪斎からすれば、間隙《かんげき》と油断を突かれた形となる。

若いのに大した役者だな、と感心せざるを得なかった。

「だがまあ、感心しているばかりではいられん。安原を取られてしまった」

「あの人間、まだ生きているでしょうか」

副官の言葉に鼻を鳴らす。

「あの人間を殺したところで、地下街の連中にうまみはない」

破落戸共の狙いは明らかだ。

「安原の身柄と引き換えに、我々に何らかの要求を呑ませるつもりなのだ。待っていれば、そう遠くないうちにあちらから接触してくるだろうよ」

言っている傍から、執務室の扉の向こうで声がかかった。

「緊急の連絡です」

「入れ」

失礼します、ときびきびとした動作で入室した山内衆が、博陸侯の目の前で直立不動の姿勢を取る。

「ご報告いたします。つい先ほど、地下街の長《おさ》を名乗る少年が、山の手詰め所に現れました。博陸侯との面会を望んでいます」

「ほう、本人が来たか」

度胸のあることだ。つい面白がるような口調になってしまった博陸侯の目の前に、山内衆が両手で何かを差し出す。

「少年は、自分が博陸侯の賓客《ひんきゃく》の身柄を押さえていると言いました。その証拠として、博陸侯にこれを、と」

書類仕事を円滑に行うために特注した大きな卓子の上に、金属音を響かせて何かが置かれる。それを治真が取り上げ、恭《うやうや》しく博陸侯の手元に持って来た。

金の首飾りだ。

博陸侯が重い鎖をつまみ上げると、その先にはシダの葉のような模様の入ったごつごつとした飾りがぶら下がっていた。

この悪趣味な金ピカのネックレスには、どうにも見覚えがあった。

「……奴らが安原の身柄を押さえているのは確かなようだな」

届けられたのが人間の指でなかっただけ、まだマシと思うべきだろうか。

「いかがいたしましょう」

治真に問われ、博陸侯は目を眇《すが》めた。

「山の権利を放り出した状態で安原に死なれては困る。新たな地下街の長にも興味があるしな。ひとまず、要求を聞こうではないか」

「直接お会いになられますか」

「ああ。ここにトビを連れて来い。くれぐれも丁重にな」

命令を受け、迦亮と山内衆はすぐさま部屋を出ていく。

その後ろ姿を見送った後、手の中のネックレスを見て博陸侯は舌打ちした。

「頼斗の奴め。さっさと安原はじめを取り返せ」

＊　　＊　　＊

「まさか、こんなことになるとは……」

子ども達に縛《いまし》められていた三治を見つけた時には、すでにはじめがトビに連れ去られたと分かってから半刻が経過していた。

地下街の外に待機していた山内衆は、状況を見て取るやすぐさま博陸侯に知らせに行き、はじめの捜索を始めている。だが、子ども達がめくらましにせっせと動いているようで、捜索は大いに難航しているという。

頼斗は焦っていた。

すでに大失態を犯してしまった事実は動かせないものとなっていたが、この上、安原はじめが見つからなければ本当に取り返しがつかなくなってしまう。

「あなた、本当にトビが破落戸連中と繋がっていると気付かなかったのですか」

三治を詰問《きつもん》するも、彼は悲鳴を上げてそれを否定した。

「知らんかった。本当だ、嘘じゃない！」

俺の女房は女工場《じょこうば》で働いている。俺が裏切れば何をされるか分からない。裏切れるわけがない、と三治は叫ぶ。

「それに、子ども達は可愛かった。こんなことして、博陸侯がただで済ますとは思わん。知っていたら必ず止めたさ」

では、その気持ちを見透かし、トビは三治を信用しなかったということになる。

それ自体が、三治にとっては手痛い衝撃であるようだった。

「こうなっては、何が何でもはじめさんを取り返すしかありません。どこかトビが逃げ込みそうな場所に心当たりはないのですか」

「分からん……」

「分からんじゃ済まされません！」

打ちひしがれている三治を前にして思わず声が大きくなった頼斗を、「焦るな」と千早が諌《いさ》める。

「ここでこいつを責めてもどうしようもない」

そう言って、地面に力なく座る三治に視線を合わせるように膝をつく。

「トビは、飛車《とびぐるま》を襲撃して来た連中とぐるだったということになる。奴らが地下街の残党だったというのなら、お前とも面識があるのではないか？」

ハッと息を呑み、それなら分かる、と三治は勢い込んだ。

「前に、俺にも声を掛けてきた奴がいた。名前は重蔵《じゆうぞう》だ。昔、親分衆の下で動いていた男だ」

地下街が潰された際、運よく追手を逃れた若手の一人である。散り散りになった連中を集め、ずっと報復の機会を狙っていたのだ。

「博陸侯にも報告したことだが、あいつはなんとかして地下街を再び自分達のもんにしようとしていた。俺は止めたんだよ。そんなことしてもどうにもならねえって。中央の連中は地下街の地図を作り終えているし、こっちは戦力もほとんどねえ。前にも増して戦いになんねえのは明らかだって」

一時地下街を取り返したところで、どうにも勝ち目はないのだ。

馬鹿な真似はよせと説得しようとしたが、重蔵は「腰抜けめ」と三治を罵《のの》り、そのまま消えてしまったのだと言う。

重蔵は、己は地下街の者であるという自負が強かったが、その分形に拘《こだわ》るところがあり、どうにも短絡的だった。とても成功する計画を立てられるような男ではなかった、と三治は語る。

「トビのほうがよっぽど賢いくらいだ。まさか、あいつから計画を持ち掛けられて頷くとは思わなかった……」

そう言って項垂《うなだ》れる三治を前に、頼斗は高速で頭を回転させた。

重蔵達が、安原を人質にして何らかの要求を呑ませるつもりなのは間違いない。交渉を終えるまでに安原が見つかったら話にならない。安全な場所に安原を隠したはずだ。

そして今、あんなにいた地下街の子ども達は一人もいない。山内衆は、ほうぼうに散っていった彼らを追うのに必死になっている。

「重蔵が潜伏しそうな場所に心当たりはないのか？」

「そんなの知らんよ。俺は、こんな体になってからずっと地下街で暮らしているんだ」

三治の言葉に絶望しそうになり、諦めるのはまだ早い、と無理やり心を立て直す。

考えろ。自分が彼らの立場だったら、どうする？

地下街の出口は無数にあり、その全部を監視することは出来ない、というのは見張る立場の考えだ。それを出し抜こうとしている側からすると、外から穴を監視されているかどうかの判断は難しい。

だからこそ、あんなに囮《おとり》を使ったのだ。外にいる連中のほうが有利だから。

それだったらむしろ――地下街の中にいたほうがいいと考えるのではないだろうか？

狭いし、慣れている。待ち伏せもできる。子ども達に地の利があるのだ。

「どうする？」

千早に言われ、覚悟を決める。

「――まだ、地下街の中にいると信じて、動きましょう」

これは賭けだ。

もし、まだ安原はじめが地下街にいるとしたら、勝算がないわけではなかった。

外の探索は羽林《うりん》や山内衆が請け負ってくれている。今、自分達が地下街内部にいることを利点と考え、地道にやるしかない。

「三治殿。地下街で、防衛拠点となりえる場所を教えて下さい」

推測が当たっているならば待ち伏せされている可能性は高いが、自分達だけで奪還するほかに道はない。

頼斗の名誉を挽回する、最初で最後の機会だった。

＊　＊　＊

連れて来られた少年の態度は、堂々としたものであった。

雪斎をはっきりとした視線で睨みつつも、慇懃無礼《いんぎんぶれい》ながら挨拶までしてみせた。

「博陸侯にご挨拶申し上げる。俺は地下街の長、トビだ」

自分の前で、ここまで物怖じしない八咫烏を見たのは随分と久しぶりな気がした。純粋に、いい面構えをしていると思った。

「地下街の長自らお出ましとは、恐れ入ります」

茶番に付き合うつもりになったのは、トビがあくまで地下街の長としての態度を崩さなかったからだ。

「だが、人質を取って言うことを聞けとは、名誉ある地下街の長のなさりようとはとても思えませんな。先代の鵄《とび》であれば、恥ずかしいと思ったはずですよ」

これ見よがしのあてこすりにも、トビは全く怯《ひる》まなかった。

「もっともだ。あんたが礼を失しなければ、俺も礼にかなった対応が出来たんだけどな？」

こんな形になったのは不本意極まりない、と嫌味っぽく言い切る。

「先に盟約を破ったのはそっちだ。しかも、金烏《きんう》と地下街の王が結んだ盟約を破ったのは、家臣であるあんただ。まずは金烏と話をさせろ」

「それは出来ない。金烏陛下からは、全権を任されている。私の言葉は陛下の言葉と思ってもらいたい」

「信じられねえな。盟約を破って谷間《たにあい》の民を追い立てたのが、金烏の本意だったと？」

「用件は私が聞くと言っている。無駄話をしに来たわけではあるまい」

あくまで落ち着き払って言い返すと、トビは目を細めた。

「……いいだろう。こちらの要求は単純だ。現在労役に就かされている馬と女達を、今すぐ解放しろ」

「ほう？」

「各領への境を開放して、少なくとも一昼夜は絶対に追手を放つな。それが確認出来たら、安原を解放する」

その要求は、雪斎があらかじめ想像していたものとはやや異なっていた。

「地下街の解放はいいのかね？」

「こっちゃあ人質取って要求してんだ。人質返したらすぐに反故《はご》にされちまうような約束なんざ、最初からいらねえよ」

なるほど、合理的である。

「一日経ったら、安原は無傷で返してくれるのだな？」

「俺達は無法者じゃない。約束は必ず守る」

「それを保証するものは」

「ある」

だからわざわざ俺が来たんだ、とトビは高らかに告げる。

「安原はじめと、俺自身の身柄の交換だ。仲間が安原はじめを無事に返さないのであれば、俺をどうしたって構わない」

地下街の長が人質になろうってんだ。まさか不足とは言わねえよな、とそう言うトビの表情に怯えは一切見えなかった。

「――あっぱれな覚悟だ」

思わず手を叩き、雪斎は鷹揚《おうよう》に頷いた。

「よかろう。我々としても、安原はじめを無事に返してもらわなければならん。要求は全て呑んでやる」

「博陸侯?」

隣に控えていた治真が素っ頓狂な声を出し、トビ自身もびっくりしたように目を見開いた。

「だが、私が完璧に要求を呑んだところで、お前の期待通りにはいくまいよ」

不審そうに顔を強張《こわば》らせたトビに、雪斎はただ微笑んだ。

＊　＊　＊

三治が示した拠点となりそうな場所は全部で十か所。しかも、それぞれがかなり離れた場所にあった。

相当狭い隙間を這うようにして進まなければならない所もあり、移動は遅々として進まなかった。

ここでもない、あそこでもない、と細い通路を一本一本探し続け、ようやくそれらしき場所を発見した時には、すでに深夜となっていた。

頼斗が鬼火灯籠《おにびどうろう》を持っていたので、あちらにはすぐに気付かれてしまった。

緊張の面差しで矢を持っている子ども三名と目が合った瞬間、こちら目掛けて容赦なく矢を射込んで来たのだ。

「矢を切らすな！　殺すつもりで放て！」

勇ましく発破《はっぱ》をかける声には聞き覚えがある。

「おめでとう。どうやら当たりのようだぞ」

「無事にここを突破出来てから言って欲しいものですね……」

矢の届かない岩陰に潜みながら千早と軽口を叩く。そっと覗き込めば、彼らがいるのは、天井と大岩の間に出来た隙間であるようだった。

大岩を越える他に向こう側へ行く術はなく、逆に、あちらからはこちらが丸見えになっている。

大岩の表面は滑らかで丸みを帯び、手を掛けられそうなところはない。両脇の岩壁を手掛かりにすれば何とか入れそうだが、もたもたしている間に射られてしまいそうだ。

昼間だったら鳥形《ちょうけい》で吶喊《とっかん》が出来そうだが、日が暮れている今、転身《てんしん》は出来ない。

「あの岩の向こうはどうなっている？」

千早に問われ、先ほどまでの案内だけでくたくたになっていた三治が怯えたように答える。

「あそこは、もともと武器庫として使われていた空間だ。子ども達がせっせと矢を作って運び込んでいたから、矢の数はかなりあるはずだ」

「他のどこかに通じているのか？」

「俺の知る限り行き止まりになっているはずだが……」

防衛拠点としてほとんど完璧な形に見えるが、迎え撃つほうに逃げ場がないのは致命的だ。

「偽装でしょうか」

「突破して確認すればいい」

「頼む、子ども達は傷付けんでくれ！」

三治が必死の面持ちで取り縋《すが》って来たが、そうそう遊んでばかりもいられない。

「一応、努力します」

「俺達が死なななきゃな」

千早と軽く打ち合わせをしてから、まず、手元の灯を消す。

ささやかな光が子ども達のいるあたりから漏れているのを確認し、頼斗はすばやく岩陰から飛び出した。

大量の矢が射込まれる中、頼斗は軽く体を捻ってそれを躱《かわ》し、躱しきれなかった矢は刀でその場に叩き落とした。そして、頼斗に向けて一斉に矢が放たれるのとほぼ同時に、小刀を咥《くわ》えた千早が岩の真下へと駆け込んだ。

やや突き出ている岩の形状からして、真下を矢で射ることは不可能である。

千早の接近に気付き、矢を向ける先に迷いが生じた瞬間、頼斗はまっすぐに千早のもとへと駆け寄った。

岩影から一歩前に出た千早の両手は、軽く組まれている。

胸をそらすようにして突き出された千早の手の中に、頼斗は勢いをつけて踏み込んだ。

二人の体のバネが一体となり、ギュンッと頼斗の体は真上に向かって飛び上がる。

驚愕に目を剝く子どもと同じ視線の高さになった瞬間、こちらに向けられた弓を掴み、隙間の中に体を滑り込ませた。

悲鳴とも怒声ともつかない声を聞きながら、慌ててこちらに向けようとする弓のつるを一刀のもとに斬り捨てる。

「抵抗するな。そうすれば何もしない」

はっきりとそう言うと、呆然となっていた三人の子ども達はむしろ我に返った顔になり、小刀や鉈《なた》などを取り出してこちらにかかって来た。

止むを得ず、刀の峰を使って鉈と小刀を持つ手を打ち、地面に取り落とさせる。石をつかんで振り下ろそうとした最後の一人は、声から察していた通り、やはりミツだった。

彼女の手を捻ってふんわりと地面に投げおろし、肩を決める形で立ち上がる。

「痛い、痛い！　放せ赤紐《あかひも》野郎」

「てめえ、ミツを放せ」

「卑怯だぞ！」

悲鳴を上げる少女に少年達が怒声を上げげたが、「抵抗しなければ何もしませんよ」と頼斗は再度告げる。

岩壁を上ってきた千早が顔を出したが、中の状況を見て取って頷く。

「怪我はさせてないな?」

「一応は」

不自由な足で慌てて後を追ってきた三治が、岩の下で呟くのが聞こえた。

「あんたら、曲芸でもやっていたのかね……?」

三治の言っていた通り、内部には大量の矢が置かれていた。小さな紙燭《しそく》と、水の入った竹と食料はあるが、どう見ても安原はここにはいない。

「やはり偽装だったな」

パッと見ただけでも、これが一朝一夕でなされた準備ではないのは明らかだ。子ども達がどんな気持ちでこれを用意したのかと思えば、畏敬の念さえ覚えた。

「こういうのが他にいくつもあるんでしょうか」

「それも含めて、訊いてみりゃいい」

中に入った千早が、子ども達をぐるりと見回す。

「人間はどこにいる?」

千早が尋ねると、それまでぎゃあぎゃあと喚《わめ》いていた少年少女はピタリと押し黙った。

「こんなことしても、博陸侯がさらに強い報復をするだけだろうに。お前達、一体、誰にそそのかされた」

千早のどこか沈鬱な問いかけに、ミツがキッと眼差しを鋭くした。

「舐めんなよ糞ジジイ！　誰かにそそのかされたわけじゃない。あたしらが自分で考えたんだ」

「……何？」

「おっ母や、お父や、兄さんや姉さんらを助けられんのは、もうあたしらしか残ってないじゃないか」

ミツの怒声は勇ましかったが、次第に震えて、切なさが滲んでいった。

「外で囮を指揮してるクマはね、父ちゃんと兄ちゃんをあんたらに殺された。捕まったら殺されるって分かってて、それでもどうしてももういっぺんおっ母の作ったごはんが食べたいからって、危険な役目を引き受けてくれたんだ。黄烏の報復だって？　ふざけんなよ。このままぼうっとしてたって、あたしら、もう二度と家族にも会えないってのに！」

みんなを返せこの卑怯者、と叫ばれ、何とも言えない苦さを覚える。

「外の連中は、この子達に拷問したりするんじゃろうか……」

山内衆に引き渡すため、子ども達を拘束して外に向かう道すがら、三治は情けない声を出した。それを聞いた子ども達は次々と叫びだす。

「何されたって、トビを裏切ったりしないんだから！」

「殺すなら殺せよ。俺達は何も言わねえぞ」

「お前とは違うんだ」

罵られた三治はそれに反論することもせず、ただひたすらに悲しそうな顔をするばかりであった。


安原はじめ捜索の根拠地は、谷間に通じる地下街の正面口前に定められていた。

天幕が張られたそこには連絡係として羽《はね》の林《はやし》が数名留まっている。報告を上げて子どもを引き渡すと同時に、自分達が地下街をさまよっていた間に外で何が起こっていたのかを知ることになった。

「馬と女達の同時解放？　それがトビの要求だったのか？」

驚愕する頼斗に、羽林は端的に報告する。

「博陸侯は、トビの要求を全面的に呑みました。本日正午に、馬と女工場の女達は解放されております」

「すでに言う通りにしてしまったのか！」

縄を打たれ黙り込んでいた子ども達は、それを聞いて顔を輝かせた。

一方それを聞いた千早の顔色は冴えず、堪えきれなくなったように嘴を挟んできた。

「では、明日の正午に安原はじめが解放されると？」

「軍使となったトビが、そのまま人質となっています。安原はじめと、己の身柄の交換を条件として提示したようです」

お互いの姿を確認出来る形で、トビとはじめの交換を行うと言う。

どこで解放されるかは、トビしか知らない。その時になったら人質が連れて来られる場所を教えるとトビは約束したのだ。

頼斗は一瞬自分の置かれている状況も忘れ、つい感嘆してしまった。

「トビの奴、決死の覚悟だな……」

「どうせこのままにしてたって、トビは馬にされるんだろ？」

捕まっていた子どもに言われて、ハッとする。

「知ってるんだぞ。ある程度大きくなった奴から連れて行かれるって」

「赤紐は、赤ん坊か大きくなった奴しか連れてかないもの」

「馬にするためなんだろ。俺達が気付かねえと思ったら大間違いだぞ！」

トビも、自分が連れて行かれるとしたらそろそろだと思っていたのだ。ただ逃げても、破落戸の一人となるだけだ。だったら、今地下街にいるからこそ出来ることをしようと覚悟を決めていた。

「でも、どうしてそんな要求を？」

「トビは、これからのことを考えていた」

ミツが、親の仇を見るような目をして言う。

「地下街を取り戻したって、どうせすぐにアンタらに取り返されるだろ。だから、まずは仲間を解放しなくちゃいけないってあいつは言ってた」

分断された家族や仲間がお互いへの人質となっていることは明白だから、同時に解放する必要がある。まずは、自由を獲得するのが先決だと考えたのだ。

「それと、博陸侯に交渉の出来る相手だと思わせないといけないって」

女はともかく、馬が相当数自由になれば、十分な戦力になる。山狩りしたとしてもすぐには追いつかない数だ。それをもとにして、今後も交渉を続けていけるのではないかとトビは期待していた。自由になった馬や女を再び一所に集め、取り締まるのは大変な労力だ。それくらいなら自治を認めたほうが楽だ、と思わせたかったという。

場所に拘《こだわ》る必要はない。地下街を捨て、辺境で新たな暮らしの単位をいくつも作り、それを博陸侯に呑ませることが最終的な目標だった。

いわば、朔王《さくおう》と金烏がかつて行った盟約の結び直しである。

そのためにも、約束は守る、交渉の出来る相手だと思わせたいという意図があったのだ。

「それに、鳥形《ちょうけい》になって飛べるなら、一日で山内中に散開出来るはずだ。地方の奴らに中央の問題を少しでも広められたら、味方になってくれる奴が増えるかもって言ってた」

力ずくで押さえつけるだけのアンタらとは違うんだ、とミツはどこか誇らしげに鼻を鳴らした。

「――重蔵とは考えが違う」

三治の顔色は優れない。

「あいつは、地下街に拘っていた。トビの目的と噛み合ってないんじゃねえか？」

そう言われたミツは、初めて困惑を滲ませた。

「それは……知らない。重蔵と話してたのは、トビだもん」

「重蔵の奴、本当に安原を解放するつもりはあるんだろうな？」

真剣に問われ、子ども達は顔を見合わせる。

雲行きが怪しくなってきた。

「取りあえず、急いで安原を探しましょう」

言って、頼斗は羽林天軍の面々を見やる。

「トビの真意と、重蔵の思惑が違う恐れがあると上に報告してくれ。それと、地下街捜索の増援が欲しい。地下街の地図は持って来ているな？　拠点があると疑われる場所を教えるから、それも一緒に持って行ってくれ」

言いながら、もし増援が来てくれたとしても役に立つかは分からないな、とも思う。

まだ、外に逃げたという可能性も捨てきれない。どれだけ人手を寄こしてくれるか分からない上に、場所が場所である。自分でも、三治のような案内人なしに地図だけ渡されたら、あのややこしい洞穴《ほらあな》内部を正確に確認して回れるかは怪しいものだった。

「とにかく、今は探すしかない」

夜明けは近い。

＊　＊　＊

「食べなさい。毒など入っていないから」

トビは戸惑っていた。

目の前に広げられているのは、雑穀の混ぜ込まれた雑炊に漬物、小魚の佃煮である。地下街で普段食べていたものとそう変わらない、豪華ではないが滋養のある食事だ。

それが典雅な漆塗《うるしぬ》りの膳に盛られ、トビと博陸侯の前に粛々と供されているのだった。

交渉後はてっきり牢屋にでも入れられるものかと思っていたというのに、博陸侯がトビを置いたのは、客間かと錯覚するほどに清潔に整えられた部屋であった。厠《かわや》に行くには見張りがついたが、その部屋の中では縛《いまし》めも解かれ、水差しと湯飲みまで用意されているのに気付いた時には仰天した。

しかも夕刻になると「一緒に夕餉《ゆうげ》でもどうだ」と、再び博陸侯の執務室にまで呼ばれたのである。

朝廷の一角に設けられた博陸侯の部屋は、外界趣味だった。

床は石張りで、書類仕事のための足高の卓子《たくし》と椅子が置かれ、その後ろには大量の書物や書類と思しきものが並べられている。もうひとつ同じような副官の卓子が置かれている他には何もなく、驚くほどに殺風景な部屋であった。

隅には畳が敷かれた一角があり、食事時だけはそこを使うらしかった。

軽く手を合わせてから食べ始めた博陸侯の姿に、トビは思わず声をかけた。

「あんたも俺と同じものを食うのか？」

「別に、お前に合わせたというわけじゃない。普段からこんなものだ」

「もっと豪華なもんを食っているかと思った……」

「まあ、そういう時もある。だが、ああいったもんは食い過ぎると命を縮めるからな」

貴族らしい優美な箸使いで博陸侯は漬物を口に運ぶ。

目の前にいるのが地下街の者であることも忘れたような態度であり、トビも恐る恐るそれに倣《なら》った。

椀からすすった雑炊は、やはり普段トビが口にしているものとほとんど変わりないものであった。

黙々と箸を進め、双方が食べ終わった頃になると、博陸侯の側近と思しき男が茶を淹れて来た。

熱く香ばしい茶で口内を湿らせていると、対面の博陸侯がことんと湯飲みを置く。

「女達の半数は、その場に残ったぞ」

唐突な言葉に、トビは顔を上げる。

一拍置いて女工場の話だと理解し、ただ、そう、と答える。

何故かとは訊かなかった。

「予想外だったか？」

「いいや」

苦労して解放したというのに、女達の半分はそこから逃げようとしなかった。自らの意志で、今の暮らしを選んだということになる。

それを聞いても、トビは自分でも意外なほどに落胆を覚えなかった。

「なりゆきだったけど、一昨日、女工場を見たよ」

博陸侯は静かに問う。

「どう思った」

「想像していたよりも、ずっとまともだった。女郎として生きるより、ああして生きたほうがいいと考える女がいてもおかしかない」

もともと、生きていく手段に乏しい、事情を抱えた貧しい女ばかりなのだ。そうしたくないのに体を売る他になかった女もいたはずである。

「女郎でいるよりも女工になったほうがいいってんなら、俺に止めるすべはねえよ」

「地下街の金策が苦しくなってもかね？」

「そりゃ、別の問題だろ。谷間とは本来、そういう場所であるはずだ」

貴族の法に守られているよりも、無法者の間にいるほうがいいと考えた奴らが集まって出来た街だ。その本分は救いであるはずであり、かつて地下街の王が目指したものも同じであったとトビは信じている。

「馬鹿げて聞こえるかもしれねえけど、残った女達は間違いなくあんたの民になったんだ。くれぐれも頼んだぜ」

トビと見つめ合う形になった博陸侯は、表情を変えることなくはっきりと答えた。

「言われるまでもない」

それは、不思議な感覚だった。

トビは己が博陸侯と会ったら、もっと憎しみが胸に来るかと思っていた。だが実際に相対してみれば、思いの外、会話が成立している。

先に視線をそらしたのは、博陸侯のほうだった。

「……正直、私は意外だった」

「何が」

「女が半数も逃げたことがだ」

てっきり全員残ると思っていた、と大真面目に言われ、トビは呆れた。

「やっぱりあんた、生粋《きっすい》の貴族なんだな。頼斗の奴とそっくりだ」

「一緒にされてはかなわん」

博陸侯は薄く苦笑し、もう戻られよ、と退室を促した。

「また明日、約束の時間に会うとしよう。約束が果たされることを願っている」

「そりゃ、こっちの台詞《せりふ》だ」

見張りに連れられて部屋を出ていく間際、トビは背後で、博陸侯が呟くのを耳にした。

「そう――一緒にされては、困るのだよ」

振り返ったのとほぼ同時に扉は閉まり、トビがその言葉の真意を尋ねることは出来なかった。

＊　＊　＊

安原はじめの捜索は難航していた。

夜を徹して洞穴を見て回ったものの、最初に見つけたのと同様の偽装工作ばかりが見つかり、けなげにも目くらましのために奔走する少年少女ばかりが捕まっていった。

外に逃げた者達も見つかるのは囮ばかりで、肝心の人間の姿は一向に見当たらない。

地下街においてようやく本命と思しき場所を見つけたのは、はじめを解放すると約束された刻限の間際になってからであった。

予想していた通り、地下街の捜索に新たに加わった人員は慣れない洞穴に難儀しており、結局それを見つけたのも三治の案内を受けた頼斗と千早であった。

そこは、地下街の外れともいうべき場所だった。

人の声を行く手に捉えたものの、それまでの子ども達のように、こちらに気付く気配はない。

激しいやり取りに、どうやら仲間割れを起こし、見張りどころではないようだと察する。

三治をその場に残して狭い隧道《ずいどう》を進むと、ぽっかりと開いた空洞を見下ろすような位置に出た。

外と近いのか、人が通れない程度の小さな穴から光が漏れ、空洞の中をほのかに照らしている。

そこで言い争っていたのは、二人の大人と一人の少年であった。

大人は双方人相が悪かったが、そのうちの一名は図体が大きく、眉間を横切るような傷がある。三治の言っていた特徴と合致しており、そいつが重蔵だと思われた。

そして重蔵の背後には、縄でぐるぐる巻きにされた安原はじめが放り出されていた。

一気に心臓が早鐘を打ったが、うんざりした顔で足先をぷらぷら動かしている様子から、怪我もないようだとホッとする。

あとは、この場を制圧するだけである。

飛び出す隙を窺っているうちに、こちらに気付いてもいない口論は、ますます熱を帯びていった。

「話が違うだろ！」

重蔵に向かって、子どもが悲痛に叫ぶ。歯の欠けた男の子だ。初めて地下街に来た夕方に、食事の時間を知らせに来てくれた子――タカだと思い出した。

「どうしてニンゲンを連れていかない？　もう約束の時間になっちゃうだろ！」

このままじゃトビは殺されちまう、と彼は泣きそうになって言い募る。

「あいつは、使いとしてちゃんと役目を果たした。約束通り、追手がかかってないのも確認出来たって言ってたじゃないか。後はニンゲンとトビを交換するだけなのに、どうしてまだここにこいつがいるんだ！」

重蔵は、しかつめらしい顔をして少年の肩に手を置いた。

「トビはよくやってくれた。だが、これは仕方のないことなのだ」

「仕方がない？　仕方がないって何だよ！」

「この人間には、まだ使い道がある。ここですんなり返すわけにはいかんのだ」

重蔵がそう言うと、もう一人の男がつま先で安原の背中を軽く蹴る。

少年はあんぐりと口を開いた。

「まさか……トビを見捨てるってのか……？」

あんなに仲間のために働いたのに、と少年は叫ぶが、重蔵は苦りきった顔をして首を横に振る。

「仲間の解放だけで満足するほうがおかしかろう。地下街を取り戻すには、今が好機なのだ。解放された仲間達を今一度ここに集め、地下街を復興せねばならん」

「それじゃダメだってトビは言ってた！　一回約束を破ったら、もう交渉はしてもらえなくなるって」

「それこそ子どもの浅知恵よ」

あの悪辣《あくらつ》な博陸侯こそ、約束なんか守るわけがない、と重蔵は断言する。

「交渉はしてもらうものではない。あちらから、こちらに請う形にせねばならんのだ」

この人間は虎の子だ。むざむざ手放すわけにはいかん、と言う。

「この大嘘つき！」

タカは泣いて拳を振り上げたが、重蔵の隣にいたもう一人の破落戸が、少年を無造作に突き飛ばした。転び、そのまま泣き出した姿があまりに憐れで、頼斗と千早は目を見交わす。

手信号でどちらがどう動くのかを決め、息を合わせてその場に飛び降りた。

男達は、完全に不意を突かれた顔をしていた。

「貴様ら――」

何者だ、と悠長に誰何《すいか》する間も与えず、千早が重蔵を昏倒《こんとう》させ、頼斗がもう一人の破落戸の首を絞めて意識を落とす。

呆気なくくずおれた男達に、地面で泣いていた少年は唖然とこちらを見上げるばかりであった。

「これじゃ、トビが報われないな……」

呆れ切ったような千早の言葉を背後に聞きながら、頼斗は急いではじめのもとに駆け寄った。

まずはさるぐつわを外すと、はじめは盛大に咳き込む。

「大丈夫ですか、はじめさん！」

「とりあえず水くれ。あとうんこ行かせて」

＊　　＊　　＊

人質交換の時刻が迫り、トビが改めて指定した場所は、先日安原はじめと共に彼らが視察に訪れた、建設途中の堤防であった。

まだ水は張られていない堤防の底は見通しが良い。

安原は飛べないが、トビは飛べるのだ。

トビが自由の身であることを堤防の上で合図すると同時に、作業場のどこかで安原が解放されるはずだった。もし、飛び立ったトビを追手が襲えば、安原も矢で射ると脅してある。汚いやり方だが、それ以外に捕まらずに済む方法が思いつかなかったのだ。

逃げるための方策は、すでに考えてあった。

この近くには重蔵らが掘った洞穴があり、ある程度の食料と水を貯蔵してあった。入口が隠されているそこに逃げ込み、追手が諦めるまで、辛抱強く耐える。

追手に捕まらずにそこに逃げ込めるか、逃げ込んだところで見つからずに済むのかは賭けだったが、こういった手段を取った以上、贅沢は言えない。

成功したとしてもしばらくは穴倉暮らしだな、と思ってトビは空を見上げた。

梅雨のあけたばかりの夏の日である。

鮮やかな青空に立体的な入道雲がもくもくと立ち昇り、白鷺《しらさぎ》が大きな翼を広げ、ゆったりと労役場の上を横切っていった。

朝方に通り雨があったらしく、日差しの鋭さの割に空気は澄んで、水の香が強い。照り返しが目に痛いくらいだったが、堤防の上には爽やかな風が吹き抜け、やや乱れたトビの髪を撫でていった。

やがて、カアン、カアン、と労役場の自動時計の鐘が鳴る。

約束の刻限である。

博陸侯とその配下が離れた位置に下がっているのを確認し、トビは自身の身が安全であることを知らせるため、目いっぱいに伸び上がって手を振った。

「俺は無事だ！　人質を解放しろ！」

口に手を当てがって叫び、耳を澄ます。

——返答はない。

「重蔵、俺だ。人質を解放しろぉー！」

もう一度叫び、先ほどよりも大きく手を振る。だが、人気のない堤防の底には、打ち捨てられたがらんどうの厩《うまや》と、放り出された道具が散らばるのみである。

「おおい」

祈るような気持ちで声を上げ、手を振る。

「俺はここだ！」

喉が嗄《か》れ、声が出なくなるまで叫び、肩が痛くなるまで合図を送り続ける。

しかし——いくら叫んでも、汗みずくになるまで合図を送っても、トビの声に応える者は現れなかった。

かすかすとした声しか出なくなって、ようやく口を閉じる。汗が顎を伝い、切り出された石の上にポタリと落ちた。

立ち尽くしたまま、トビはゆるゆると手を下ろした。

仲間は来ない。自分は、見捨てられたのだと悟った。


「可哀想にな」

どれほどの間ぼんやりとしていたのだろう。ふと気付くと、手が届くほどの距離まで博陸侯が近付いて来ていた。

「お仲間は、お前ほど理想主義にはなれなかったらしい」

皮肉ではなく、本気で憐れまれているのを肌で感じ、どうしてか乾いた笑いが漏れた。

「……仕方ねえ」

「随分と諦めが早いな」

「自業自得と言われちゃあ、それまでだ」

これが汚い手を使った顚末《てんまつ》かと思うと、重蔵をなじる気にもなれない。

こうなった今になって自覚したが、薄々、こうなる予感はあったのだ。見捨てられたという絶望はなく、ただ、仲間達と安原はじめの無事だけを祈った。

そんなトビを見て、「諦めてばかりでは何も成し遂げられやせんよ」と博陸侯は特に慰める風でもなく言った。

「地下街の長を名乗っておきながら、君がその程度の男だったのかと思うと、私は非常に残念だ」

「返す言葉もねえな」

だが、地下街の長は谷間の皆に認められてこそなのだ。彼らから見捨てられてしまった時点で、自分にそれを名乗る資格はないのだと思った。

「まあ、私もこうなると思っていたがね」

「……分かっていて、俺の要求を呑んだのか？」

「ああ。その通りだ」

全て分かっていたよ、と妙に穏やかな口調をトビが不審に思った、その時だった。

ガアア、と遠くから鳥形を取った八咫烏《やたがらす》の鳴き声が聞こえた。

遠くから黒い影がこちらに近づいて来た。

何羽かの馬が、労役場に戻って来たのだ。

「ああ、時間通りだな」

博陸侯の言葉は不可解だ。

「どうして――」

トビが呟いた時、戻って来た馬が、ふと中空で力を失くした。

＊　＊　＊

「早くして！　でないとトビが殺されちゃうよっ」

悲鳴を上げるタカは、鳥形になった千早の頭をがつがつと叩いている。

はじめを救出した頼斗と千早は、人質交換の現場へと急いでいた。

既に予定の時刻は大幅に過ぎてしまっている。

タカの話によれば、人質の交換は先日訪れた建設途中の堤防で行われる予定だったらしい。

博陸侯がすぐにトビを殺すとは思えなかったが、少年はトビを心配し、どうしても一緒に行くと言って聞かなかったのだ。

おそらくは博陸侯もそこにいるはずであり、直接安原はじめの安全を確認してもらうのが最も確実だろうということになった。

千早がタカを、頼斗がはじめを背中に乗せ、一直線に堤防へと向かう。

夕立が近いのか、少し風が出ている。

うまく気流を翼でつかめば、眼下の光景は素早く後ろに流れていった。

中天を越えた太陽の光に、目指す堤防の石材が白々と反射しているのが見えた。

だが、まだ博陸侯の姿は確認出来ない。

どこにいるのだろう。もしや、来ないと思って既に移動してしまったか。

わずかに頼斗が焦った時、ふと、眩暈《めまい》がするほど真っ青な空の中に、複数の黒い影を見つけた。

足が二本しか確認出来ない大烏。

あれは、斬足された馬だ。

一見して十羽ほどの馬が、自分達同様に、堤防目掛けて飛んでいるのだ。

耳を澄ませば、鬨《とき》の声のような大烏のだみ声も聞こえるではないか！

数日前の襲撃の記憶がよみがえり、頼斗の全身に緊張が駆け巡る。

隠れ潜んでいた重蔵の仲間が、博陸侯を襲うつもりで姿を現したのだろうか。待ち伏せを大人しく食らうような博陸侯ではないけれど、だとしたら、自分がすべきことは何だ。

すぐに反転してはじめをここから逃がしたほうがいいと、羽ばたき一つの間に考えを巡らせたが、しかしそこで、襲撃にしては馬達の様子がおかしいことに気が付いた。

――飛び方が、やけにぎこちない。

先日の馬の集団は秩序だった動きをしていたが、今は各々が勝手に、無茶苦茶に飛んでいるように見える。しかも、ギャアギャアという喚《わめ》き声は、よく聞けば鬨の声ではない。

何だろう。己の意志を伝えようとしている鳴き声というよりも、苦しそうな悲鳴というか、これではまるで断末魔のようだ。

「ヨリちゃん、横！」

風の中、頭のすぐ後ろではじめの声がした。即座に視線を左右に振り、頼斗はぎょっとした。

頼斗と千早の近くにも、複数の馬がやって来ていた。

どの馬とも少し距離はあるが、いずれも、やはり堤防を目指しているようだ。

一番近い位置にいる馬は声を上げておらず、殺気も感じられなかった。だが、時折全身がびくりと震え、その度に高度を少し落としている。

よくよく見れば、目が白っぽい灰色をしていた。瞬膜《しゅんまく》が出ているのだ。

健康な状態ではあり得ないと思った瞬間、突如、そいつは力を失って落ちていく。

いつの間にか、堤防の目の前まで来ていた。

乾いた土の上に墜落していく馬を目で追いかけ、啞然となる。

——堤防の底は、地獄絵図のようになっていた。

すでに二十羽以上の馬が激しく翼を打ち、地面でのたうちまわっている。

何羽かはぴくりとも動かず、明らかにこと切れていた。

先んじて、千早が堤防の底に下りて人形《じんけい》に戻る。その後を追いかけて転身した頼斗は、はじめの身を庇《かば》うように立って周囲を見回した。

「これは一体……」

四方八方から、この堤防を目指して飛んで来た馬達。

墜落し、あるいはなんとか着陸した彼らは、いずれも苦しんでいた。

慈悲を請うようにこちらに向かって力なく嘴《くちばし》を鳴らすもの。

地面に大きな翼を打ち付け、半狂乱に暴れているものもいる。

ひっくり返り、天に向かってぴんと突き出した足を震わせているもの。

「これ、父ちゃん達だ」

今にも消えそうな声でタカが言い、よろよろと歩きだした。

「父ちゃん……？　兄ちゃん……？」

どこ、どこ、と、徐々に声を大きくしながら、足を速める。

「なんで……ねえ、どこなの！」

挙句には叫び声を上げて駆け出し、倒れ伏す馬の顔を一羽一羽覗き込み始めた。

「兄ちゃん？　父ちゃん？　ねえ、ねえ、どこ？」

ねええ、とタカの金切り声が弾けた。

何が起こったのか分からずにいる頼斗に、隣に立った千早が絞り出すような声を出した。

「やりやがった」

「――何を？」

「あの野郎、同じ手を使いやがった」

「同じ手って」

「地下街の攻略の時と、同じことをしやがったんだ」

その言葉を理解して、すうっと足元が寒くなる感覚を覚えた。

「毒――？」

近くにいた、ぴくぴくと痙攣《けいれん》している馬を見る。

その嘴には、白い泡がこびりついていた。

「そんな馬鹿な。解放された馬全部に？　一体、何羽いると思っているのですか！」

上空からは、今も馬がバラバラと落ちてきている。

誰がこんなことをと叫んだ頼斗に、千早は「決まっているだろう」と吐き捨て、頭を掻きむしった。

「くそっ。だから、俺は宮仕えが嫌になったんだ！　まともな奴から死んでいきやがる。残っているのはろくでなしばかりだ」

――あいつみたいな。

その言葉に引き寄せられるように、堤の上に人影が現れた。

墜落した死体の散らばる労役場を、遥かなる高みから見下ろすその男は、黒光りする絹の衣の上に金の袈裟《けさ》をまとっている。

青嵐が、総髪をやわらかにうねらせていた。

鮮やかな蒼天を背景にして、彼は悠然とそこに立っている。

その男を睨み上げ、千早は大声を出した。

「久しぶりだな、雪哉《ゆきや》。山内《やまうち》を我が物にした気分はどうだ」

「ははっ！　なかなかに最低だよ」

＊　＊　＊

即座に堤防の上へと飛んだ千早を追い、頼斗もはじめを連れて慌てて移動する。

堤の上では、悠揚迫らぬ様子の博陸侯と、背中に怒りを滲ませた千早が対峙していた。

博陸侯のすぐ後ろには警護の山内衆と、副官の治真羽記《うき》が控えている。そして足元にはトビがへなへなと座り込み、茫然自失の体で堤の下に散らばる仲間を見つめていたのだった。

「雪哉。これはどういうことだ」

千早の唸るような問いに、博陸侯は軽やかに答える。

「養老羽虫《ようろうはむし》の毒は遅効性《ちこうせい》でね。効き目には個体差があるから、今戻って来た奴らは効くのが早かったのだろうよ」

戻って来た代わりに解毒薬を欲したのだとしたら可哀想なことだ、とうわべだけは悲しそうに言い、散らばる死骸を一瞥《いちべつ》する。

「まあ、少しばかり、遅かったようだが」

死にかけた馬の苦鳴と、父や兄を探す憐れな少年の絶叫がこだまする。

千早は怒りを隠さず、博陸侯に詰め寄った。

「ふざけるな。俺は、貴様がどういうつもりで毒を盛ったのかを訊いているんだ！」

「落ち着かれて下さい、千早殿。この措置は、法的に問題はありません」

博陸侯と千早の間に入ったのは、あっけらかんとした治真だった。

「致死性の毒を服用させたのは、ぎりぎり死罪を免れた者ばかりです。延命と引き換えに労役に就いていたのですから、逃げ出した時点で死罪に値します。馬といえども知能は八咫烏と同じです。逃げ出すことが罪になると、彼らは重々理解していました」

それを受けて、博陸侯が静かに言う。

「その上で逃げたのだから、自業自得と言うべきではないかね？」

それまで放心していたように見えたトビが、弾かれたように顔を上げた。

悲鳴とも怒号ともつかない声を上げて博陸侯に飛び掛かって行ったが、その手は飛び出してきた護衛の山内衆によって捻《ひね》り上げられ、地面に組み伏せられてしまう。

「ふざけんなテメエ、死ね、死ね、死ねよ！」

このクソ野郎、死んじまえと叫び、それ以上動けないと悟るや獣のような声を上げて泣き出した。

千早の鼻面に、凶悪な皺が寄った。

「女達の様子も見てきた。その上なんだ、これは。これで民草《たみくさ》に慈悲をかけたとは笑わせる」

旧友の嫌悪の視線を、博陸侯は普通の顔をして受け止めた。

「随分と考え方が変わったものだなあ、千早よ。勁草院《けいそういん》時代は、妹御が谷間に面倒を見られることを心底から嫌がっておったのに。そこを助けてやったのは、一体誰だったかな？」

「明留《あける》だ。間違ってもお前ではない」

　ふん、と博陸侯は吐息だけで笑う。

「お前が何を怒っているのか、全く理解に苦しむ。女達は、女郎でいたほうが良かったとでも言うつもりか？　男に股を開いて日銭を稼ぐしかない生活より、畑を耕し、薬草を摘む生活のほうがはるかにまっとうなのは疑いようがなかろう。私は淫婦《いんぷ》と蔑《さげす》まれる女達に尊厳をくれてやったのだ。感謝されども恨まれる筋合いはないぞ」

「それを選ぶのは彼女達であって、お前でも私でもない」

「話にならんな」

　冷徹に吐き捨ててから、少し首を捻る。

「しかし饒舌《じょうぜつ》になったな、お前。よくもまあ、いらん口ばかり叩くようになったものだ。昔のほうがはるかに分かりあえていたものを」

「前より分かり合えたからこそ、こうなっているのだろう。茂丸《しげまる》が今のお前を見たらなんと言うか」

　嘆くようにそれを言われた博陸侯は、顔を歪めもせずに言い捨てた。

「あいにく、死人は物を思わないのでね」

　その時の博陸侯は、まるで河原の石でも見るかのような、心底どうでもいいものを見る目をしていた。

「博陸侯……」

　頼斗は震えていた。それが、恐れによるものなのか、怒りによるものなのかも、自分でもよく分からなくなっていた。

「これは、駄目です。流石《さすが》に、あんまりです」

「閣下を糾弾《きゅうだん》するとは、お前はいつの間にそんなに偉くなったのだ？」

人間のお守りも出来なかった無能め、と治真は語気を荒くする。

「何のために閣下がお前を人間につけたと思っている」

そう言われた瞬間、千早に言われた言葉が脳裏に閃《ひらめ》いた。

――片手で飴を、片手で刀を。

猿に襲われた村人の受けた刀傷。

それに、最初に花街ではじめが猿に襲われた時、妙な既視感があった。

見ないふり、気付かないふりをしていたけれど、あれ以来、どうにも頭をちらつく顔がある。

「これを機に伺いたい。猿とは、何ですか」

博陸侯も治真も、無言で頼斗を見返している。

そのこちらを突き放すような眼差しに気付いた頼斗は、目を瞑《つぶ》って鋭く息を吐いた。

そして、太刀を抜いて一閃《いっせん》させる。

力なくすすり泣く少年を押さえ込んでいた護衛に襲い掛かると、本気の突きであったにもかかわらず、そいつは身軽な動作でそれを避けた。

「迦亮《かりょう》」

くるりと刀の軌道を避けて跳ねる動きに、確信を得る。

「花街で襲って来た猿は、お前だったのだな」

八咫烏離《にんげん》れした動きに見えたが、それが出来る者がいないわけではないのだ。

――千早の言っていたことは正しかった。

最初の猿による襲撃は、博陸侯による脅しだ。そして猿のふりをしたのは、頼斗の優秀な後輩だった。

はじめに対し、頼斗には接待をさせ、迦亮には脅しを担当させる。花街での猿の襲撃は、さっさとはじめに山の権利を手放させるための茶番だったのだろう。

真相を言い当てられた博陸侯は動揺するどころか、呆れたような表情になった。

「今さら気が付いたのか」

それを、「まあまあ」と治真が宥《なだ》める。

「こやつはとんでもない無能ではありますが、新促成課程で育った世代ですから。歴史教育がきちんと機能していることをまずは喜びましょう。それに、ここまで騙《だま》せた変装のほうがよく出来ていたと考えるべきでしょうね。毛皮も武器も本物を使った甲斐があったというものです」

飛び切りの冗談でも言った時のように治真はくすくすと笑う。

「本物……？」

「猿の死体から皮を剝ぎ、武装も全て鹵獲《ろかく》したのだよ」

頼斗は、自分が今まで見ていた世界が、全て紛《まが》いものであったことを思い知らされた。

「今回だけではないのですね。猿は――もう、とっくにこの世に存在していないんだ」

「当たり前だ。掃討戦を何だと思っている」

害虫に講和を持ち掛ける馬鹿などいないとさらりと言われ、足元が崩れていくような感覚を覚えた。

「民をたばかっていたのですか。一体、どうしてそのようなことを！」

「必要だったからだ」

頼斗の信じられない、という視線に、博陸侯はいっそ穏やかとも言える口調で返す。

「徒《いたずら》に民を怯えさせるために、このような真似をしたわけではないわ」

しないで済むならそうしたかった、と博陸侯は語る。

「悲しいことに今の山内には、朝廷に歯向かう者が存在している。奴らが起こす事件をいちいち正直に垂れ流せば、変に感化されて同調する馬鹿が必ず出てくるだろう。だが、反体制派の起こした事件を猿によるものとすれば、その他大勢の八咫烏の連帯はより一層強まる――」

その言葉に、ようやく東領の関所に近い村が焼かれた本当の原因にも合点がいった。

あの時分はちょうど、重蔵の指揮した飛車《とびぐるま》襲撃の背景が洗われていた。かの村は恐らく、地下街の残党の拠点のひとつだったのだ。すなわち、残党に協力した者がおり、その行いは朝廷への反逆として解釈された。博陸侯は容赦なく報復措置を取り、それを山内中に猿の仕業だと偽って喧伝《けんでん》した。

タイミングが良くて、至極当然の話だったのだ。

愕然としている頼斗をどう思ったのか、博陸侯は苦笑した。

「山内を見よ、頼斗。不満があると、何かを憎まずには生きられない可哀想な生き物ばかりだ」

憎悪は娯楽なのだよ、と、博陸侯は惨劇が今まさに体現されている堤防の底に向かい、芝居がかった動きで手を広げて見せる。

「因果関係がなかったとしても、心置きなく憎悪出来る相手をいつも探している。その対象がなんであれ構わんのだよ」

たとえ実態がなかろうとな、と、そう言う博陸侯の口調には蔑《さげす》みの色が濃かった。

「めぼしいものがなければ、憎悪を間違った方向に向けかねない。たとえば、山内を守ろうと邁進《まいしん》する朝廷だ。自分達を守ろうとしてくれている連中を逆恨みする。今そこで転がっている奴ばらめは、我々が何を守り、何を目指しているかを知ろうともせずに自分のことばかり考えている屑《くず》だ。仮にそいつらに政《まつりごと》を任せてみたところで、あっと言う間に山内は崩壊するだろうにな」

だから、可哀想で愚かな民に、正しい憎悪の矛先を作ってやる必要があったのだ、といささかも悪びれることなく言い切った。

「私は、それを用意しただけだ」

そして、頼斗を見る。

「どんなに無能でも、誇るものが何一つない可哀想な者でも、自分が八咫烏であるというだけで猿を蔑むことが出来る。八咫烏という種族に生まれただけで、これ以上ない誇りを持って生きることが出来るのだ。これほど怠惰な快楽もない。すばらしいとは思わんかね？」

柔和に微笑みかけられ、頼斗の喉がきゅうと鳴った。

「でも、でも閣下、あなたが殺したのは八咫烏です。我らが守るべき民です！」

「紛れもなく猿だとも！」

博陸侯は、おおげさに驚いて見せる。

「今一度考えてみてくれたまえ。自らの快楽にしか興味のない連中が寄り集まって、統率が取れるとでも？　それはただの暴徒だ。山内の腫瘍《しゆよう》だよ」

ゆったりとした足取りで頼斗に近付き、その耳元で囁く。

「それは八咫烏ではなく――ただの『猿』ではないのかね？」

頼斗は、自分の奥歯がかちかちと鳴る音を聞いた。

「私は、私はずっと閣下を慈悲深い方だと……」

頼斗の縋《すが》り付くような声を聞いた瞬間、不意に、博陸侯の気配が冷ややかなものへと変わった。

「はっきり言わなければ分からぬようだが、私を英雄視して諸手《もろて》を挙げて持ち上げている連中も、むやみやたらに反抗している連中も、その本性は等しく塵《ごみ》だよ」

――これが、若者は宝だとのたまったのと同じ口から出る言葉なのか？

体温の感じられない瞳の中に、青褪《あおざ》めた自分の顔が映るのを見る。

「綺麗ごとばかりで現実を直視出来ない味方など、敵にも劣る。君はそうではないと思っていたのだが……私が期待し過ぎていたのかな？」

「閣下！」

頼斗の口から飛び出たのは、ほとんど悲鳴だった。

「泣いてどうなる。嘆いて何とする。助けなど来ない。救いなどない。誰も救ってなどくれない。ここが地獄なら、自分で楽園に変えるしかないのだ」

何だ頼斗その顔は、と博陸侯は鬼のような顔になって笑う。

「笑え」

どうした？　笑いたまえよ、と。

「地獄のここが楽園だ」

＊　＊　＊

「はあああ、聞くに堪えねえなあ！」

流暢《りゅうちょう》な御内詞が、その場の空気を薙《な》ぎ払った。

一瞬、誰がそれを言ったのか、分からなかった。

博陸侯ですら寸《すん》の間、啞然とした顔となる。その場にいた全員が声の主を探し、自然と視線が一人へと集中していく。

そこには、火の点いていない煙管《キセル》の先を嚙む、安原はじめの姿があった。

まさか――今のは？

周囲からの信じられない、という視線を受け、はじめはにっこりと笑う。

「ここにきて最初に耳にした時から、どうにも聞き覚えがあんなって思ってたのよ。しばらくいたらすっかり思い出したわ」

何故だ。どうして、安原はじめが御内詞を喋っている？

「ジジイは方言がきつくてよ。訛《なま》ったまま話されると周囲は何言っているかさっぱりだったんだが、俺はそういうもんだと思って育てられたから、ジジイの方言が分かるようになっちまった。しかしまあ、今思えばこりゃあ、方言じゃなくてお前らの言葉だったんだな」

外界語に戻っても、得心したぜ、と言うはじめの物言いは歯切れがよい。

博陸侯は憎々し気に両目を細めた。

「貴様――」

「なあ、雪斎。俺が人質になっている証拠に、てめえのところへ持ってかれた物。今持っているか？」

ぐっと口を噤《つぐ》んだ博陸侯に、鳩が豆鉄砲を食らったような顔をしていた治真がハッとする。

副官が懐から取り出したのは、はじめの金の首飾りだった。

そうそう、これよこれ、と無警戒に治真に近付き、はじめはそれを持ち上げた。

「これ、何だか分かるか？」

金の鎖の先にぶらぶらと揺れているのは、見慣れない模様の入った、ごつごつとしたペンダントトップだ。

「ネイティブゴールド――自然金の塊《かたまり》だ」

にやあ、と人の悪い笑みを浮かべ、はじめは首飾りを自分の首にかける。

「親父の置き土産さ。意味深な『予言』と一緒に託されたもんでな」

――霊験《れいげん》はないがお守りだ。それはいつか、お前の命を救うぞ、と。

「趣味じゃねえが、気味が悪いんでずっと持っていたわけだ」

これは、もっと大きな塊の欠片《かけら》でな、とはじめは歌うように語る。

「元は全部で九百グラムだった。いいか、ただの砂金じゃない。純度の高い金鉱石の標本だ。歴史的に見てもたいそうな大発見だよ。数か所の機関で鑑定を受けて、どこからも非常に上質なものだと太鼓判を押されている」

一時期大変だったんだぜ、とはじめは苦笑いする。

「ご丁寧に、経済界のぬらりひょんと謳われた男からの依頼で、記載された採取場所は日本国内とだけ。そりゃ、目の色も変わるってもんでしょ」

これはどこで見つけたのかと、何とかして聞き出そうとする人々が押しかけて来たのだ。当時は「昔買ったものを今になって鑑定に出しただけ」と言って乗り切っていたが、これがもし、未発見の鉱床のものだったと知れたらどうなるか。

「同様のサンプルはまだ複数ある。ジジイに言われて梱包《こんぽう》を手伝わされた俺が言うんだから間違いねえ。そんで、一定の期間、俺が生きているという確認が取れない場合、ジジイが見繕《みつくろ》った鉱山の採掘事業に興味を持ちそうなあらゆる伝手《つて》に、それが送られることになっている。一緒にこの山の住所が送られたら——この世界はどうなっちまうんだろうなぁ？」

周囲の空気が凍りつく。

その意味するところに思い至り、頼斗はぞっとした。

「この金は十中八九、山内産だろう。だが、第三の門とやらがふさがれていようが、んなもん外界の人間どもには分かりっこねえ。この山を穴ぼこだらけにされるのは困るんだろ？」

からかうような視線を向けられた博陸侯は、氷のような瞳ではじめを睨んでいる。

「ハッタリだと思うか？　俺を殺してみれば分かるんじゃねえ？」

——殺せるものならやってみろ。その時はこの異界も道連れだ、と。

博陸侯の静かな殺気を、はじめはくすぐったそうな顔で受けて立った。

「五十年ばかし生まれてくるのが遅かったなあ、雪斎。あんたが考えたことを、ずっと昔にすでに実行した男がいたわけだ」

『第三の門』を使い外界に出て、人間としての戸籍を得、一大財閥を築き、天狗すら手に入れられなかった山の権利を言葉巧みに買い取った。

山を買い取ってからその正体に気付いたのではない。彼は、最初からその山に何があるのかを知っていた。何故なら、当人がそこからやって来たからだ。

富豪、安原作助《さくすけ》は人間ではない。

「俺ひとりが相手なら殺しておしまいだったかもしらんが、お前が相手にしなきゃならんのはあのごうつくばりの糞ジジイだ」

ご愁傷様、と皮肉られ、博陸侯が乾いた笑い声を上げた。

「……なるほどな。はじめとは、そういう意味か」

ああ、気付いたのか、とはじめは頭を掻く。

「ジジイに引き取られた時に付けられた名前でな。使いたかった漢字が制度上駄目だって言われちまったんで、とりあえず平仮名にしたんだと。本当の字は、月のない夜の朔《さく》と書く」


――こいつは、朔王《さくおう》の息子だ。


先程よりも影を孕《はら》んだように見える入道雲の中で、雷の転がる音がした。

コントラストが目に焼き付くような深い色をした青空と、生き物のように湧き起こる白い雲を背にして、この世界で唯一の人間は不遜に笑っている。

安原はじめ――安原朔《はじめ》は、楽しそうに博陸侯にねだった。

「タバコ屋を放り出して来ちまったし、一旦、家に帰りたいな。当然、帰してくれるんだろ？」

殺すわけにはいかない。何より、外界で彼の生存を証明してもらわなければならない。

内心はどうあれ、それを言われた博陸侯は、はじめが山内にやって来た時と同様の笑顔を浮かべて答えた。

「勿論です。どうぞ、お気を付けてお戻り下さいませ」

＊　＊　＊

日頃、昼夜問わず多くの人々が立ち働く朱雀門《すざくもん》は、今はその活動を全て停止していた。

貴人に囲まれて外界へ帰還する人間を、手を止めた守礼省《しゅれいしょう》の役人や商人達が息を殺して見守っている。

大勢の者が、それぞれに好奇心や畏怖や不信感を胸に抱き、安原はじめに目を向けていた。

だが、地下街の王、朔王の息子としてこの地にやって来た男は、数日前にここに来た時と同様、全く気負った風もなく人間界への帰途につこうとしていた。

はじめを送り届ける役目を与えられた烏天狗は、緊張した様子ではじめをトロッコへと案内した。

即席で整えられた貨物部分に乗り込み、後は出発するだけとなり、はじめは、ふと背後を振り返った。

「頼斗、お前、一緒に来るか？」

「は」

目を見開く頼斗に、はじめは肩を竦《すく》める。

「今となっちゃ、雪斎の下で働くのもアレだろ？　今後、こいつらとは色々やり合っていかなきゃならねえし、手伝ってくれたら有難いんだけど」

「頼斗！」

咎《とが》めるような声を出したのは、自分をこれまで取り立ててくれていた治真だ。

その隣には、笑みの形で頼斗を睨む博陸侯の姿がある。

無表情のはじめと、博陸侯の笑顔を見比べ――頼斗は覚悟を決めた。

震える手で太刀を引っ張る。

しゅるりと赤紐が解けて、固定に使う金輪がぶら下がる。ゆっくりと歩きながら、長く垂れた紐を巻き取って太刀に結びつけ、博陸侯の前で膝を折った。

「太刀を返上いたします」

治真が息を呑む音がした。

恭《うやうや》しく差し出された太刀を見る博陸侯の目は、堤防の上からのたうち回って死んでいく馬達を見下ろした時のものと変わらない。

「これが、何を意味するのか分かっているのか」

唸《うな》るように問い詰めてきたのは、治真だ。

「お前の父親もただでは済まされないぞ。代々貴族としての役目を全うしてきた父祖に恥ずかしいとは思わないのか！」

ぐっと押し黙り、しかし首を振る。

「父母には申し訳なく思います。閣下にも、今まで、これほどまで目をかけて頂いていたのに、その信頼を裏切ることになり、本当に申し訳ありません。ですがもう、今までのような心持ちでお仕えすることは出来ないのです」

「痴《し》れ者がッ！」

治真の罵倒を無視して、博陸侯は音もなく太刀を取り上げた。

「行け」

低い声で告げられたたった一言に、深く深く頭を下げる。

「これまで、大変お世話になりました」

駆け足ではじめの乗るトロッコに乗り込むと、なりゆきを見守っていた烏天狗が、トロッコの機関部を操作した。

急激に、同胞達の姿が遠ざかっていく。

こちらを見据える彼らの姿が光の点となり、カーブに差し掛かって見えなくなるまで、頼斗は彼らを見つめ続けていた。

やがて、空気が変わり、トロッコの速度が緩まった。

天狗が操作した扉が開くと、光と共に外界特有の鉄の匂いがする風が、わっと顔に吹き付ける。

既に日没が近い時刻だ。

ガレージに偽装された建物の外に出ると、傾いた日の光を反射して、湖の水面が金色にさざ波立っていた。湖の中央付近には浮島があり、対岸からそこにかけられた橋は光を受けて鮮やかな赤に輝いている。

烏天狗は、大天狗に指示を仰ぐためにガレージの隣に建てられたロッジへと走って行った。

蜩《ひぐらし》の、森全体が囁くような鳴き声が響いている。

残された二人は湖岸に下りて、彼が戻って来るのを待つことにした。

足元は小石ばかりで、風を受けて小さく波打つ水が打ち寄せてちゃぷちゃぷと音を立てている。

近寄って来た蚊をぞんざいな手つきで払いながら、はじめが頼斗を振り返った。

「お前、山内じゃエリートだったんだろ？　誘っておいてなんだけど、これで良かったのか」

今更なことを問われて、思わず苦笑がこぼれる。

「いや、正直まだ混乱しています。今自分が置かれている状況が信じられません」

でも、博陸侯のやっていることは間違っています、と続ける。

「今までの気持ちでお仕え出来ない以上、こうする他になかったのでしょう」

「そぉかい」

はじめは気のない返事をしてかがみ込み、小石を手に取って吟味し始めた。

「はじめさんこそ、今後はどうされるおつもりですか」

安原作助――朔王は依然として行方不明のままなのだ。

はじめは「あぁー」とやる気のない声を上げた。

「山内でも死んだことになっているなら、多分、どこかで生きていたとしても、もう出て来るつもりはねえんだろうなぁ」

全く違う名前でぴんぴんしているかもしれねえけど、とどことなく嫌そうな顔をする。

「だがまあ、言ったろ。親父を探すためだけに山内に来たわけじゃねえって。俺は、支度を整えたらそのうち山内に戻るよ。そんで、売ってもいいかなって思える奴がいたら、この山の権利をくれてやるつもりだ」

そう言って立ち上がり、選んだ平べったい石を湖に向けて投げつける。

ちゃぽん、と音を立てた小石は、水面を跳ねることなくそのまま沈んでいった。

「はじめさんにとって本当に価値のあるものとは、一体何だったのですか？」

波紋が消えていくさまを見つめていたはじめは、その視線を動かすことなく口を開いた。

「……前に、難民の少女の話をしたのを覚えているか」

「はい」

安全で、衣食住に困らない生活を「まるで楽園のようだ」と称えたインタビュー。

「俺は昔、その言葉をよすがに生きていた。銃声の聞こえない、衣食住が満ち足りた暮らしが出来ているのだから、自分は恵まれている。楽園の住人なんだってな」

懐から煙管を取り出したはじめは、それをくるくると手の中で回す。

「今ならわかるが、俺は実際、その時の現状に絶望していたんだな」

自分の置かれた状況が最高なのだと信じ込むことで、それ以外の全てに期待するのを止めていた。

ある意味、口とは真逆のことを考えていたのだ。

心の奥底では、ここはどうせ地獄だと思っていたのだと、はじめは抑揚なく語る。

「くそ生意気なことに、世の中の全てを見下すことで生きていたわけだ。それで、そんな生活に耐え切れなくて死んじまった奴のほうがおかしいのだと思っていた。生意気にも、苦しんでいた身近な人を、世界で一番馬鹿にしていた」

はあ、とこれまでにないような深い溜息をつき、腰に両手を当てて顔を俯《うつむ》ける。

「……死んじまった奴にとっちゃ、この世は地獄だったのだろうにな」

可哀想なことをしちまった、と囁くような述懐には、後悔よりも、失われてしまった何かを愛おしむような響きがあった。

しばらく下を向いていたはじめは、鼻だけで息を吐くと、気を取り直すように顔を上げる。

「そんでまあ、当時世の中を舐め腐っていた俺は、それを聞いたジジイに灸を据えられてよ」

「お灸、ですか」

「おう。しばらくの間、山の中に一人で放置されたんだ」

と言っても、それをされた瞬間は悪い話だと思わなかったんだけど、とはじめは続ける。

「ちょっと待って下さい。その時、はじめさんはまだお子さんだったんですよね？」

よく無事だったなと思ったが、「勘違いするなよ」とはじめは苦笑する。

「山奥ではあるが、綺麗な別荘みたいな一軒家を与えられたんだ。馬鹿でかいテレビも最新式のエアコンも電子レンジも冷蔵庫もあって、自力で食べられるように加工された高級な食料が大量に用意されていた」

いわば、衣食住が満ち足りた状態で、何日か、何週間か、あるいは何か月かは分からないが、ずっと一人にされたのだ。

「何歳だったのかな。引き取られたばかりの頃だから、少なくとも十歳にはなっていなかったと思うんだが。俺ぁ、一人で生活することには慣れてたからよ、最初は特に何も感じなかったんだよね。厄介な同居人がいないだけで、前の暮らしぶりと大して変わらねえじゃねえかって」

むしろ、前よりも生活水準は上がっていた。怒鳴り声や、辛気臭《しんきくさ》くしくしく泣く声が聞こえない分、以前よりもずっと快適で、この生活がいつまでも続けばいいのにとすら思っていたのだ。

「――でも、違った」

はじめは眉間に皺を寄せる。

「これぞ楽園だ、なんて考えていたちょうどその時に、あのジジイが俺を迎えに来たんだ」

扉が開かれ、逆光の中でニヤニヤと笑う男の姿を見た瞬間、はじめの胸の中に溢れたのは、本人すら思いがけない、だが、間違いようのない喜びだった。

「久しぶりに――本当に久しぶりに、嬉しいって俺は思っちまった」

そして、そう思ってしまった自分に愕然とした。そう感じた時点で、はじめの負けだったのだ。

「なあ。楽園に必要なものとはなんだと思う？」

うまい飯？　きれいな服？　それとも酒や女？

「人だよ、頼斗。人にとって、一番の希望は人なんだ」

頼斗は何も言えなかった。

はじめは静かに語り続ける。

「人との関わりこそが、喜びだ。少なくとも俺にとってはそうだった。理屈ではなく、本能で求めていた。あんなに人間が大嫌いで、みんな死ねとすら思っていたのに、それでも久しぶりに会えた人間に、俺は喜んじまった」

その瞬間に、はじめの過去は一気に塗り替えられたのだ。

ぬるま湯のような楽園だと思っていた世界は、ちっとも楽園などではなかった。

世界一の愚か者だと蔑んでいた同居人は、ただの可哀想な人だった。

そのことが悔しくて嬉しくて悲しくて、体を引き絞るような、猛烈な渇《かわ》きを感じたのだ。

人との関わりの中には、自分の喜びに値するものがあるはずだ。あって欲しい。そうでなければ、喜んでしまった自分が報われない。期待をしているからこそ、生きるのが辛くなってしまった。

諦められなくなってしまったのだ。

「それ以来、期待に応えてくれるものを、俺はずっと探し続けている」

「これまで、はじめさんの期待に応えたものは……？」

はじめはただ、うっすらと笑う。

なかったのだなと悟った。まだ彼は、幼い頃の自分の期待に応えてくれるものを見つけられずにいるのだろう。

「この世は地獄だと嘆くのは簡単だ」

はじめの言葉は、頼斗に言うというよりも、声の届かない博陸侯に向けられているように感じられた。

「諦めちまえばいいだけだもん。地獄のような状況に耐えているだけで、自分は偉いと錯覚出来る。でも、どうせ生きるなら地獄より楽園のほうがいいじゃねえか」

幸せな時の仲良しごっことは少し違う、とはじめは言う。

「人の真価は、困難な時にこそ現れるもんだ。困難の中で、それを仕方ないと諦めずに、ちょっとでも楽園に近付けようとする、そういう輝かしいものを俺は見たいんだよ」

そんなものを探してあちこちを回り、裏切られ続けてここまできた。徒労の日々だ。

「そういった意味で言うと、山内はいいな。とてもいい」

突然、うっそりとはじめは笑った。

「山内に住む八咫烏も、俺の基準からすれば『人間』だ。外の世界で見つからなかったものが見られるんじゃねえかと、俺は今、とても期待している」

——親父は、俺に特等席を用意してくれたわけだ。

そう言って、喉を鳴らすようにして笑うはじめに、頼斗は唾を呑み込んだ。

「……朔王は、はじめさんへのプレゼントとしてこんなことをしたんでしょうか？」

ふと笑いをおさめ、さあ、とはじめは奇妙な顔になった。

「単に癪《しゃく》だっただけじゃね」

「癪？」

「地下街がどうなろうと構わなかったってのは、本当だと思う。でもあのジジイの性格からすると、博陸侯に一人勝ちさせるのも面白くなかったはずだ。だから、ちょいと一石を投じてやろうとしたんじゃねえの？」

言ってから、思い出したように手の中に入れたままだったもう一個の石を投げる。

石は、またもや跳ねることなく沈んだ。

そして波紋が広がっていく。

「はじめさんを、地下街の後継者として送ることで、ですか？」

治真の言葉に、はじめは勢いよく振り返った。

「いや、馬鹿、どうしてそういう話になる」

そんなつもりさらさらねえぞ、と少し焦ったようにはじめは言う。

「地下街の復興とか、見るのは楽しそうだけど俺の役目じゃねえ。俺はただの傍観者さ」

「荒山《あれやま》の権利をお持ちである以上、それは通りません。今のあなたは、山内にとってジョーカーであり、審判役でもあるのです」

「じゃあ、せいぜい場を引っ掻き回しながら、あの胸糞悪い博陸侯を誰が倒すのかを最後まで見届けるとするかね」

でも、理想をなすのは俺じゃない、とはじめは断言する。

絶妙に無責任な言い方に、頼斗は不穏なものを感じた。

「――トビ君に、そんな重荷を背負わせるんですか」

思わず責めるような口調になってしまった頼斗に、はじめは何故か噴き出した。

「俺は別に誰とは言っていないぜ。一体、誰になるんだろうね？」


いつの間にか、日は山の端に入ってしまっている。

空全体が薄紫色に沈む中、山向こうの夕日を反射した雲だけが、夢見るような桃色に染まってゆっくりと流れていた。

湖の対岸の民家に灯が入ったのに気付き、頼斗は大事な話をまだ出来ていないことに思い至る。

「あのですね、はじめさん。私、完全に勢いで出て来てしまったので、外界での手持ちが一銭もないんですよ」

「あれまあ」

「はじめさんが一緒に来るようにと誘って下さったのですから、当然、お傍《そば》に置いて頂けるのですよね？」

「リアルでこんな台詞を言われる日が来るとは思わなかった……」

呆れたような顔になったはじめに、頼斗は大いに焦った。

「掃除洗濯料理と家事は一通りこなせますし、ボディーガードとしても完璧なはずです。必ずお役に立ちますから」

「ああ、まあ、そうだろうね」

「では？」

「居候《いそうろう》としてなら、いいよ。うちにおいで」

「ありがとうございます！」

はじめの傍にいられることが確定して、まずは一安心である。

はじめは、頼斗の勢いに押されつつ、小さな声で呟いた。

「お前が、俺を守ってくれるだろうことについては、疑ってないよ」

＊　　＊　　＊

朱雀門から、執務室までの道のりはお互い無言だった。

先に入室した雪斎が自分の卓につくと、しっかりと扉に鍵をかけた治真が、即座にこちらへと駆け寄って来た。

「博陸侯、符牒は！」

「自分の目で確かめてみろ」

放り投げるようにして太刀を渡すと、窓から差し込む斜陽で佩緒《はきお》の結び目を確認し、治真は堪え切れなくなったようににんまりと笑った。

「……『山烏』」

文書でのやり取りが困難な場合に備え、突発的な状況の変化に対応出来るよう、山内衆の間であらかじめ決められた符牒。

『山烏』の意味するところは、長期の潜入である。

――頼斗は、こちらを裏切ってなどいない。

安原はじめは、初見の時点で雪斎を信用出来ない相手として断定してしまった感があった。あのまま交渉を進めても、山の権利を売ってくれるとは到底思えない。鴻臚《こうろ》館《かん》の座敷に並んだ数ある配下の中から、裏方の汚い仕事から最も遠い頼斗を案内役として指名したところを見ても、人を見る目はあるのだろう。

本来であれば、猿の機能や迦亮を始めとする工作部隊の存在に関しては、段階を踏んで頼斗に開示していく予定であった。安原はじめのせいで離れ業のような真似をせざるを得なかったが、頼斗は、それらの事情をうまく呑み込んでくれたようである。

「少しばかりハラハラさせられたがな」

　雪斎が呟くと、「こちらの意図が伝わらないような阿呆じゃそもそも潜入は無理ですよ」と治真は歯に衣着せぬ物言いをする。

　北小路《きたこうじ》の頼斗はもともと、朝廷における表の顔に仕立てるべく丁寧に育てて来た貴族の令息である。もし、安原はじめが彼を気に入って権利を売ってくれれば、頼斗は元来与えられた役割を全うすることになる。

「せっかく、我々がこれ見よがしに三文芝居の小悪党みたいな台詞を吐いたのですからね。気付いてくれなきゃ困ります」

　治真の場合、どこまでが演技でどこからが本気なのか雪斎にも分からなかったので、何とも返答に困った。

　咳払いし、改めて命令を下す。

「引き続き、安原の対処は頼斗に一任する。ただし、我々との敵対関係を装うための支援を怠るな。至急、新しい権利譲渡先を見繕ってくれ」

　候補の選定はお前に任せる、と言うと、治真は心得たように頭を下げた。

「お任せを」

「よし。ひとまずはこれでいい」

　やっていることは何一つ変わらない。これまで通り、すべきことをするだけだ。

　少し体が重い気がして、椅子に体を沈ませる。

無言でこめかみを揉んでいると、治真が鬼火灯籠に光を入れ、よい香りのするお茶と蝶の形をした砂糖菓子をいそいそと差し出して来た。

「どうぞ」

「いつもすまんな」

「いいえ。さぞかしお疲れでしょう」

ニコニコと嬉しそうな治真に、何とも言えない気持ちになる。

この優秀な副官に雑用をやらせるのはいささか気が引けるのだが、院生時代の名残りか、今でも彼は自ら進んでこういったことをする。

有難く茶を口に含んでいると、笑顔のまま副官が毒を吐き出した。

「しかしまあ、あのクソ人間のせいで、やらなくてもいい仕事と困難が増えましたね。地下街の王だか何だか知りませんが、余計なことをしてくれたものです」

「……元地下街の連中についてだが」

治真が、はい、と答えて真面目な顔になる。

「重蔵とか言ったか。あいつは雑魚《ざこ》だ。恐るるに足らん。だが、あの少年のほうは厄介だ」

トビの考えは、到底小童《こわっぱ》一人で思いつくことではなかった。おそらくは、裏に手を引いている者がいる。それも、多少の知恵と、それなりの思想を持った敵だ。

治真は神妙に問う。

「トビに色々吹き込んだのは、千早殿ということは考えられませんか？」

「いや」

堤防で自分を罵り去って行った古い友人の姿を思い返し、雪斎は首を横に振った。

「……あいつらしくない。もっと狡猾《こうかつ》で、貴族的な考えを持った誰かがいる」

実際、安原が山の権利者であるという情報は漏れていた。朝廷には、今も裏切り者が雌伏《しふく》しているると考えるべきだろう。

「洗い出しは、これまで以上に慎重にしなければなりませんね」

「ああ。だがその前にやるべきことがあるな」

目を瞬く副官に、雪斎は茶器を置いて立ち上がる。

「直接、本人に訊いてみるとしよう」


トビは薄暗く湿った牢の中で膝を抱え、涙も流さずに項垂《うなだ》れていた。

執務室に呼ぶことも出来たが、昨日と今日とでは立場が違う。

昨日は仮にも交渉相手で、地下街の長として遇されていた彼は、今やただの虜囚《りょしゅう》だった。雪斎が気まぐれを起こしてこうして会いに来ない限り、会話をすることさえ許されはしない。

重々しい格子戸を隔て、雪斎はその痛々しいまでに細いうなじを見下ろしていた。

彼と同じ年だった頃、自分は何をしていたかに思いをめぐらしかけ、詮無いことだとその考えを振り払う。

「地下街から連れ出された赤ん坊がどこにいるか、興味はないか？」

声をかけると、トビはぴくりと肩を震わせ、膝の間からこちらを見る。

未だ光を失っていない強い瞳に気付き、知れず、笑みが漏れた。

「教えてやろう。お前の幼いお仲間は、今、外界で暮らしている」

「――何？」

トビと目線を合わせるべく、雪斎は汚れた床の上にあぐらをかいた。

「順を追って説明しよう。君は、女工場を見たのだろう？　あそこで作られているものに、何か気付くことはなかったかね」

トビは答えないが、雪斎は構わずに続ける。

「あそこで研究され製造されているのは、医薬品と災害に強い糧食《りょうしょく》だ。平常時は利益にならないので、誰も作ろうとしない雑穀の改良と生産も含まれる」

私は何も、私腹を肥やしたいがために君の仲間を捕え、こき使っているわけではないのだと雪斎は語った。

「何故、こんなにも我々が焦って中央を整備し、備蓄を増やす必要があるか想像がつくかね？」

怪訝《けげん》そうな顔になったトビに、雪斎はしっかりと頷いて見せた。

「山神の力の低下だよ。状況は、お前達が考えているよりも遥かに深刻なのだ」

二十年前、山神は力を回復させるための儀式を行った。

それは代替わりの形を取るもので、一時的に山内の環境は豊かになった。しかし今後、その儀式を行うことは不可能であると言われている。

「その結果、何が起こるかは私には分からない。過去の例からして、山内を守る結界が弱まるのは間違いない。すでに周辺部は侵食を受け、綻《ほころ》びが大きくなっているという報告が上がっている。他には何だ。疫病か？　大地震か？　洪水か？　旱魃《かんばつ》か？　その全てかもしれない」

山内を守るために、出来ることは全てやっておく必要があった。

「我々の施策は猿に対抗する手段かと思われているが、実際は滅びに伴う天災に備えるためのものだ」

周辺部から外界の侵食を受けるのであれば、最終的には中央が残る形となる。一刻も早く、中央を整備し、滅亡に備えなければならなかった。

だが、人々は見えない脅威よりも目に見える不満に敏感だ。

まっとうな方法で理解は得られず、非道だとは分かっていながら、こんな方策を取る他に道はなかった。

「同時に、根本的な問題を解決するためにも動いている」

山神の儀式の復活である。

「儀式には人間の力が必要だ。だが現在、儀式を行う人間は全て、荒山を出て行ってしまった。だからこそ我々は、まだ己が八咫烏だという自覚のない赤ん坊を、人間として育てておるのだよ」

トビが顔を上げる。

あっけにとられた表情をしていた。

「赤ん坊を――人間の代わりにするつもりなのか？」

「己が八咫烏と知らないならば、彼らは真実、人間足りえるだろう」

渋面になり、狂ってやがる、とトビは吐き捨てる。

そう言われても、雪斎は咎める気にはなれなかった。

「ああ、そうだな。私もそう思うよ」

「開き直りやがって」

「危機的状況を知らない君のような者は、私を恨んでも仕方がない。我ながら、外道《げどう》の自覚はあるのでね」

だが、これは山内を守るためにどうしても必要なことなのだ。

「君のように、それを知る機会のなかった者は、私を恨む権利がある。しかし、山内の置かれた状況を知った上で、反旗を翻す貴族連中は話が別だ」

そいつらは、山内のことを全く考えていない。ただ私欲のために反逆を企てているのだから、当然である。

雪斎は優しく微笑んだ。

「君は非常に賢い！　あの重蔵とかいう馬鹿よりも、よほど洗練された政治のやり方を知っているようだ」

トビと目があった。

「君にそれを教えたのは――一体、誰なのかな？」

トビに反乱をそそのかした不埒者《ふらちもの》であり、中央に、ひいては山内に仇為《あだな》す真正の裏切り者。

山内を救うため、どうかその名を教えてくれと雪斎は丁重に少年に請う。

「君は、山内の状況を知らないことをそいつに利用されただけだ。そいつが貴族であるならば、その目的は私の足を引っ張り、権力を手にしようという私欲にまみれたものに違いない。私のやり方は道を外れているかもしれんが、その目的はあくまで、山内を守るためだ」

どちらが正しいかは、火を見るよりも明らかであるはずだ。

トビは、試すような目でこちらを見ている。

「今、その者の名を教えてくれるならば、今後の君の待遇も考えよう。もし政治に興味があるのならば、貢挙《こうきょ》を受けられるように手配してもいい」

実際、トビの賢さと度胸は気に入っている。雪斎としては、それなりの教育を受けさせ、自分の手元に置くのも決して悪くないと本気で思っていた。

しかしそれを聞いたトビは声を上げて笑い、嫌味っぽく口元をひん曲げた。

「『幽霊』だよ」

雪斎を見返すその目に宿る光は、強い。

「俺を導いてくれたのは、もうこの世にはいない人だ。あんたが殺したんじゃない？」

トビと雪斎は睨み合う。

――交渉は決裂した。

「残念だ」

立ち上がり、埃を払うこともせずに背中を向ける。

雪斎が牢を出ると、お辞儀をした兵達が再び配置につき、獄に繋がる扉は固く閉ざされた。

執務室への道を歩み始めると、黙って様子を見守っていた治真が後ろに続いた。

「何も、ご自身であんなことをされずとも良かったのに……」

「そう言うな」

結果、素直に情報を落としはしなかったが、収穫はあった。

「『幽霊』だ」

トビは、安原はじめをこの世界に送りこんで来た人物と同じ呼び名を口にした。

――自分に恨みのあるという、若く美しい女。

安原作助が最後に姿を見せたのは七年前だ。

多少の誤差はあれど、少なくともその頃まで『第三の門』は機能していたということになる。

かつて政争に敗れ、生死不明になった女性が一度『第三の門』を使って外界に逃れ、今、山内に戻って自分に報復をしようとしていたのだとすれば――思い当たる顔が、ないではない。

「そう言えば」

まるで雪哉の脳内を覗き込んだかのように、わざとらしく治真が口を開く。

「紫苑《しおん》の宮は今、どうしていらっしゃるのでしょうね」

「あいにく――」

皮肉っぽく笑おうとして、声が掠れた。小さく息を吐いて、言い直す。

「……あいにく、死人はものを思わんのでな」

装幀　野中深雪
装画　名司生

本書は書き下ろしです

著者プロフィール

阿部智里

（あべ・ちさと）

1991 年群馬県生まれ。早稲田大学文化構想学部在学中の
2012 年、『烏に単は似合わない』で松本清張賞を史上最年少受賞。
14 年早稲田大学大学院文学研究科に進学、17 年修士課程修了。
デビュー以来、『烏は主を選ばない』『黄金の烏』
『空棺の烏』『玉依姫』と毎年1冊ずつ刊行し、
『弥栄の烏』で八咫烏シリーズ第1部完結を迎えた。
その後、外伝となる『烏百花　蛍の章』を刊行。
本作『楽園の烏』は3年ぶりに再開した
シリーズ第2部の1巻である。ほかの作品に『発現』。

---

楽園《らくえん》の烏《からす》

二〇二〇年九月五日　第一刷発行

著　者　阿《あ》部《べ》智《ち》里《さと》
発行人　大川繁樹
発行所　株式会社　文藝春秋
〒一〇二―八〇〇八
東京都千代田区紀尾井町三―二三
電話　〇三―三二六五―一二一一
印刷所　萩原印刷
製本所　大口製本



ISBN 978-4-16-391254-7